一种文化一旦深入骨髓，
　　便决定了其特定的方向。

湘子桥畔

乡书 乡音 乡情

广东省文艺精品（文艺人才）扶持专项资金扶持

汪泉 著

南方传媒
广东人民出版社
·广州·

图书在版编目（CIP）数据

湘子桥畔：乡书 乡音 乡情 / 汪泉著. —广州：广东人民出版社，2024.8

ISBN 978-7-218-17305-4

Ⅰ.①湘… Ⅱ.①汪… Ⅲ.①报告文学—中国—当代 Ⅳ.①I25

中国国家版本馆CIP数据核字（2023）第254238号

XIANGZI QIAO PAN：XIANGSHU XIANGYIN XIANGQING

湘子桥畔：乡书 乡音 乡情

汪 泉 著

出 版 人：肖风华

责任编辑：王俊辉
装帧设计：奔流文化
责任技编：吴彦斌
辑封绘图：林亚谨

出版发行：广东人民出版社
地　　址：广州市越秀区大沙头四马路10号（邮政编码：510199）
电　　话：（020）85716809（总编室）
传　　真：（020）83289585
网　　址：http://www.gdpph.com
印　　刷：广东鹏腾宇文化创新有限公司
开　　本：787毫米×1092毫米　1/16
印　　张：22.5　字　数：250千
版　　次：2024年8月第1版
印　　次：2024年8月第1次印刷
定　　价：99.00元

如发现印装质量问题，影响阅读，请与出版社（020–85716849）联系调换。
售书热线：（020）85716863

目 录

一、湘子桥，渡己渡众之舟

湘子桥形断意连，似无实有，断续灵动，如有神助，实得民心。它接续千年，历任官员以此为仕途的成绩单，渡己渡众。

二、红头船，如烈焰在海面燃烧

　　自从一抹偶然的红色涂在船头，便如一束潮人生存的希望被点燃，尽管下南洋之路凶险重重，大船却承载着黎民百姓的梦想，一艘船牵绊着另一艘船，美美与共；红头船主定舵驶过七洲洋，像一束束在海面上燃烧的焰火，将中国文化大规模输出。

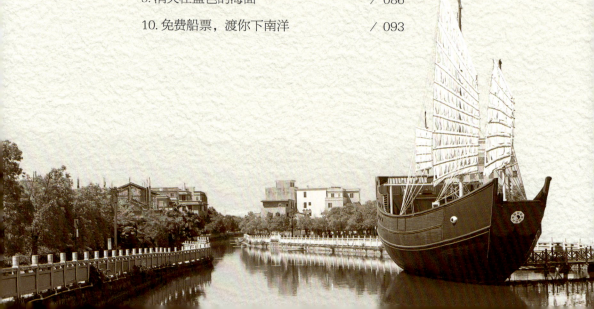

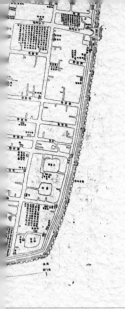

三、老妈宫的眼神

　　汕头开埠，老妈宫前离人无数，那些被贩卖的"猪仔"走了，最终他们又托着一纸批书归来，满纸辛酸血泪；自此，侨批像雁阵一般，在亲情和家国的脉管里迂回往返，在民族存亡的危急时刻如一盏油灯，烛照着抗日的正义力量。

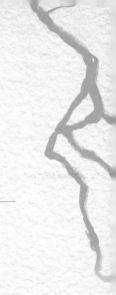

四、情动于衷而藏于内

见惯了抛尸大海，人到暮年的"过番客"，牵念的是安放灵魂的所在：天尽头，何处有坟丘？要安顿。最想听到的是那一出潮剧，带着家乡的袅袅炊烟，声声断肠却又解忧。

五、星辰般的文化脚印

却有那么一簇脚印，混杂在这影影幢幢的下南洋人群之中，那步履跌跌撞撞，形容枯槁，在泥淖扑地的如晦风雨中，像暗夜里的星辰一般，照耀着南下潮人的路径，温暖着华侨的灵魂，进而将湘子桥斑斓的文化星火播撒在了南洋，乃至世界各地。

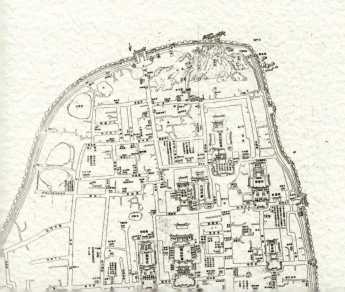

六、天空在上，祖国在上

你血中那份特质是什么？家邦如天。

那一腔潮音，就是家园的声音；家邦有难，他们长歌当哭，发出第一声红色召唤！一个苏醒的灵魂点燃了另一个灵魂，一众潮音点燃了家邦的灵魂，正如一艘船横陈韩江，唤来另一艘船并肩而渡，船船相拥，便是桥。

肩扛抗战大旗，归国，回家。祖国在上，天空在上，奔赴延安，同生共死。

七、君子豹变，其文斐也

　　一把潮州的泥土，自有潮人的性格，更是蕴含着潮人创新灵动的精神内核。从一盏白玉令到高科技"大米"，令人不得不重返牌坊街。

尾声：将他们的名字如火焰般高高擎起

　　潮人崇尚文化，其方式质朴，唯将一些人名鎏刻于石坊，高高擎起，如火炬一般，置于头顶；潮人心存感恩，这些人名便如星辰一般，被供奉在其心灵天空，照耀着潮州大地，引领他们的未来路径。

湘子桥，渡己渡众之舟

湘子桥形断意连，似无实有，断续灵动，如有神助，实得民心。它接续千年，历任官员以此为仕途的成绩单，渡己渡众。

湘子桥畔：多书 多音 多情

1 桥，在此被重新命名

韩江自潮州城东滚滚而来，一路翻山越岭，汇聚汀江、赣江、循江、梅江四条河流，在三河坝汇合，仿若百万之师奔腾而来，遂又汇产溪九条河流，穿峡越谷，至潮州。继而在潮州涌动千年，携带着两岸的万千生民，走向海洋，走向世界。

林大川《韩江记》载："韩江在城东，合汀、赣、循、梅四州之水，汇于三河坝，再合产溪，九河，凤水，过凤栖峡，经鳄溪为韩江。江曰韩者，以昌黎得名也。"

南宋乾道六年（1170），曾汪知潮州军州事[1]，一口闽南话使他很快和本地潮人聊到了一起。彼时，五百年前的韩愈，风行草偃，仅用八个月的时间便使潮州山水改姓。曾汪知道，自此，潮州百姓心中已经有一个评判官员的标准：为民谋利否。

来此为官时，曾汪中进士第已有

---

[1] 曾汪，福州人，宋孝宗乾道间知潮州军州事，后任广南东路转运使。军州事，宋军政长官、知州。

三十五年。有关曾汪的生年，史书无明确记载，假如按照而立之年中进士推算，彼时，曾汪已年逾花甲，算步入老年了。但这个读书人的内心有一个高蹈之标：像韩愈一样，为官一任，即便不能望韩愈之项背，也至少要为老百姓谋划一件实事。什么实事？初来乍到，陌地履新，一时尚难确定。能确定的是，作为一个有担当的读书人和一方官员，造福百姓，普渡众生是他使命。而这个"渡"字，在曾汪的人生信条中蕴含了多重的注解。

曾汪想：怎么渡？他肃立于轩窗之侧，遥望着劳作不息的芸芸众生和远处滔滔不息的韩江，整日默然沉思。

韩江由东入潮州，正像曾汪从福建侯官而来，如同一个闯入者。至潮，水势倒是平缓下来，一苇可航；然落雨涨潮是常态。每逢此时，浑浊的江面陡涨，两岸平沙倏忽消失，一条平静如丝绸般

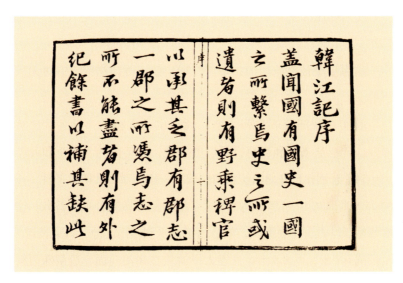

《韩江记》刻本林大川自序页书影

的大江霎时变成一条翻滚不息的巨鳄。平日在两岸驾舟摆渡者尚且胆战心惊，不敢轻易下江航渡。如此，被阻隔在两岸的乡民愁眉紧锁，遥遥相望，等待数日，直至潮水落下，方可渡江团聚，亦是常态。

《永乐大典》引述前人之说，道出了在韩江上建桥造桥的重要性与紧迫性："由东入广者，至潮，有一江之阻。水落沙平，一苇可航；雨积江涨，则波急而岸远。老于操舟者且自恐，阅一日不能四五济，来往者两病之。"

地缘相近，血缘相亲，语言相通。和曾汪一样，南宋潮州的历任州官，多由福建入潮。随曾汪之后，至潮的朱江、陈宏规、林嶷、林会、孙叔谨、叶观、陈圭、林光世、游义肃、牟澡等，皆为福建人。他们把潮州视为第二故乡，为潮州做事，是本分，也是情分，更是家国担当。

望着韩江沉思三日，曾汪终于找到了为政潮州的切入口：架桥韩江，渡人渡己。

这愿望于他是迫切的，奈何江阔流急，浊浪滔天，一时无从下手。

其实在曾汪履职潮州之前，潮州也是有桥的，只是早已被冲毁。曾汪从书籍和当地官员口中获悉，百年前的北宋至和元年（1054），潮州已在州治子城南门建了一座四墩三孔的太平桥，长约25.5米，宽14米多，高5米多，墩为船形墩或分水尖桥墩。这桥的桥墩厚重，不畏激流，颇适用于深水和多雨之地；石梁长近8米，宽0.7米，厚0.5米。这座太平桥立在州治前面，造型殊为精致：望柱八角，栏板浮凸雕刻，花纹高古，简而不素，朴而不粗。

桥南桥北造石塔四座，塔身不高，仅比望柱高过些许，塔顶外伸，恰似方伞，典雅悦目，文质彬彬。正如《三阳志》所云："桥之四维，旧有四塔，外疏两渠，中为官街。"

然而，如今这桥已被洪流冲垮，一座石塔都没能幸存。尽管它只是韩江一个小小支流上的摆渡点，但从讲述者饱含感情的话语和眼神中，足以见得这座桥在他们心中的神圣地位——简直就是潮人心中的城标。那些眼神中却也不乏诸多遗憾和向往，桥于他们似是仙山琼阁，遥不可及。曾汪要满足这些向往的眼神，让他们重新看到奇迹，满足他们的现实需求，抚慰他们对美好过往的怀想。

建更加阔大的桥，横跨韩江。

曾汪看着残垣败迹，目标已定，在潮州做一件事：抓铁留痕，重新定义"桥"；以己为桥，在古老的潮州开启一个摆渡众生的时代。

在他履新潮州的三十二年前，也就是南宋绍兴八年（1138），即绍祚中兴，南宋正式定都临安（杭州）的特定历史时刻，潮州海阳县登荣都（今潮安凤塘镇）乡民翁元，干了一件前无古人的事。他率众建了一座李浦桥，桥长42米，宽2.5米，六墩五孔，且桥墩都砌为棱子形，易于过水分流。后来，因此桥地处海阳、揭阳交界，是潮州通往省城广州的必经之路，过了桥便是鹏程万里，故改称"万里桥"。

曾汪在这些旧桥废址前踱着方步，徘徊良久，心中慨叹：乡翁尚且懂得搭桥渡人，何况郡守乎？

万里桥在潮州城外，其时，潮州城内也有许多小石桥：去思桥、西门桥、北门桥、新路桥、湖头桥、新溪桥、南濠桥、瓮门

在笔架山上眺望广济桥和潮州城

桥……然而这些都是石桥，仅架在小河小溪之上。面对滔滔韩江，历史已然验证，近城无大桥，绝非长久之计。城内众生所需要的正是一座前所未有的坚固、宽阔的韩江之桥。

曾汪像钩沉一个个历史人物一样，细细察审每一座石桥，兜兜转转，终于从潮州历史的陈迹中踱步而出，在一个旭日高照的早晨异想天开：在江中蠢一石洲，两头再"编画鹢而虹之"。

"画鹢"，是船的别称。《淮南子·本经训》曰："龙舟鹢首，浮吹以娱。"高诱注曰："鹢，大鸟也。画其像着船头，故曰鹢首。""编画鹢而虹之"，就是编织大船做浮桥。"虹之"，就是建曲浮桥。史书记载，浮桥受流水冲击，向下弯曲，自然就形成了曲浮桥。

郡守曾汪号令既发，官民应者如云。

民众无从知晓，这郡守究竟要建什么样的桥。但他们景从云集，舟艨相连，来到了韩江中央，甩开精壮的膀子，喊起高亢的号子！他们懂得，这是郡守为民谋定的一桩好事。

三个月，无数的舟辑运来无数的石块，不断定点投入江中，只用了九十天，"抛石砌洲"，一千八百尺宽的江面中央，巍然矗立起一座长宽各五十尺、南北成锐角的梭形石洲。与此同时，大量的造船工聚集在两岸的临时船厂，紧锣密鼓地打造新船。

斧斫叮咚，拉锯相闻，卯合榫洽，谈笑风生。这新船前所未有，船舱上面均以大平木板覆之，内藏无限玄机。黄发垂髫、野夫村妇于岸边百思不得其解：这官老爷究竟玩什么花样？

石洲建成之日，江之东、西新造的八十六艘船驰来，与石洲相连，船船相扣；船与船相连处，再以木板相接，如履平地，通途在前。如此，昔日水流湍急、暗伏凶险之天堑，陡然变为通途。

桥通之时，一个八九岁的男孩，不顾郡守曾汪尚在桥头挂匾剪彩，炮仗刚刚点燃，他便呼号着，张臂披膀，赤着脚丫，一气向对岸冲了过去，边跑边呼唤着对岸造桥的工匠父亲。

两岸官民都为这孩子的奔跑而呐喊，似乎看见藏在内心的另一个自己，在梦想的彩虹上奔跑一般。

大桥落成之时，醒狮起舞，炮仗齐鸣，官民同乐。

曾汪也难抑功成之悦，为桥命名"康济桥"，并濡笔蘸墨，一气呵成，挥就一篇载入《永乐大典》的《康济桥记》：

> 金山崒嵂，俯瞰洪流悍鳄，曩时客以为居。自昌黎刺史
> 咄嗟之后，一害去矣。江势蜿蜒，飙横浪激，时多覆溺之患，

循抵中流，势若微杀。往来冠屦，踵蹑肩摩，轻舸短楫，过者寒心。金欲编画鹢而虹之，几阅星霜，未遑斯举。适时与事会，佥谋协从，一倡而应之者如响。江面一千八百尺，中蟠石洲，广五十尺，而长如之，复加锐焉。为舟八十有六，亘以为梁。昔日风波险阻之地，今化为康庄矣。偿资钱二十万。户掾洪杞、通仕王汲式司其事，从人欲也。乾道七年六月己酉始经之，落成于九月庚辰。是日也，霜降水收，为之合乐，以宴宾僚。坦履之始，人胥怪云。

郡守长乐曾汪书

　　在这篇重要的历史文献中，花甲之年的曾汪没有显功邀赏。他上追韩昌黎之功高，下察民生之艰辛，进而将造桥之举迫在眉睫的必要尽皆道出，一个"佥谋协从"的团队豁然而至，"编画鹢而虹之"的梦想达成。然则，曾汪在这篇必将载入史册的文字中，把功劳记在了"户掾洪杞、通仕王汲式"两人头上。他在《康济桥记》中没有明言自己的一点功绩，而是确凿地说，是以上两人"司其事"。但史书中找不到一星半点有关此两人的其他记载，可见他们只是曾汪建桥时，众多官吏中的"劳动模范"而已，是工程的普通管理者。然而，正是这些普通的官吏成就了曾汪的梦想，他不吝笔墨以赞誉之，在功劳簿上记下了他们的名字，说他们"从人欲也"，也就是说他们顺从了民意，这是至高的评价。与其说是他们从人欲，不如说是曾汪自己从人欲，满足了广大黎民百姓生活便利的需求。

君子不自大其事，不自尚其功。[1]

一个不贪寸功、心存百姓的郡守，一个胸怀阔达、美人之美的郡守。

曾汪所建之浮桥，在上古时名曰"桥航""浮航""浮桁"。据《诗经》记载，公元前1135年，周文王姬昌迎娶娇妻太姒时，美人在水一方，何以渡之？有人想出了一个办法，于洽川、渭水之上，"造舟为梁"——以木船相连，架起浮桥。彼时，鼓乐喧天，笙竽齐鸣，蜿蜒十里，声动河汉；娇妻太姒在摇摇晃晃中渡河，被送进了洞房。两百多年后，周文王的五世孙周穆王，挥师南下，抵临九江、长江之际，两江横陈于大军之前，三军举步不前。彼时，他想起了先祖"造舟为梁"娶亲的壮举：既然浮梁可以用来娶亲，缘何不以此渡我雄师？他用革囊、浑脱，搭架起气势恢宏的军用浮桥，渡过了数万龙虎之师。其时桥上脚步咚咚，桥下水波涟涟，旌旗鼓角，皮甲铜盔，队列随浮桥摆动，旗鼓合水波起伏，好一番壮阔景象。

然而，周朝的浮桥都是临时设施，过河即拆桥。

曾汪建桥之举，重新定义了"桥"：为生民长远计，心存百姓之苦，道在其身，自有天助。他所建的康济桥一如他所写诗作，不乏神来之笔，创举颇多，"抛石砌洲"便是前无古人之举。

曾汪为官潮州，并不只是建了一座桥，《三阳志》中多载其善政。他到任前，潮州州官县吏多搜刮民财，作为宋高宗生日"天申节"的进奉银。曾汪至潮，见百姓白日出海打鱼，栉风沐雨，其

---

[1] 《礼记·表记》。

辛苦远逾江南百姓；潮州女性则万千创意，花样翻新，以稀罕的食材做出各种美食，摆至街头巷尾，换取碎钱，以供生计。曾汪要养民，要利民，要休养生息，要解除压在百姓身上种种名目的税收。但这需要理由，思来想去，他上书朝廷曰"本州岁计钱，经行发"，以此免除靡费，不再向百姓征敛。

他是读书人，是进士，深谙教育、读书对一方文脉、民生意义之重。彼时，潮州贡院狭促，不足以纳万千学子科考，曾汪迅即增辟巨室，修葺一新，作为考校场地。应考尽考，圆梦的机会尽皆给了潮州后生和读书人。

科期到了，海阳、潮阳、揭阳等地举子即将结伴赴京，曾汪看着这些寒窗十年的读书人，仿佛看到了当年青春年少的自己。他以潮州官方的名义发出了邀请函，他要大摆酒宴，以珍馐海鲜、美酒佳肴为他们壮行。潮州士子第一次享受到如此高规格的官方待遇。席间，学子们频频敬酒，发自内心地感谢这位郡守，他们一定在想：即便落榜，也不枉此生。而多数的学子在心中暗下决心：读书人的地位既然如此之高，岂能辜负郡守和父老，不博得功名，何以报答这郡守的一片苦心？于是这场饯别宴瞬间变成了吟诗答谢宴，在吟咏喝彩声中，宴会渐至高潮。

曾汪也被这场面深深打动，面对举人们一首首发自肺腑的致谢诗篇，他也难抑心中勃发的诗情，有感而发，作《送举人》一首，寄予潮州学子以厚望。诗曰：

乐作疑游太古庭，韩门今喜见诸生。

千间厦敞摅雄思，万里桥成助去程。

玉醑杯深乡意重，银蟾宫近客身轻。

前人已有惊人举，更听传胪第一声。

　　曾汪把此次潮州为官的经历，权当乐此不疲的宦游。因为早有唐宋八大家之一的韩愈在潮州播下了文化的种子，他把潮州比为韩门，而眼前的这些学子都是出身韩门，他将自己对莘莘学子的厚望寄托于诗中，希望自己修造的这座堪比万里桥的康济桥能够渡他们一程，祝贺他们前程远大，实现各自的人生理想；他勉励学子们如前贤一般，以高远阔达的胸襟为时代奋发有为，等待他们金榜题名的好消息从京城传来，到那时，他曾汪将再度设宴，举州同庆。

　　学子们带着韩山韩水的期待，带着郡守曾汪殷殷美意，在官府的锵锵锣鼓声中，走过康济桥，来到樟林古港口，登上渡船，从此出发，走向京城，走向更加阔大的世界。

　　两年后，曾汪迁广东转运使，告别了潮州这一方热土。

湘子桥畔：多书　多音　多情

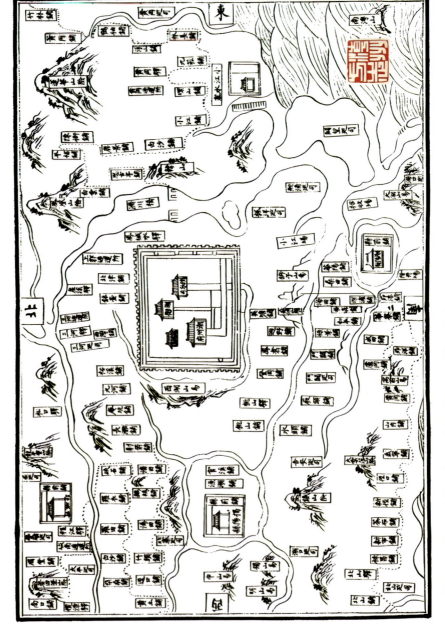

2 九官赓续，美人之美

曾汪建桥，如一声号角，吹响了此后历任潮州官员建桥的雄壮序曲，拉开了康济桥畔普渡众生的序幕。在曾汪离任之后的五十七年中，先后有九位州官主持，在韩江之上，湘子桥畔，承前启后，赓续造桥，生动诠释了"美人之美，美美与共"这一中华文化之精粹。

他们没有狭隘地将前任未竟之业掐断，而是如香火般续燃，赓续不辍，不断丰富这"桥"的内涵和功用，完善其功能，美化其形象，美前任之美，成全他人，也实现了自我的价值。在这九位官员的眼中，"他人"不仅仅是前任，更是百姓。他们要继承前任未竟之事业，更要美百姓之所美，建成他们心目中最理想的摆渡之桥，也以此实现他们为官一任、造福一方的人生理想。

这九位官员，不断定义"桥"，不断发现"桥"，他们将桥作为自己人生的重要码头，渡己渡人渡众生。

南宋淳熙元年（1174），夏六月，韩江骤发大水。

突如其来的江水，若鳄鱼群涌，排山倒海，怒号冲天，溃泄而下，其

1868 年的广济桥

势起起，不可阻挡。修成不到三年的康济桥，首当其冲，八十六艘桥舟，漂没过半，所剩亦多毁损。《永乐大典》载："潦怒溢，自汀、赣、循、梅下，溃流奔突不可遏，啮缆漂舟，荡没者半，存者罅漏。"

彼时，新任太守常祎，刚刚拓展城垣，建成南门楼，题匾"揭阳门"，还没有来得及庆祝一番，就要面对如斯惨状，自是不甘。人们大都以为，官袍在身者，只会坐在公堂，高高在上，一帮衙役，叱咤帮声，烘托官威。实多谬矣，无论什么时代，为官而心存百姓者众，他们必会与一众父老士人促膝而坐，访贫问苦，溯源寻路，成就彼此。

这一场洪水之后，面对灾情，常裕召集众人，深有意味地对座中的下属说："利众者易兴，谋众者易成。是桥之建，千里一词。已成之功，可中尼耶？"大家听得明白：利众，为众谋。

哪个官员不明白，修桥造路，造福民生，历来是善举，这样的事情，必是民众所盼，必然会得到民众的拥护赞成；康济桥的兴建，四面八方，都在交口称赞；那前人已经做成的事，岂能在吾辈任上中止？

常裕一番推心置腹的谈话，鼓荡得一众官员都坐不住了：为官一任，谁甘于平庸，甚至留下骂名？

显然，这是一场动员会，是一场成功的动员会。

拓城扩垣，建揭阳门。那手笔和气魄，至今在这座城池白纸黑字的历史中仍赫然在目，谋众利众的盛举，谁会甘心落于人后呢？于是估算费用，节俭开支，又捐出俸禄充当修桥经费。郡守如此带头，潮州上下，纷纷响应。

薪火接续点燃。消息传到广州，已升任转运使的曾汪，闻知此事，大为高兴：这位四川籍的常裕竟能继续自己未竟之事，实乃美人之美！曾汪舟车劳顿，专程秘密回了一趟潮州。前任归来，常裕也感动不已，两人惺惺相惜，置酒设宴，促膝长谈，竟夕不止。曾汪将其造桥的所有心得，悉数传授给常裕，并悄然加入幕后之列。

前后两任官员谋定而后动：把过大的桥舟改小，把船头过于尖锐者改平，又拟出以钱雇工的若干措施。

举全城之力，又是繁忙的三个月。康济桥两岸，灯火通明，一如韩江激流，昼夜不息；斧凿之声，不绝于耳，刨花之香，提神醒脑。常祎将公堂也搬到了江边，公务完毕，便走出临时办公室，逡巡于桥头，他的身影像暗夜里的一盏灯，不时温暖着辛苦劳作的工匠们。城内的民众，百窑村的瓷工、窑工，也时时到桥头围观助力。

在万民期待的眼神中，康济桥再现。

三个月之后，康济桥的桥舟，由当年的八十六艘，改为一百零六艘，毁圮的桥道，再成通途。

桥成之日，工程款尚有余资，常祎乃决定，在韩江西岸、康济桥西，辟建一座"仰韩阁"。他要以此建筑来提醒潮州官员和百姓，不要忘记韩愈，因为他以巨大的善意改变了潮汕文化，当以此为火种，历千代万世，将其发扬光大。

经过一番赎地辟基、甃石捍溢之后，从十二月开始，到翌年二月，又是三个月，史载"隆栋修梁，重檐叠级，游玩览眺，遂甲于潮"的高阁，便矗立在韩江之畔，供往来者登临。常祎还请了福建市舶使虞似良，为"仰韩阁"书匾。虞似良是名重一时的书法家，他用雄浑大气的古隶体，率性不拘又法度森严地写了"仰韩"两个擘窠大字。常祎还拨官田作为阁产，以之为此后修缮专用。《永乐大典·桥道》中，有文字记载了这座楼阁的伟岸风姿：

1868 年的广济桥

> 东顾则闽岭横陈，西望则涸江直泻。南连沧海，弥漫而莫睹津涯；北想中原，慷慨而益增怀抱。势压滕王阁，雄吞庾亮楼。檐牙共斗柄争衡，砌玉与地轴接轸。树木张四时之锦，屋庐环万叠之鳞。溪流溟漾以摇空，山色回环而入座。登高寓目，足以豁羁客之愁；对景赋诗，庶几动骚人之兴。固一方之壮观矣。

可惜了常祎的一片苦心，这座足与滕王阁、庾亮楼媲美，堪与黄鹤楼、鹳雀楼比肩的韩江名楼，竟于四年之后的南宋淳熙六年（1179），在一场大火中化为灰烬。

然而，仰韩阁的英名却驻留在潮州书生的心田，生生不息。

此时，新任郡守朱江甫至，他心心念念追慕前贤，没有忘记康济桥的建设。他继续接力，在大江之中增建石洲两座，与曾汪所建的石洲，合而为三，寓意"海外三山"。他要把潮州打造成人间仙境。

朱江别出心裁，从江岸向江心增建桥墩，在桥墩上分别建起了翼然若飞的亭。朱江又赋予了这座桥新的内涵和形制：远眺若海市蜃楼，近看似仙台楼阁。他为自己的出彩创新而自豪，亲自命名翼然而立于三个石洲上的桥亭，东洲为"冰壶"，西洲称"玉鉴"，中洲则叫作"小蓬莱"。

自朱江始，这座桥的风景愈加迷人。

康济桥自此超越俗世烟火，高蹈接天，诗情更深，画意更浓，一种前所未有的文艺气息，弥漫在江面和两岸。有了诗情画意的加持，这桥便妥妥地成为这座城池的城标，伫立于潮人的视野当中，雅气弥漫，文脉盎然。

朱江不忍仰韩阁成为废墟，即在原阁旧址，改建登瀛门，此处，就是后来广济楼之所在。登瀛门的左掖，建三己亥堂，即己亥年、己亥月、己亥日；右掖，建南州奇观，皆为楼阁式结构，眺山望月，临江沐风，美轮美奂。

岸边和桥上的风景遥相呼应，从城墙上看出去，潮州人处于美轮美奂之境。

但不幸的事还是发生了。

三己亥堂建成，朱江感叹《大成乐》失传在即，亲自击缶奏乐，以乐教化潮人。这事传到朝廷，便成为他沉溺乐舞的罪证，暗含贪好女色的意味，一纸诏书，朱江"做罪奉祠"，被降为主持祭祀之官了。

这位充满着浪漫情怀的郡守，虽则遭遇诬陷，但确是一位文化的坚定守望者。

此时，韩江不再凶险，江面已然仙山楼台、歌舞诗咏。

工程告竣的第二年，南宋淳熙八年（1181），大诗人、广东提举杨万里，率师平定海寇沈师之乱，来到潮州。当杨万里登上这座"南州奇观"时，眼前美景，令他诗兴大发，诗句喷涌而出：

> 海边楼阁海边山，云竹初收霁日寒。
> 看着南州奇观了，人间山水不须看。
>
> 玉壶冰底卧苍龙，海外三山堕眼中。
> 奇观揭名浑未是，只消题作小垂虹。

然而，尽管三任郡守接续打造，却未能掩去康济桥的短板。

一个无可回避的缺陷凸显出来。韩江是繁忙的货运黄金水道，赣南、闽西、粤东北，终年有大批木排、竹筏以及货船，需顺江驶往下游或出海；溯江而上的货船，也日夜不停，不计其数。一百零六艘桥舟横向连缀，一字排开，便是锚链锁江，无形中把河道截断、掐死，顺水、逆流的过往船只至此，只能望桥兴叹，无法通航。

浮梁与航运，构成了未曾料想到的冲突。民间有一种抱怨声悄悄流布。

当初命名"康济桥"的曾汪，造桥的原本之意是以此跨过韩江，通利百姓，交流贸易，使百姓过上安康太平的日子。然而，切断了航道，又等于掐断了百姓的另一条生路，同时也掐断了通向海洋的路径。这座与海洋有着千丝万缕联系的城池，需要海洋，需要走出去，从大海中寻找生路，寻找更为广阔的希望。

出海和过江，畅通和摆渡，皆是矛盾，却都不可或缺。

一个极其棘手的难题，摆在第四任官员的衙门案头。

彼时，潮州通判、代行知军州事的王正功来了。人未至，心早至。这位浙江鄞县人先任通判，次年（1181）摄知州，他意识到这座桥是他必须要跨过去的坎，是他为政一方的关捩之所在，要跨越前人，要出新出彩。与其长痛绵绵，不如当机立断。也许他早已胸有丘壑，上任伊始，即选择在靠近西岸的江面，增建一座桥墩，并在岸与桥墩之间，跨架巨木，做成梁桥，让船、筏在梁桥之下，通行无阻，自由往来。史载："摄郡王正功，复增一洲，距西岸数步。上跨巨木，下通船筏。至是，始无冲突浮梁之虞。"

此前三任留下的难题被王正功破解，通航和渡河在他的治下完美统一。

康济桥自此华丽转身，灵动地将浮桥与梁桥结为"伉俪"。

这一转身，启发了潮州人：没有一成不变的桥，也没有一成不变的梁，更没有一成不变的人。多少潮人在困顿无助之际，站在桥上，看着这桥和船的完美搭档，陡然间脑洞大开，开启了人生的新途，转而沿江而下，或者逆流而上，撑开了人生的第一篙。

王正功首倡梁桥结合之后，接下来，是知潮州军州事丁允元。

这些官员像一艘又一艘的船，接踵而至，不断将自己捆绑在百姓身心之上，不断在这座桥上翻新出彩。

历任潮州官员看似是在这座桥上翻新出彩，实则是在传统文化之路上薪火相传。他们之所以无缝对接于这座桥，实缘于其桥承载着百姓的烟火和日子。没有这桥，还要他们何干？这是他们的使命所在，担当所系。

而恰恰也是他们此种赓续不断的精神，继而化为潮州特有的一种文化，反哺于普通民众，归于这片大地，迎来生生不息的明天。

丁允元，《漳州府志》《龙溪县志》载其为漳州人。《宋会要辑稿》载，丁允元仕途一路畅达，从宣孝郎、太府寺丞，到滁州通判，其间没有磕磕绊绊。淳熙十六年（1189），丁允元迁任潮州。他继续在这座桥上做文章，再次倡修梁桥，"自西岸增四洲为八，亘以坚木，覆以华屋"。如此，原来的三洲变为八洲，洲间有七孔。

华屋，何其美哉，形制高大，色泽缤纷，檐牙高啄，倒影翼然。于无声中，江水潮音改了腔调，似与桥上华屋吟咏唱和。自此，桥不再只是桥，而是高雅的建筑，是修建给百姓的文化殿堂。

桥上楼阁内外焕发出雅致之气，从茅檐下走出来的平民移步换景，是一种未曾预料的别样享受。

康济桥如一少女，在四任郡守手里被一遍遍地梳妆打扮，像一位着装一新的"雅姿娘"（漂亮女子）；只是每一任郡守都有意无意地留了一笔，犹如中国画的巨大留白。譬如丁允元，只在西岸增修了四洲，东岸却未动工。这是为继任者埋下了伏笔，还是限于当时的客观条件？难以猜想。

尽管如此，潮州人已然感激不尽。

懂得感恩的潮州人心中明白，修桥造路，何其艰难！何况于急水湍流之中，大兴土木，阻江筑墩，再三再四，更需坚韧的心性，

湘子桥畔：多书 多音 多情

故更属难能可贵。他们一辈又一辈将造桥经验尽皆奉献出来，更加平稳、实用、畅通、美观的桥很快呈现于潮人眼前。老百姓看着一任接一任的官员如此费心，无以为报，便按着他们将江山改姓为韩的先例，将这座桥改名为"丁侯桥"。

潮州，为江山改姓，只为一人；为桥梁更名，也只为答谢一个人。

1913 年的
广济桥

一座桥，承载着官员的担当和作为，也承载着潮州百姓的善意和感恩。潮州人以文教兴邦，前事不忘，慎终追远，自古已然。

南宋绍熙五年（1194），距曾汪建桥，已逾二十三载。西岸之梁桥，已规模初具，而东岸河段，却仍靠浮梁——联结。

东岸的"留白"，似乎一直在等待郡守沈宗禹的神来之笔。

这位来自江南常州的官员或许早思虑筹谋及此。他一改诸前任由西往东筑墩架梁、造屋构亭的做法，在笔架山下，韩江之滨，反复斟酌，一个架梁跨越大江、与西桥合龙的规划，渐次成熟于胸。

这一年，沈宗禹在东岸破天荒建石洲两座，又在东岸第一洲上，建一座壮阔开阔的盖秀亭，与西岸的登瀛门，隔江相望。史书上云此"蟠石东岸，结亭于前，扁（匾）曰盖秀，与登瀛门对峙"。

沈宗禹已经是接续造桥的第五任官员了。有趣的是，后来的潮州郡守似把造桥当作比试，当作给百姓的一份答卷。他们悟到要为山水添光，为地方增色，要取悦百姓，方便官民士绅商，并以此让民众大饱充满诗意的潮风秀色。

南宋庆元二年（1196），"知州陈宏规，益东岸洲二，结架如丁侯桥而增广之，曰济川桥。更'盖秀'曰'济川'亭，以止过客"（《永乐大典·桥道》）。

潮州知州陈宏规，又增加了四个石洲，东岸梁桥的模样初现，令人期待。桥梁青出于蓝，自然也得益于有西岸丁侯桥的模式和经验。

最妙的是"以止过客"。以何止过客？想必是店铺和风景。

一段桥，让行人停下脚步，慢下来，驻足流连，醉心观赏。嘈嘈切切的潮音，曲曲折折的廊桥，你来我往的议价，远眺的目光，近观的手指。

这位福建龙溪人，在中进士二十年后的南宋庆元元年（1195），以军器监臣知潮州。庆元初，豪迈果决的陈规宏一心治潮，广泛听取民意，不料误听了民间阴阳家的话，凿开了南城州壕通向东边之溪。这一凿通，看似有益，但不久，洪水暴发，灌进壕内，将南城壕旧石桥悉数冲毁。痛定思痛，吸取教训，次年（1196），追悔莫及的陈宏规决心修建济川桥。

显然，他也是一位能体察民生的善者，看不得老者无养、痛者无医的现象，接着又修了养济院，以养鳏寡孤独疾弱之民。

从 1196 年开始，康济桥东、西桥各有其名，西桥称丁侯桥，东桥称济川桥。造济川桥的陈宏规，亦如造丁侯桥的丁允元，后来落籍潮州，成为今天潮安鳌头乡大族陈姓的始祖。

他们的心血所在，心之安处在潮州。

南宋庆元三年（1197），太守林嶫至。

这位南宋淳熙十一年（1184）甲辰科武举第一人，且不论其武功如何了得，单说他高中之后，却向主考官王蔺辞谢不就。王蔺问其原因，林嶫的回答很简单：不能忍受笞棰之辱。原来，彼时宋军中等级森严，任何违犯军规、不服上级管束的行为都会引来体罚，军官对部下非打即骂。主考官王蔺闻此，深为震动，便向孝宗进言，请求朝廷下诏废除此陋习。绍熙元年（1190），已升为参知政事的王蔺再次向光宗进言，请求下令禁止军帅笞辱武举从军者。光宗下诏，武举从军犯罪者，大罪上报朝廷，小罪则只罚款，以示惩治。

旧时的潮州府谯楼——镇海楼

　　为天下苍生想，必得天下民心。据《粤大记》载，林嶙为官公正清廉，善于体察民情，爱民如子，多有惠政。

　　林嶙至潮州的第一个大手笔是奏免白丁钱。彼时，潮州多有因无钱缴纳赋税而逃亡者，当地官吏苦恼无策。林嶙得知后，即上奏朝廷，免去其赋税。接着，建三阳门，重辟西湖。

　　林嶙站在前任所修的西岸桥上，目光灼灼，心潮难平。他知晓前任的"艺术留白"意味着什么：是担当作为的奋起直追，是为民开生路的情怀。他毫不迟疑地开启了东岸工程。

　　免去白丁钱的恩德在每个老百姓的心中像一束束火苗在蹿升。此刻，续建四洲的布告悬挂在三阳门口时，无需鸠工庀材，感恩的潮州百姓得知这位武状元的善意，当即排成长队，扛着铁锹镐锤，驾来舟船艋筏，拥立在这位心怀苍生的官员身边，单等一声令下。

他们要用浑身的力气和血汗作为回报，献给这位知州，献给这座湘子桥。

林嶙脱去官袍，甩开壮硕的膀子，铲下了第一铲砂石。万千的精壮汉子动了起来。新的四洲在滔滔洪流中，在日夜呐喊的号子声中，在鼓荡声中，于波光粼粼的江面上，渐次浮现。

不日，四洲完美呈现，雄伟壮阔，胜于西桥。

这一次，每洲各有创意，迎水、背水、分水、过水，大有智慧

如今的潮州广济门

和讲究；叠石砌墩，稳固安妥，墩面坚直，如切如琢，令人觉得坚实可靠。

林嶕目光深远，他不仅修桥，还要筑路。彼时，潮州通往漳州的官道，荒草离离，漫漶难辨，车辆行人多有不便，林嶕便自个儿捐钱，鸠工买石，重修潮漳道。

斧凿声在历史的深邃空间里回响，潮州老少男女谛听之，格外悦耳，如同韶乐，内心为之感化；他们听到了善美，听到了开阔的心灵震响。

这是一条通往临安的路啊，走在这新途上的人，哪个不心存感念？

这位貌似粗疏的汉子，实则胸藏锦绣：他要为潮阳修筑图纸上的湘子桥，摆渡后世的黎民百姓和文人士子。

据《宋史·艺文志》载，林嶕著有《永阳志》三十五卷。《永乐大典》《广东通志》《潮州府志》《宋诗纪事补遗》均录其诗作。其中《重辟西湖》等两首收录于《宋诗纪事补遗》，《登湖阳东山》和《九日题潮阳县斋》两首收录于《永乐大典》。

林嶕重修潮漳道，为潮州打开了方便之门。这位福建福清人，如苏轼、韩愈一般，此心安处即故乡，视修桥筑路为善举，造福一方。至此，康济桥，亦即丁侯桥和济川桥，越来越完美。但潮人并不知晓，第八任太守是否还会接续这座桥的辉煌，韩江之上是否有更加灿烂的焰火绽放？

又是八年过去了，那个曾经第一个跑过康济桥的男孩已经是四十开外的中年人了，他见证了前七位太守接续修桥的场景，他亦每每积极参与，每每赤脚奔走。

南宋开禧二年（1206），"知州林会，接济川桥之西，增筑石洲五，修其旧者一，亦屋覆而砖甃之，匾曰'小蓬莱'，因朱侯命名之旧"（《永乐大典·桥道》）。林会一举而建五洲，这在康济桥史上，是建墩规模最大的一次。而且于石洲上盖屋，桥梁上铺厚木板，再砌以方砖，勾缝抹灰，以防火灾。由是，东桥济川桥十三个石洲，遂告完成，总长八十六丈八尺。

这位福清人在任潮州郡守前，主政过肇庆府，对岭南风物是熟知的。桥成，当年三月，林会邀请通判钟大猷，两人携家眷亲朋，于上巳踏青，刻石题名于潮州西湖，今西湖景区内存有石刻《林会题名》："平潮山水，都之佳致。春积时雨，上巳晴霁。民竞追赏，以乐丰岁。郡守福清林会，通判延平钟大猷，同于是日携家来游。岁在开禧丙寅云。"

前人未竟之事在自己手上臻于完美，林会自是开心不已，在这文人踏青赏春的日子，携眷游湖算是给自己的一个小小的犒赏。

南宋绍定元年（1228），"知州孙叔谨，复接丁侯桥之东，增筑二石洲"。这样，西桥丁侯桥十个石洲亦告成，总长四十九丈五尺。

在孙叔谨之前，郡守曾噩、沈康，亦曾谋划增筑西桥石洲，皆未成功。盖因江面石洲不断增加，过水通道日益逼仄狭窄，江心水流，倍加受阻，江流湍急，漩涡深奥，让人无可奈何。孙叔谨常常在清晨伫立桥头，与僚属、匠头讨论江中各洲优劣，详察水文。他慎思远虑，汲取前任教训，办前人未能办之事。

其后，再未有于江中建石洲者。中流遂留下宽二十七丈三尺的浩浩江面，仍由浮梁连接。如此，康济桥的格局，业已定型。

历经了五十七年，那个飞奔越过康济桥的男孩已然须发皆白，他坐在小蓬莱亭下，看潮起潮落，回想着历任太守，他心存感激。他也幸逢这样一个为百姓着想的时代，有幸见证这么一群为民谋利的官员，使康济桥从一张白纸上的灵光乍现，到初有所成，到屡屡尝试，苦苦探索，终成"江南第一桥"。这座桥是一个隐喻，这些官员是这个梦想的践行者，将这个看似遥远的梦想，久久为功，直至完美告成。

梦幻般的一座桥，渡平民百姓的梦想，渡千古流传的官声。

嘉靖《潮州府志》，把这些带领潮州人不屈不挠前进，愈挫愈坚的郡守摄郡，一一列明："西洲创于曾汪，其后，朱江、王正功、丁允元、孙叔谨，相继增筑，共为洲十；东洲创于沈宗禹，而陈宏规、林嶙、林会继筑之，共为洲十有三。"

这一串名字正如照耀在潮州上空的北斗九曜，灼灼闪耀。

潮州百姓为其中三人建韩山昌黎庙三侯祠，以袅袅香火奉祀：他们是曾汪、丁允元和孙叔谨。

湘子桥畔：多书 多音 多情

3

形断意连，暗渡民生

有人低声议论：斯桥中断，以舟楫连接，成为浮桥，这样的格局，或非修桥者的本愿。

饶宗颐《广济桥志》有载："是桥建于江中石上，言地理者曰：韩山余脉，自桥东横江西来，至桥之中段，石根紧缩如线，桥墩莫得而竖，因中断浮舟以渡，故又名'浮桥'。"

无论是人为的谋划，还是客观的地理条件所致，湘子桥必须是这个样子——形断意连。

它像一个书法家的神来之笔，飞白留空，虚实相衬。

水下地脉中断，确是造成建墩困难的客观原因。而石墩的建造，多采取由岸边向中间延伸的办法，随着石墩不断增加，水势必然受阻，向中间汇流。中段江水流量、流速加大加快，建墩更难。因此，中间一段不建墩，并非不为，实则不可为。

知其不可为而为之，逆天也。就此止步，灵活处之，浮舟以渡，此乃不得已而为之。但正是此不得已而为之，使这座桥成为中国桥梁史、世界桥梁史上绝无仅有的特例。

假如着力建墩，使之联结为完整石桥，则其成本之高无法估量，劳民伤财，可想而知。

就此打住，浮舟以渡，这是何等灵动的身姿！这身姿不仅仅是九位官员的身姿，也是韩江的身姿，更是潮州文化的身姿。从美学角度而言，桥梁更加跌宕多姿、起落有致、曼妙独特；从实用价值而言，关键解决了舟楫往来之困，利于通航。通航，是百姓的活

形断意连的湘子桥，意韵悠长

路，是潮州的生路，更是潮汕文化走出去的征途。

其时，海洋船舶可以直趋大埔，浮桥可开可合，方便之门大开，加之利于解缆以排洪泄洪，这一科学创举，使这座桥被誉为世界上最早的启闭式桥梁。

康济桥的桥墩，有多种施工方法，这也是古代的工程主持者和桥工在与激流的不断对峙、周旋中悟出来的。西桥十洲，从开始营造到完成，历时五十七年；东桥十三洲，前后只花了十二年。其中的原因很多，头绪纷繁，扼其要，就是西桥与东桥采取了两种不同的营造方式。韩江江流，形似弯月，急流从竹竿山出，主流靠东，水势急促，水力浩大。因此，取西岸先建石洲若干，是明智之举。

当其时，即便是枯水季节，水深也超过 20 米，流速接近每秒 1 米，施工之难，可想而知。经分段拦河阻流，在拦围圈内清水清淤，竖大杉，打木桩，投乱石，做基础；然后，再将经过加工的巨石，层层垒叠，筑成桥墩。这种营建方法，叫井干式。它的好处，是干砌，与水隔开，并使石与石之间能够活动，在后代重修时，材料仍可再用。但这种方法，耗时很长。

东桥石洲处于主航道，水深流急，拦河阻水的工程量更大。好在上游森林茂盛，大树遮天，遂伐巨木，编排筏，垒石其上，固定位置，逐渐下沉，创造了"睡木沉基"的新方法。即在江中墩位，先抛乱石，然后在捆扎成几层的大排筏上，堆放经过加工的巨石，利用水位上涨，牵引至墩位固定，等候水落时，将其搁置在乱石之上，再在其上加筑墩石。如此，施工进度加快，施工难度减小。

桥墩的石块与石块之间，不用灰浆，但凿有卯榫，使其咬紧契合，不致摆动或松脱。架梁的巨木、坚木，则选用石盐木。石盐木坚若铁石，白蚁不敢跻，阅岁浸久，风吹雨侵，不可动摇。

在元朝治下的八十九年间，这座桥又先后由大德二年（1298）总管大中怡里、大德十年（1306）总管常元德主持修缮过，但规模都不大。

元泰定三年（1326），判官买住，拟将桥上木梁换成石板，却因施工经验不足，仅完成了四孔。不久之后，又接连断折三孔，溺死者三十余人。后来，又重新换成木梁。这次改造虽未获成功，但毕竟敢想敢干，在建桥史上，也算一件大事。

另一件大事，是关于桥名的更改。元至正四年（1344），府判乔贤，对全桥作了较大规模的维修，并在桥头重建仰韩阁，统称全桥为"济川桥"，不再使用"康济桥"或分段沿用"济川桥""丁侯桥"等旧名称。朝奉大夫梁祐撰《仰韩阁记》载："嶂山公复大书'济川'为桥之匾，且属余撰文以记之。"

明永乐、宣德年间，桥墩再次被洪水冲垮。桥既坏，韩江水流急如马骋，触之者木石俱往。桥梁断绝，激流之下，咫尺千里，凡登途而望者，莫不痛惜：从此以后，此桥休矣？

非也。明宣德十年（1435），新到任的知府王源，慨然以修桥为己任，捐出自己的俸禄，倡导修桥。王源此举，立即得到官民响应，史载："所部僚属，及富家巨室，皆争输恐后。于是购木石、募工佣，凡墩之颓毁者，补之，石梁中断者，易之。"

王源修桥，顺应民心，顺势而为。潮州乡贤长者，纷纷站出来，协助主持募捐事宜，他们的懿德懿行，使途经潮州的高官巨贾，纷纷解囊。而海阳、潮阳、揭阳、程乡等周边百姓，也不吝钱银，捐款出手大方，爽快无比。

他们都视这座桥为自家的门面。

海阳县令李衡，自告奋勇，愿赴修桥一线，督工管理。他还找了几位行家里手，一起协议谋划，以赞其事。如"石梁中断者，易之"，他们不是墨守成规，不晓得变通，认死石梁，而是几经商议，拿出方案，报王源过目首肯，然后，选用楗、楠、樟、梓等上等木材中的大而坚者更换之。年高德劭的乡贤许懋等人，也来到修桥工地，充当工程监理，协理钱银，规划用度，计算出纳，保证所募到的款项，笔笔用于正途，买材料、付工薪，绝无跷蹊。

中流一段，最费脑筋。比画来，比画去，最后还是尊重现实：做不来，就不做，灵活便当处置，仍用浮舟相接，絷以铁缆，无陷溺之忧便可。

王源的大手笔是在桥面上。这是一次大规模的整修，立亭屋一百二十六间，亭屋之下，桥梁之上，镘以厚板，厚板上方，再卧铺二层砖甓，用灰弥缝之，以蔽风雨寒暑，以防回禄之虞。回禄、祝融，都是古代火神的名字、官职，如此修桥其实是为了隔离防火。桥面两侧，环以栏槛，五彩装饰，坚五倍于原来。桥上自西向东，建十二座楼台，楼台的西、东两面，分别聘名家撰文辞丽句、佳词吉语命名，再邀高手书丹，嘉木立匾，托架悬挂。风台时雨、湘桥春涨，从哪个角度看将过来，都称得上是天上琼楼、海上仙山。

十二座楼台，按序排列：楼一，奇观、广济楼；楼二，凌霄、登瀛；楼三，得月、朝仙；楼四，乘驷、飞跃；楼五，涉川、右通。这是西桥。楼六，左达、济川；楼七，云衢、冰壶；楼八，小蓬莱、凤麟洲；楼九，摘星、凌波；楼十，飞虹、观瀗；楼十一，浥翠、澄鉴；楼十二，升仙、仰韩阁。这是东桥。

王源修建的这座桥，既不同于宋元的旧桥，也与后来的桥梁迥异。当时，除了浮桥，东西二桥全用亭屋覆盖，有人说像是古代的"复道"，其实就是廊桥。只是这廊桥的样式，是潮州的样式，是典型的潮州厝、潮州飞檐、潮州翘角的样式。王源之高明在于把楼台亭屋作为桥体的组成部分，精心安排，互为穿插。十二座华彩焕发的楼台，分布在一百二十六间大大小小千变万化的亭屋间，穿行其中，是何等感受？有人看到"琐窗启而岚光凝，翠牖开而彩霞簇"；有人觉得好像"飞梁渡江，恍乎若长龙卧波；复道行空，俨然如乌鹊横河"；也有人感到"方丈一楼，十丈一阁，华桷彤橑，雕榜金桷，曲栏横槛，丹漆黝垩，鳞瓦参差，檐牙高啄"……

此次修葺用了不到一年的时间，看似意犹未尽，却又完美无瑕。这次桥名也取得好——广济桥。

湘子桥畔：多书 多音 乡情

4

知汝远来应有意

广济，广济，多含杜少陵"安得广厦千万间，大庇天下寒士俱欢颜"之慨。此后，"广济桥"这个名称深得文人青睐，百姓喜爱。

有人质疑，王源在广济桥修建如此众多的楼台亭屋，虽然唯美，但是否也夹杂有那么点好大喜功？远非如此。彼时，盖楼起屋，本在于保护大桥不受风雨侵害，也是为了增加桥身重量，使桥不至于轻易被江水冲垮。明代王世懋所撰的《闽部疏》就写道："闽中桥梁甲天下，虽山坳细涧，皆以巨石梁之，上施榱栋，都极壮丽。初谓山间木石易办，已乃知非得已。盖闽水怒而善奔（崩），故以数十重重木压之。中多设神佛像，香火甚严，亦镇压意也。"

有明一代，王源显然是出类拔萃者。这位永乐二年（1404）的进士是有抱负和理想的，他除了整顿潮州吏治，清理贪腐之外，还设立了上千所社学、数百所乡校，在当时可谓多矣，似乎称得上是村村有小学、乡镇有初中的普及教育了。每月初一，他都要抽出时间，亲自到府学讲课，阐释他的学术主张。他到任三个月，潮州风气陡然焕新。彼时潮州文庙败落，衰草蔓地。王源心想：这哪能行？煌煌孔庙，是赓续我中华文明的神圣之地，应是一方最为摄人心魄之所在，即便银根再瘦，也要勒紧裤带，树起它高贵的形象，不能任由其凋落。他率众填埋污坑，整治道路，维修大殿，重修棂星门，扩展甬道，文庙的气象顿时一新。

文庙是士人精神的象征，更是文化的指向。

接着，王源开始修建广济桥。

大刀阔斧的王源万万没想到，麻烦就在不远处潜伏着，像一头鳄鱼。有一次，王源和属下会审一嫌犯，不慎致死，死者之子大闹不休，以至于闹到了朝廷，并且以他建亭修桥为原罪。这就格外令人伤心了，修桥建亭，显然是造福生民，朝廷偏听偏信，要治罪王

约 1913—1923 年的广济桥

源，以此论罪，王源该当流放。王源万念俱灰，没想到自己精心治理潮州，最终给自己的回报是下狱流放。然而，百姓间的口碑才是真正的天平，他们心中那杆秤才是天下最公平的秤。消息传来，潮州百姓急了：要是这样的官员也要治罪，这天下哪里还有好官？

潮州的一班耆老儒士万里迢迢，奔至京城，向朝廷申明，此官若青天，不可治罪。

王源最终官复原职，这班儒士拥戴着他们的郡守，又回到了潮州。几年之后，王源祈求朝廷许他退休还乡，朝廷答应了他的请求。然而潮州人舍不得他走，再次恳求朝廷让他留任，但他最终还

旧时的潮州街巷

是离潮归乡了。潮州人为他修建了生祠，以香火奉祀。

明代岭南大儒陈白沙说："吏于潮者多矣，其有功而民思之，唐莫若韩愈，明莫若王源。"可见王源官声之高。

王源命名的"广济桥"，是官方所用的称呼，而民间远近，更喜欢叫它"湘子桥"。这就像一个人的乳名或者昵称，那才是未脱离母体的，最接地气的。

湘子桥，带着潮音，浸润着韩江母性之气。

得名"湘子桥"，缘起于何时？人们总想一探究竟。

明万历六年（1578），陈一松在《重修广济桥记》中，就提到了韩湘子造桥的传说。清康熙《潮州府志》有云："逐沈公全旗出城，弃辎重，渡湘子桥，子女堕桥死者无数。"这是"湘子桥"之名始见于地方志。

到了清雍正元年（1723），湘子桥成了韩江的水文标志，这在乾隆《潮州府志》上可以看到："雍正元年，韩江大涨，水漫湘子桥栏杆一尺""十二年，水长，漫过湘子桥"。

清代张树人在《湘子桥考》中曾感慨："明末清初，民间始有'湘子桥'之称，寻且官书，如府志，亦偶有以'湘子桥'名。及于晚近，我潮人士，无不呼为'湘子桥'者，而'广济桥'之名反晦。"

历代建桥者多矣，个个值得记忆珍藏。

老百姓索性将他们统而称之，化而为神，直追韩愈之侄韩湘子，遂昵称该桥为"湘子桥"。在中国神话中，"仙佛造桥"的故事在民间广为流传。清人林大川《韩江记》中记载："湘子桥以文公侄得名，附会神仙，习俗可哂。"韩湘子为传说的八仙之一，百

湘子桥畔：多书 多音 多情

1939 年的广济桥

姓唤这桥为"湘子桥"，那语音里，带着一种温和、吉祥的韵味，这是潮人骨子里的古桥情结；它上接韩公，下连官民，将遥远的神话和现实勾连为一体，这就有了韩湘子为潮州造桥的传说，继而有百姓称之为"湘子桥"。

"知汝远来应有意"，当年韩愈"雪拥蓝关"之时，感念在五岭之下迎接自己的侄孙韩湘，写下了千古不朽的诗篇；而在潮州百姓的心中，韩湘子通晓当地民俗，加之他后来成为传说中的八仙之一，百姓自然将所有建桥官员的名字融汇在他一人的名号上，也将所有的功勋记在他的名下，这就有了"湘子桥"。

湘子桥之名不胫而走，也与它以平声起调，读之朗朗上口有

关。尤其是以潮音读来，"湘子桥"三个字听起来格外迷人。

桥既成，诗赋来。在吟咏湘子桥的诗词中，乾隆进士、潮州人郑兰枝的《湘桥春涨》，流传最广：

> 湘江春晓水迢迢，十八梭船锁画桥。
>
> 激石雪飞梁上鹭，惊涛声彻海门潮。
>
> 鸦洲涨起翻桃浪，鳄渚烟深濯柳条。
>
> 一带长虹三月好，浮槎几拟到层霄。

"湘桥春涨""东楼观潮"是明代"潮州八景"和"内八景"

的两处景点。

暮春时节，桃花怒放，洪水南来，在东门城楼上倚栏眺望，就会看到杏黄色的江水，自天际奔涌而来，浪涛滚滚，漩涡逆旋，红蜻蜓在桥上飞舞，小燕子贴江面俯冲，桥墩四周，浪花飞溅，有如一群群白鹭，跃梁而过。这些不断飞舞的精灵，并不是人们想象的水神、河伯显灵，而是自然界的信使。每有大水来临，空气湿度骤然增大，湿气中有很多人眼看不到的昆虫，红蜻蜓、燕子飞出来，上下穿梭，捕捉这些细小的虫蠓。另有老辈人相传，每回发大水，在东桥的第三洲，都有一条鲤鱼跃水戏浪。好事者曾在桥墩上抛下渔网，试图捕捞，眼看着鲤鱼入网了，但网拉出水面，鲤鱼却又无影无踪。于是就有"凤凰山顶无日无云烟，湘子桥上无日无神仙"的民谚。

康熙五十九年（1720），又水决东岸石墩，没二洲。

雍正二年（1724），知府张自谦倡绅士捐修其一，铸鈇牛二，列东、西桥以镇之。在鈇牛立起来的第一百一十八年，即道光二十二年（1842），天仿佛被捅开了一个窟窿，夏秋淫雨接连不断，韩江水涨，使下游的江东岛溃堤，广济桥墩多圮，鈇牛也被冲走了一只。仅存的西洲鈇牛，成了如今湘子桥的独特标识。

于是，渐渐产生了很多传唱湘子桥和鈇牛的民谣俚曲，至今流传不息。"潮州湘桥好风流，十八梭船廿四洲。廿四楼台廿四样，二只鈇牛一只溜。"平白如话，前后回环，和盘托出，措辞到位，没有波澜。再如"十八梭船廿四洲，石级底下水奔流。千年古桥难再现，二只鈇牛一只溜。"这是一种带有强烈主观色彩的吟唱，蕴含着对昔日古桥的深深惋惜和留恋，无尽的怅惘、无限的怀想跃然纸上。

"十八梭船廿四洲"，是诗歌民谣的夸张之语。湘子桥实则只有二十三洲。明代姚友直《广济桥记》说："旧有修桥，垒石为墩二十有三。"清人林大川《韩江记》引姚竹园《湘子桥》诗谓："蝉联墩排二十三，如鼋如鼍架两旁。"清代杨钟岳《重刻广济桥记》亦谓："有明宣德间，太守王公源垒石为墩，西计有十，东计十有三。"其他地方志籍，亦均明列二十三洲，而无二十四洲的记载。

"廿四洲"之民谚又从何而来，有何隐喻？其原因或是："廿四"乃国人喜爱的吉祥数字，如"二十四节气""二十四

约 1948—1949 年的广济桥

桥""二十四孝""二十四番花信"等等。如果执意于"廿四洲"之算，那么，桥两端架石梁时须一头架于岸边，另一头架于石洲，岸边承石梁处亦须砌有基座，东、西岸边各有半个墩，合起来便是一洲，"廿四洲"也能说得过去。民谚是口头文学，往往带有浪漫、夸张的色彩。

廿四洲上，湘子桥面，十二座楼台，一百二十六间大小相间的亭台楼阁，对潮人而言，不仅错落雅致，赏心悦目，还要派上最大的用场，那就是"一里长桥一里市"的商用价值。

王源修成此桥之后不久，桥上楼台渐渐变成了林立的店铺，商贾汇集，热闹非凡。桥市从早到晚，行人杂沓，市声喧腾。破晓，韩江西面的雾气尚未散尽，桥上已是"人语乱鱼床"，经营海鲜鱼类的商贩很早就开市了。桥市上店面栉比，商品种类繁多，飘荡着各色旗幡、挂帘。小商贩的叫卖声此起彼落。"有抱布贸丝者、卖卦占卜者、贩卖鲜果品者、售银纸香烛者"，商品各式各样，琳琅满目。耸立在桥墩上的高楼亭阁，是饮食业和客栈业的主阵地。入夜，桥上酒肆灯烛高悬，楼阁上食客盈门，疍艇里觥筹交错，篷内小调声渺渺，浮荡在江面的水雾中，好一幅烟火喧闹的市井画卷。

当时，潮州便流传着"到了湘桥问湘桥"的俗话，所指的是初到潮州湘子桥的人，淹没于熙熙攘攘的桥市中，置身在密密麻麻的店面之内，以至忘记了咆哮的江水。清代曾廷兰《晚过湘子》生动描绘了湘子桥市的繁华场面：

韩江江水水流东，莫讶扬州景不同。

吹角城头新月白，卖鱼市上晓灯红。

猜拳疍艇犹呼酒，挂席盐船恰驶风。

二十四桥凝目处，往来人在画图中。

湘子桥不仅是商品流通的集市，也是官家海盐集中和分运的集散地。潮州自唐代已有官设盐场，食盐专卖，至清初，潮盐供粤、闽、赣三省三府二州二十九埠之所需，每年交易总额达四千七百多万斤，盐税达十一万七千六百多两银子（清中期以后增至十六万两）。

湘子桥盐税一时为广东之最。明代王临亨《粤剑编》载："粤税之大者，无过此桥。旧属制府，用以充饷，今为税使有矣。"故历代皆设盐业专卖机构以严格管理，运同署直属户部，下设有盐知事署，并建有潮运公馆，即专供府属各盐场官运盐到府之休息场所。在广济桥设税口转运，在韩山附近设仓库贮藏，桥下还设有盘查馆，设掣配座船、放关座船、收买花红盐趸船、巡哨船等。

在盐运的带动下，湘子桥成为一个繁忙的商业中心。清人俞蛟所著《潮嘉风月》称此间"繁华气象，百倍秦淮"。

依仗着粤东行政中心的地位及盐运业的发达，潮州府城也渐渐成为粤东商业中心。清宣统年间潮州城内有"当商暨银行商、福篓纸商、省漳绸缎商、洋七布、元白茶商、糖商、油豆商、米商、京果商、首饰商、菁靛商、皮毡商、盐商、鱼脯商、粉商、碗商、烟茶商、药材商、酱园商、米商"等二十个同业公会。

至此，一座桥更深层的价值初现：它摆渡了众生，此后摆渡潮人走向海外。他们以此桥为心中的念想，将那生生不息的中华文化的种子携带出去，散播至世界各地。乡音乡情正如这座桥一样，形断意连，似断还连，丝丝络络，缠绕着一江文脉，渗透至潮人脚步所及的远方。

远隔重洋，海外的潮人每每回望故园，他们心中的那座桥承载着潮人的精神内核。他们不断地告知自己的子孙，有那么一座桥，

在韩江上坐船的洋人和当地人

它的样子在全世界独一无二，它摆渡过每一个潮人的灵魂，它承载着八百多年间众多贤达士子和千千万万潮人的赤子之心，承载着灵动无比、精细多姿的潮汕文化。它是潮人之根脉，是代表着中华文化的潮人方舟。

红头船，如烈焰在海面燃烧

自从一抹偶然的红色涂在船头，便如一束潮人生存的希望被点燃，尽管下南洋之路凶险重重，大船却承载着黎民百姓的梦想，一艘船牵绊着另一艘船，美美与共；红头船主定舵驶过七洲洋，像一束束在海面上燃烧的焰火，将中国文化大规模输出。

湘子桥畔：多书 多音 多情

5

因海禁而生

雍正元年（1723）正月二十日晨，广东总督杨琳深吸了一口弥漫着海腥味的新鲜空气，在巡抚和提督的陪同下，带着大队人马，浩浩荡荡，从总督府出发，跨过珠江。

晨曦中，苏醒的珠江，奔涌南下；花树在天光暗色中新发；鸟鸣如一颗颗隐身的星，陪伴着这场看似莫名其妙的行军。

这队人马穿州过府，井然有序，飒然前行。

多年以后，广东总督杨琳才知道，彼时他正走在为潮汕生民开一条生路的新途上，他暗藏于心的那抹"红"，果然是一道吉祥之色。只是他在当时尚缺精准的预判，正如他彼时忐忑的表情一般。他尚未预料到这条路将要把潮州文化的种子播撒到中国之外的诸多国度，落地生根，蓬勃生长，进而变为一股味道、一种声音、一抹颜色……

这位从白山黑水的东北而来，经历过四十年官海浮沉的官员此刻心中想的是：但愿这一抹红色给自己的仕途带来的也是红运，而不是歹运。

但身在宦海，好运，歹运，无论什么运，他都得接着。

随行的将士们惴惴然，不知道这位长官——铁岭黄旗汉人杨琳此行的目的，也不敢贸然询问，只是寂然前行。

杨琳面无表情，没人能参透他的心事。部下只是知道，要去的目的地是潮州府的樟林港。

潮州府的这个春节格外热闹，正月里天天有民俗活动，年还没有过完，剩下的尾巴说长不长，说短不短。正月二十这天清晨，知府曹典的餐桌刚刚摆上了七糕八点的早茶，他正准备早茶后召集地方绅贤商议正月二十四的"游神大会"，尤其是湘子桥畔"头夜灯"的安全事宜，总督府通传消息的差役已经站在了厅堂门外。

接报后，曹典一面安排差役吃早茶，一面反复端详眼前的这份急报，大意为：接朝廷上谕，召集所有船主至码头，携带红色油漆，急驰樟林港，公干。曹典内心揣摩着这份急报，身子已然挪到了衣帽架前，仆人见状，急急为他更换官服，花翎顶戴，着装一新。事出紧急，他已无暇他顾，暂且撂下原定当日在湘子桥畔主持盛会的议程，跨步出门，却被自己的贤妻拦住，喂了几口鱼丸汤粉，方匆匆出门。他一面命人传令召集大小船主，一面带领一班属下，一路疾行奔向彼时潮州唯一的港口——樟林港码头。

赶在总督杨琳到达之前，曹典一众已在午时排列在了埠头边。出于曹典对音乐的偏爱和执着于音乐教化的执政理念，手下已将锣鼓队、狮子队、炮仗队准备就绪，但等总督杨琳一行的到来。

曹典心中释然：调集红色油漆一定不是战事。既然不是战事，一切都好说。

大小船主，一众船工，集结于码头。个别熟悉曹典的船主前

位于汕头市澄海区东里镇的樟林古港原址

往叩首行礼，低声询问何故如此大动干戈。曹典摇头，表情深不可测。

　　船主们唯一担心的是：是否又要禁海？在他们心中，海开了，他们就活了；海禁了，他们必无生路。他们对郑成功父子的感情是复杂的，一面对其反清气节敬畏有加，另一方面，清廷为了防范郑成功，已经实行了近百年的海禁，康熙二十二年（1683）总算收复了台湾，次年开海，至此不足四十年。当年这些船主的先人为了出海，多少被投入清廷大牢？朝廷用保甲连坐法，逐户报丁，十家为一甲，甲有甲长，十甲为乡，乡有乡长，一家有罪，连及一甲，一甲为非，罪连一乡。同时，还利用乡族势力加以严控。此外，顺治十七年（1660），清廷出台最严厉的海禁政令，将沿海村镇夷为平地，沿海居民被迫内徙三十至五十里。康熙元年至五年（1662—1666），潮州的澄海、饶平一带连遭三次迁界，"既迁之后，不许出界耕种，不许复出界外盖屋居住，如有故犯，俱以同贼处斩"。

　　家园毁弃，流离失所，目光无处安放，这些海边的百姓再也吃不到新鲜的海鲜，他们心心念念的海边美食已经成为梦中的饕餮。他们在饥寒交迫中学习耕作，陷于水深火热之中。加上当时疫病发生，死亡者不计其数。总算等到了康熙二十二年（1683）清廷收复台湾，海禁始弛。次年，允许百姓回迁到沿海居住。他们因海而生，海洋才是他们的土地，总算盼来了朝廷放宽对沿海居民海上贸易、捕鱼的限制。但是，滨海居民回迁的管理不到位，秩序混乱，潮汕谚语叫作"茻到汇乡"（比回迁到乡里还乱）。康熙二十四年（1685），清政府又设立江（松江）、浙（宁波）、闽（泉州）、粤（广州）四个海关，管理海上贸易事务。潮州的海阳、潮阳、揭阳、饶平、澄海、惠来等地都有粤海关口。此后，虽有反复，但再没有实行严格的海禁政策。海禁松弛，社会大局相对稳定，自明朝以来山寇海盗频频扰民的局面得到逆转，社会秩序良性恢复，海边的烟火重新点燃，渔歌开始在大海上漂荡，商船、渔船像湘子桥一般，联结起了生活和贸易的两岸。

解除海禁，清政府并非一放了之。

船只准许在海上贸易、捕鱼。同时，官府定了许多规矩，制定出相应的管理措施，如登记姓名、取具保结、船头烙号、发照验行，等等。康熙五十三年（1714），清政府要求各地将商船、渔船各制"商""渔"字样，两旁刻某省、州、县编号与船主姓名并为船主颁发腰牌，刻明姓名、年龄、籍贯等。还规定，渔船出洋不许装载粮食，进港时不许装载货物，违者严加治罪。

这一年却有些不一样，闻所未闻。

未时，杨琳总算来了。

鼓乐喧天一刻后，杨琳摆手，乐止。曹典站在杨琳一侧，看着杨琳并不着急，甚至面露喜色，他的心中更加踏实。他知道杨琳喜欢音乐，这只是一个触角，由此他便知道杨琳此行，并非坏事。他安静地站在杨琳和广东提督、巡抚之侧，但等杨琳宣布即将发生的大事。

鼓停乐止。码头众人警觉地竖起耳朵，聆听来自总督的宣示："……着将出海民船按次编号，刊刻大字；船头桅杆油饰标记。"

上谕大意为，为加强海上船只管理，除要求各省对商船、渔船进行审批、登记、发牌外，还规定各省商船在船体头尾部位和大桅上部油漆相应颜色，以便区别，并随时接受兵船巡海稽查。江南油漆青色，白色钩字；浙江油漆白色，绿色钩字；福建油漆绿色，红色钩字；广东油漆红色，青色钩字。

"红色！"有人像替总督杨琳喊了出来。

"吉祥！"有人又像替潮州知府曹典喊了一声。

杨琳和曹典相视一笑。

红。

杨琳这才挥手宣布：所有出海商渔船只从此刻开始由官兵各挨次编号，刊刻籍贯。船头油以红色，桅杆亦油红一半。上面写青黑大字，令人易见。并咨会福建、浙江以及江南督、抚、提诸臣，各遵谕旨油饰标记。

大海着火了！

这一消息传来，周边渔民像嗅到了一股别样的味道，这些担惊受怕数十载的渔民纷纷奔向码头。放眼看去，但见火红的焰头聚拢在一起，如海市蜃景一般。他们反复揉着眼睛，见那红色的火焰在水汽的映照下，晃动摇摆。他们惊慌，他们胆怯，他们怕歹运降临。

此刻，火光中走出另一位少年，挥着手臂喊："好运到——"

人们这才看清，码头外的海面上，大小船只的船头和桅杆都被刷上鲜红的油漆，一股油漆味，混杂着海腥味……他们相信，这颜色是吉祥的，百船千桅从碧海直插蓝天，像一束束火炬，又像喷涌而出灼灼向上的烈焰。

这个少年名叫吴阿梅，他家在潮阳，是自愿加入刷漆行业的一位——按照如今的说法，叫"志愿者"。此后，他以自己的奉献精神赢得了红头船主的青睐，让他搭着红头船出海，再后来，他成了

湘子桥畔：多书 多晋 多情

汕头市澄海区东里镇樟林古港口的红头船复制品

"水客"。

广东总督杨琳给潮州带来的果然是吉祥之火，自此，中国南海，碧波之上，千红矗立，万焰同燃，似星火燎原，几欲点燃大海。

次年，孔毓珣接任广东总督。这位来自山东曲阜的孔子第六十六代后人，继上任杨琳未竟之业，使更多的红头船驰向海外，让"中国红"为世界所知。

湘子桥畔：多书 多音 多情

6

大船驶过七洲洋

"断柴米，等饿死，无奈何，卖咕哩。"

这首歌谣所唱的正是彼时的民生之艰。断柴断米，求生无门，似乎在等死；无可奈何，只好"过番"（出国）打工，成为苦力。

史书上没有记录第一艘扬帆出海的红头船的编号和去向。而彼时，红头船双桅所系者，是潮人的身家性命。他们要"过番"，他们指望着那吉祥的红色带着他们在"番畔"（国外）找到生路，谋得财富，养活那樟林码头、湘子桥畔乃至潮州万千厝屋中望眼欲穿的父母妻儿。

虽然红色代表着吉祥，但万里出海，途中千难万险，谁敢确保自己能够全身而还？正如船上的双桅，一半红色，一半却无色，似乎冥冥中诠释了过番者祸福相依的命运。谁能全身而归，谁又将葬身鱼腹？谁人面前不是空茫茫一片，身处波谲云诡的大海，谁能预料自己前路渺茫的命运？

开禁伊始，胆大敢闯的一批潮人纷纷登上红头船，过番谋生。在众多登上红头船的"过番"客中，有个名叫郑镛的澄海华富村少年。当时，登上红头船的哪个不是为生活所迫，哪个不是想要借红头船出海，闯出一条人生的新路？

郑镛彼时一定没有想到他的此番艰难抉择，却在日后成就了儿子郑信成为暹罗国王的宏图大业。他只是在日夜难安中，在徘徊蹉跎多次之后，向父母提出了自己过番的想法。彼时，红头船已然自由出海两三年了，他以耳闻目睹的事实向父母保证，红头船是安全的，至少能保证他像其他人一样顺利抵达暹罗。父母何尝不懂儿子的心思，于是掩饰着内心的不舍和担忧，勉强答应了郑镛。

临行前，郑镛随着父亲去了先祖的坟头，在祖坟边夸下了让父亲宽心的海口。他看了一眼年迈的父母，向祖先郑重叩首后立誓：不光宗耀祖，不发达显贵，决不回家！这些情理之中的豪言壮语，让父母看到了少年儿郎的志向。母亲笑着鼓励儿子，不料尚未开口，泪已千行。郑镛搀住母亲的手，毅然起身，背起"过番三宝"，掉头就走。前路依然朦胧不清，但他相信，这一去，至少有搏出生路的希望，不致被困于草寮，终此一生。

韩江边用龙骨水车的人

从樟林港出发的那天早晨，天空朗碧空湛，红头船巍峨矗立于金色的涟漪之上，一切显得吉祥无比。郑镛细细打量这艘红头船，船头两面多了一双巨大的眼睛，那眼睛充满自信和力量，却也饱含着眷恋和不舍。那双眼睛似乎是自己的眼睛，正在遥望澄海华富村自家那几间摇摇欲坠的厝屋，和那破旧屋檐下泪洒衣襟的慈母。

没有人送行，没人向他挥手。登上船，他空空地向那片坚实的大地轻轻地挥手，再挥手。

红头船在广阔无垠的海面缓缓行驶。一阵悲凉的歌声在水面上飘荡开来：

> 一溪目汁一船人，一条浴布去过番。
>
> 钱银知寄人知返，勿忘父母共妻房。

雍正年间，像郑镛一般搭上红头船的少年不计其数。郑镛和同行者们一样，怀揣着多少梦想，内心就暗藏着多少忐忑和惊惧。

他们抵达的首站正是坐落在曼谷以北的平原上的暹罗首都阿瑜陀耶城，华人习惯称其为大城。阿瑜陀耶的意思是"永远胜利之城"。郑镛当时内心一定暗忖：如此之好的名字，必是他实现梦想的福地。

他迅速摸清了当地的市场行情，决定先摆起生果摊档。在他的精心打理下，生意出奇的好。后来，他看中了当地一个聪明、坚韧、美丽的女孩，名字叫洛央。他们结婚后，生下儿子郑信。郑镛当初在祖宗、父母面前夸下的海口，此后将在儿子郑信身上得到印证。至于郑信后来如何成为暹罗的大英雄，如何带领部队击退入侵的缅甸大军，建立吞武里王朝，如何被拥立为泰国国王，这是后话。

当年那位在码头上高喊："好运到"的少年吴阿梅，也是早期乘坐红头船出海的人。舟船劳顿使他精瘦得只剩下了精神头；彼时他只有十四五岁，视"过番"为人生的最大梦想。他饥饿，他困顿，他又双目炯炯，他和潮汕地区或岭南大地的大多数农人一样勤劳而淳朴，唯一不一样的是他向往大海，向往大海尽头的异国他乡。

和所有的"过番客"一样，吴阿梅随身只带了三件东西，叫作"过番三宝"，一条水布、一个竹制市篮、一团甜粿（年糕）。水布既可当浴巾、毛巾擦身洗脸，也可当头巾、围裙。市篮用来装行李，内装生活必用品之外，还会有家乡的一抔泥土和常用的药品。甜粿是娘亲亲手所做，充作船上十几天甚至个把月的干粮。船家则会购储一批大冬瓜之类的东西，为乘客补充水分。后来的人们，把这"过番客"必带的三件行李戏称为"过番三宝"。其实，皆为乡思之物矣。

船行数日，放眼望去，大海浩渺无边，空空如也。吴阿梅唱起了一首潮汕歌谣：

> 大船驶过七洲洋，回头不见我家乡。
>
> 是好是劫全由命，未知何日回寒窑。

另一个少年跟着唱起来：

> 天顶高高飞雁鹅，阿弟有嬷阿兄无。
>
> 阿弟生仔叫大伯，大伯听着无奈何。
>
> 打起包裹过暹罗，欲去暹罗牵猪哥。
>
> 赚有钱银存多少，寄回唐山娶老婆。

他未曾料到，后来自己成了"批脚"，成了专门为过番的人们送批信的脚夫，将那些歌谣中的思乡之苦，一一交到了过番者的父母手中。

雍正元年（1723），与吴阿梅同船的人还有很多，或许两三百人。他们都来自潮汕。缘何要"过番"？米价飞涨。米价涨了多少？

乾隆十年（1745），湖南巡抚杨锡绂上书朝廷，说他家乡江西清江的米价，在康熙年间每石不过二三钱（银），雍正时涨到四五钱，现在每石要五六钱。他说米价上涨的原因在于："上谕谓处处积贮，年年采买，民间所出，半入仓庾，此为米贵之一端。"

林大川在《韩江记》中有一篇《丁巳纪事》，专门写了咸丰七年（1857），从三月到五月米价飞涨的详情：

> 咸丰七年岁次丁巳清明前后，每元银买米三斗。四月初旬，庵埠各处上府运米，每元尚买米二斗有零。迨汀州有贼，梅州封河，每元仅买一斗。五月初五、初六，闭市无米，至初

七、初八踊贵，二百钱一升，两千钱一斗，与乾隆乙卯年同一米价。故老皆言：乙卯有囤户，囤米极多，暗令各米行长价。有谓囤户曰：二千一斗，人不聊生。囤户答曰：二千一斗，也不为多。未几，囤户凶死，若遭天诛，人心大快。有无名子，用磁锋书其大门："二千一斗不为多，人固无能奈汝何。可惜黄泉太路远，恶钱难带见阎罗。"

多年以后，某省的高中历史考题对米价上涨的原因设置了四个选项，分别为：

（一）战争破坏了农业生产；

（二）闭关锁国政策的阻碍；

（三）白银大量流入了中国；

（四）粮食大量出口到国外。

标准答案令人吃惊，居然是"白银大量流入了中国"。

试题分析中说，新航路开辟后，中国的丝、茶等产品在西方市场一直广受欢迎，因此在与欧洲的贸易中，丝、茶换成大量白银流入中国，中国市场上货币量增加，导致了通货膨胀，货币贬值，物价上涨。米价上涨的原因必然是米稀缺，物以稀为贵。同时说明民生凋敝，凋敝的背后是沉重的赋税。

哪里来这么多的白银白花花地流入大清呢！雍正元年（1723），刚刚登基的爱新觉罗·胤禛也凿凿慨叹："历年户部库银亏空数百万两，朕在藩邸，知之甚悉。"

民以食为天。粮食价格飞涨之后，老百姓的生活可想而知。只有走出去，离开这物价高昂的地方。去哪里？于岭南百姓而言，最近处便是广种大米的东南亚各国。

雍正二年（1724）春日，第一艘红头船乘着东南亚季风，双桅矗立，张开鼓荡的风帆，拉着精壮的劳力下南洋，运载回第一船暹罗大米抵达樟林港。整个港口弥漫着米香。船主双眼蓄满泪水，站立船头，呼唤着："父老乡亲啊，我把香甜的暹罗人米运回来了！"

一面是饥馑缺粮；一面是满仓低价良米。

早在康熙六十一年（1722）六月，暹罗遣使进贡，康熙皇帝了解情况后，遂诏令免税："朕闻暹罗国米甚丰足，价亦甚贱，若于福建、广东、宁波三处，各运米十万石来此贸易，于地方有益。此三十万石米，系为公前来，不必收税。"康熙皇帝一锤定音：进口暹罗大米三十万石，免税！中、暹两国商人闻风而动，扬帆起航。

雍正二年（1724）十月，暹商的第一批大米抵达。

彼时樟林港码头上的大米，意味着果腹，意味着生存，意味着希望。

白花花的暹罗大米解了民忧，解了官忧。此后，清政府持续鼓励进口大米，税收屡屡优惠，中暹大米贸易风生水起。

如乾隆六年（1741），广东巡抚王安国令粤海关监督劝谕内地商民购米运回，免征米豆税。商民尤为踊跃，每一洋船回，各带二三千石不等。乾隆八年（1743）八月诏令："嗣后凡遇外洋货船来闽粤等省贸易，带米一万石以上者，着免其船货税银十分之五；

带米五千石以上者，免其船货税银十分之三。"

在中暹大米贸易过程中，红头船商人充分展示了潮人的精明与强干，从中暹大米贸易入手，扩大其他门类贸易。他们从潮汕带去手工艺品和农产品，又从暹罗运回大米等物产。

清政府不断出台优惠政策，支持中暹大米贸易，其目的也是改善民生，继续打造康乾盛世局面。精明的红头船商人以此为契机，潜心运营。据史料记载，自雍正二年（1724）暹商第一批大米抵达后，直至乾隆四十年（1775）前，中暹大米贸易持续达五十年之久。当年开启的这个贸易门类，一直延续至今天，至今我国还在进口泰国香米。

20 世纪 70 年代，樟林古港出土了两艘双桅红头船，其中一艘船舷刻有"广东潮州府领字双桅壹佰肆拾伍号蔡万利商船"字样。从编号数字分析，当时潮州府注册的双桅远洋商船至少145 艘。

乾隆五十年六月二十八日（1785 年 8 月 2 日），澄海县樟林海商陈万金装载槟榔驾船北上，因遇风漂流至琉球王国。事见琉球《历代宝案》档案："乾隆五十年十二月十四日有海船一只，漂至运天地方。询据船户陈万金口称：'万金等系广东潮州府澄海县商人，共计三十八名，驾澄字五百二十三号船只，乾隆五十年六月二十八日装载槟榔，本县开船。'"

陈万金驾驶的船只编号为"澄"字五百二十三号，从数字分析，乾隆五十年（1785）澄海县官方注册的船舶不少于 523 艘。而这些船只，绝大部分是从樟林港进出的红头船。

嘉庆时，樟林港繁荣异常，港口船队，浩浩荡荡，一次出港可达几十艘。当时，上华横陇举人黄蟾桂在樟林开课授徒，他撰写的《晏海澜论》记载，商船六十余号各装糖包满载，每船载三千至四千包，连船身计，一船值银数万两。

据关口簿册记载，嘉庆末年潮州严重缺粮，澄海知县发动商民到台湾、厦门运载大米来潮州，在两三个月间，运载米粮入港的船舶达118艘。

樟林是粤东中心港口，停泊大量红头船，同一时期，庵埠、海门、甲子、乌坎等港口也停泊一定数量的红头船。

乾隆四十一年（1776）十一月，两广总督杨廷章奏称："粤东商渔大小船只，每州县不下一二千。"《广东航运史》载："清代广东的海船以潮州为最大最多，最大的海船载重500吨左右，一般在100吨至300吨之间。鸦片战争前，汕头一带的潮州海船进行着大量的远洋和沿海运输……潮州海上运输的大型海船曾被外国人称为特大船队。"

这些红头船，部分在国内制造，部分在泰国制造。乾隆十二年（1747），清政府准许红头船商人在国外造船并驶回国内。暹罗盛产柚木、楠木，木材便宜，造船成本低。精明的红头船商人到达后，有几个月的停留期，便一边采购大米和其他货物，一边在暹罗造船。当时，可能一船出洋，回来的是两艘船或数艘船。

泰国作者素攀·占塔哇匿在《泰国潮州人的故乡》一书中引述克罗克福文章："几乎所有的航行于印度和中国之间的大帆船，都是在昭披耶河畔的暹罗王国首都曼谷造的。这主要是选择利用优质的柚木和廉价劳动力的便利……"470吨的船在曼谷造价仅7400

西班牙币。如在樟林制造，船价则是 16000 西班牙币，在厦门则是 21000 西班牙币，比在曼谷制造要贵很多。

　　潮汕商人拥有的庞大红头船船队，已经成为当时海上运输、海外贸易的主干力量，这是不争的事实。

湘子桥畔：多书 多音 多情

7

船与船，美美与共

灵动、活络，不拘泥于一江一河，不局限于一时一刻。红头船正如湘子桥，渡己渡人。互携互助，是潮人不二的品性。

那些红头船的船主头脑灵活、身形健硕，大海的魂魄时刻附着在他们曾穷困潦倒的肉身上，使他们开启独特的人生航行。一如湘子桥的外形，夜断昼续；更似湘子桥的灵魂，以一根脐带，连接着母体和子体，变中求生，生中求大。

在众多的船主中，有一位格外显眼。如果红头船中有一艘可以称之为母船，那么，非蔡家泰早期做管家时的那一艘莫属。

关山远阻世无情，太平洋上不太平。头布竹篮万里路，云帆一片渡浮生。

月冷风高云断槎，历艰涉险过暹罗。可怜灯下年糕泪，化作春涛入湄河。

很难想象，《红头船上》这样的诗，是一位行船的船主所作。

夜色沉沉，海面暗淡，天水一片，一艘孤独的夜航船劈波斩浪，不懈前行，红色的船头此刻已然漶漫不辨其色。

船头一盏玻璃罩灯明灭闪烁，坐在这盏灯前的正是船主蔡家泰。也许他面前摆放着几张信笺，还有一支毛笔和一瓶墨汁。他接着缓缓写下了《回眸乡梓》：

黑海朱龙泪暗弹，风狂浪急忆长安。
麟鸡何故啼声急？樟栳梢头雾烟残。

消受寒酸穷胝役，柴扉陋室冷磨房。
潮流人世沧桑汗，乍见凤湾变大塘。

就艺术水准而言，这几首七言绝句谈不上上乘，却足以见得当年出身穷苦的船主蔡家泰的艰难。我们无意去探寻其苦难经历，所有的苦难都是相近的，血汗和侮辱是苦难最好的脚注。船主与诗人，似乎毫不搭界，然而，远方和诗歌真可以并行。可以想象，漫漫海上漂泊之路，引发了这位穷书生的诗情，重要的是诗人船主，正在这苍茫海面，审视着过往的自己，感叹同船之同乡生存之艰辛。这种深沉的同情，对蔡家泰而言，并非一时的浅吟低唱，而是落在纸上，也落地为一次实际的救赎行动。韩山韩水孕育了潮人特有的文化底蕴，“宅心仁厚”正是其最为典型的表征之一。

是潮州文化造就了蔡家泰更大的商业前程。

彼时，“过番客”无不羡慕红头船。他们每个人心中都藏着一头蠢蠢欲动的小野兽，它的名字就叫"红头船"。如果他们此次漂洋过海离开家乡，有朝一日也能拥有这样一艘船，他们的命运就不是去暹罗当苦力，而是成为自己的主人。彼时，蔡家泰名下已经拥有众多船只，他看着那些"过番客"眼神中流露出的渴望，知道他们的所思所想，他想成全他们的梦想。

蔡家泰搁下笔，思虑良久之后，豁然开朗，仿若在暗夜中看到了一条巨大的商业大道，更是一条救人助人之路：租赁船只给有梦想、敢于闯荡的同乡；美人之美，美美与共。

没有钱可以暂缓租金，也可以等赚了钱分批分期支付。这种方式类似于当下的按揭贷款购车买房。

黉利家族创始人陈宣衣（陈焕荣）正是通过这种方式，以船员的身份租借了第一艘红头船。

这一思想超前、格局开阔的奇思妙想，像一团焰火，在暗夜中点燃了大批"过番客"的梦想火种，他们像找到了桥，跨上了岸。

大批中小船主和商人崛起了。

天下没有始终顺风顺水的事，海面波谲云诡，安危难料。不久，蔡家泰名下的一艘船沉没了，好在船主幸运逃生。蔡家泰恤免了遭厄遇险者的全部债务。

这是潮人之"道"。

恤免是江湖上的一种至高信义。此举震惊了黉利家族创始人陈宣衣。和那位海上遇险的伴当一样，他在心中默默许下了一个诺言：行善。这就是他后来被人称为"阿佛""船头佛"的缘起。

樟林古港南社的港墘巷，至今仍保存着红头船主陈宣衣开创

黉利行门面

的黉利行的遗址。原建筑物现仅存四级台阶，那四级坚硬的石阶尽头是空洞的，蹲下身子，或者俯身下去，再看，那石阶似乎通向了时光的另一头：那些暗藏在光影交错中的声音和味道，以及幢幢帆影，似被岁月尘封，像一个未曾开启的梦境，却又清晰无比。侧耳细听，这四级台阶上尚且回荡着主人公陈宣衣不屈的跫音，还有红头船劈风破浪的呼啸声；闭目深嗅，尚可闻到海腥味夹杂着油漆味。

透过漫长的时光，被潮人称为"船头佛"的那个追梦人——蔡家泰善举的受惠者陈宣衣，正是澄海隆都前美村人。佛，被人们冠以此大号者，想必是人间的不凡之人，便有必要细细品咂其生前身后之事。

"欲问河海深浅，着阿佛正知（要阿佛才知道）。"南社村人的口头至今还挂着这句话。陈宣衣生于清道光五年（1825），十五岁开始外出打工。后由其姑丈引荐，到樟林港给蔡氏船主（蔡家泰）当船工，深得蔡氏喜爱，蔡氏不仅给他开了不错的一份工钱，还把行船秘诀传授于他。这还不算，此后更让他贷款，租给了他一艘红头船。

其时，木帆船出洋，离不开罗盘、指南针和《针路图》这三件宝。刚做船工时，为了能当上舵公，陈宣衣把一本《针路图》背得滚瓜烂熟，对每一条针路水道的深浅曲直都能了然于心。他吃苦耐劳，省吃俭用。当那根时刻不离身的竹槌被金钱填满时，他就自立门户，经营起航运贸易，经过多年打拼，成为樟林著名的红头船主，人称"船头佛"。

陈宣衣从蔡家泰身上看到了一个更加阔大的世界。他靠红头船起家，却并非全靠红头船而发达。1851 年，陈宣衣弃船上岸，在香港创办乾泰隆行，经营南北行贸易。他太了解大海了，和所有潮汕人一样，他知道踩着波浪行路的艰难和风险，他决定转行，放弃红头船队。这个决定对于他和儿子陈慈黉，就相当于放弃了白花花的银子和每日滚滚而来的巨大利润。权衡再三，他们父子已经掰着指头算好了利害关系。

赴暹罗，从樟林港码头启程。陈宣衣一方面不忍心和樟林港码头恩人蔡家泰分这块蛋糕；另一方面，世界很大，他知道，他们父子的事业方向在遥远的暹罗，蔡家泰已然为他创造好了商业模式。

租赁轮船，成立中暹轮船公司，陈家父子只用了十几年时间。公司旗下有一批新型轮船，来回航行于今泰国、日本、新加坡、马来西亚、缅甸、越南及中国香港和华南、华东、华北各港口之间。

至于从事侨批业、设立钱庄、开设银行，却是后话。

　　清朝乾隆年间，樟林已是粤东南最重要的口岸之一，六社八街熙来攘往，一片繁荣景象。但北社的林姓一家，却是家贫如洗，一无田地可耕种，二无铺面做生意，几代人就靠在港口当苦力，赚些微薄收入维持生计。到林君父亲这一代，十来岁时，父母就病逝，林父独力难支，家境一日不如一日。他多次萌生坐红头船"过番"的念头。

　　一天，他在巷口发呆，一阵歌声传来：

　　　　天顶一只鹅，

　　　　别人有嬷（妻子）我哩无。

　　　　想将起来冤枉绝，

　　　　拜别爹娘过暹罗，

　　　　欲过暹罗牵猪哥。

　　　　海水迢迢，父母真枭。

　　　　老婆未娶，此恨难消。

　　十八岁那年，林父在亲友的帮助下，才得以娶妻。此后，林父决定乘红头船出海，去暹罗闯一闯。他带上市篮、甜粿和一条浴布，依依不舍告别妻子，走向樟林。身怀六甲的妻子泪眼婆娑，一直送他到港口。港口一片繁乱。登船在即，他硬起心肠安慰妻子，来年就会给她捎来佳音和银两。

　　数月后，林君呱呱坠地。林君之母不急于给孩子取名字，她要等丈夫归来再取。可是，盼星星盼月亮，来年，无消息；第三年，仍无丈夫半点音信。

丈夫渺无音讯，日子越发窘迫。看着年幼的孩子忍饥挨饿，林母酸泪滚滚。亲友劝说林君母亲改嫁，另找个好人家。百般无奈之下，她准备改嫁，为孩子找条活路，也为夫君留个根苗。

这天，她在亲友劝说下，前往港口与一男子会面。刚走到巷口，碰上邻居养的黑猪迎面而来。擦身而过时，黑猪舞动尾巴，将她弄得一身泥巴。原本装扮一新，如今拖泥带水，满身腥臭，还谈何相亲？潮汕人讲究彩头，认为彩头不好，事情就不顺。于是林君母亲转身回家，第一次相亲泡汤。

媒人再次介绍，林君母亲择日前往。出门不远，又是碰上这头黑猪，上次情形重演。第三次，又重演。由此遭遇，她想到是天意要她守节，遂立志不嫁，抚养儿子。再难，也要挺下去，一心一意把孩子养大，等丈夫归来。

生活的窘迫难挡时光的流转，港口边的蕉林熟了一茬又一茬，百年老榕树的气根像一位老人的胡须，匝匝下垂，又下垂。

时光荏苒，林君已长成一个十来岁的少年。家里穷，读不起书，又没地可耕种。穷人的孩子早当家。林君年龄虽小，但很懂事。他向母亲提议，让他到红头船上帮工，一来可赚点家用，二来可顺便打探父亲消息。林母觉得孩子说得有理，让他见见世面，磨炼磨炼胆识也罢。

在邻居的带领下，林君到船队帮工。上船后，林君记住母亲教诲，听话不多话，干活勤快，善良的船工对他照顾有加。

潮汕信仰妈祖，深信妈祖是沿海民众的保护神。有妈祖的地方，便能逢凶化吉，转危为安。当年，每艘红头船都供奉妈祖神像。一次，林君正在擦拭妈祖神像，刚好船主经过。船主眼前一亮，只见神像放出光芒，周围金光闪闪。他想，一定是妈祖暗示，林君日后有出息。从此，船主对林君更是关照有加。

小小少年，见风就长，林君的思想也在一天天成熟。他从帮工到船员，又从船员晋升为管理人员。二十岁那年，林君成为船主。他与人合伙在泰国建造一艘红头船，从泰国购买 200 吨大米回来了。那时，在泰国造船，只需樟林一半的价格，而运回的大米价格却至少可翻一番。

就这样，林君赚来第一桶金。自此，林君和他的红头船往来于樟林与暹罗之间，远洋贸易顺风顺水。生意越做越大，林君的船队也不断壮大。

林君母亲想起当年遇黑猪往事，便对儿子说，你今天的发达全

位于汕头市澄海区东里镇樟林古港东边的"亥爷"雕塑

凭妈祖保佑和猪爷的帮衬，要学会感恩。于是，林君便在北社建立天后宫，供奉妈祖。在天后宫妈祖神像前面的右侧，又专门制作黑猪泥塑，一起供奉。

猪在十二生肖中对应"亥"，当地人雅称黑猪为"亥爷"。因此，这座天后宫又称"亥爷宫"。樟林至今流传着一句俗语：亥爷得饭妈祖福。善男信女进香时，敬了妈祖，也敬了"亥爷"。

有关船主的传说，不计其数。

他们扬帆劈波，从未知的渺茫大海中看到了人生的彼岸，将潮汕文化摆渡到了异域他国。

8

压舱石，坚定了善意的方向

下南洋的红头船要行稳致远，需有沉重稳妥的压舱石。有了压舱石，船头才稳，航行的方向才不至于被海风巨浪轻易改变。放置好压舱石，是所有驾船远行的船家所恪守的行船之道。

如今，曼谷簧利宅院门前，有一个巨大的广场。这个广场上铺设的是清一色的大石块，一块接着一块，严丝合缝，像一部在泰国大地上翻开的航海日记，记录着一次又一次的航行。多少的浪峰波谷、险滩暗礁都未曾撼动它们。这一大片朴素的中国石块铺设成一个偌大的广场，在异国的大地上，方正，平稳，有序，沉着，像是一个巨大的隐喻。这些厚实的石块，正是当年红头船的压舱石。

这些压舱石铺设在泰国首都的广场，就不再只是一块块石头，其承载的是中国的文化，蕴含着与人为善、扶危济困、拯溺救焚、美美与共等宏大的内涵。

这些石块压在簧利的船头。久而久之，船主陈宣衣在民间也有了"船头佛"的美誉。

　　黉利家族香港乾泰隆行在家乡有一处办事处，该处存有一则资料，清楚记载了彼时黉利家族救民于水火的善举。光绪三年（1877）前后，广东潮汕、福建漳州自然灾害频繁，涝、风、蝗（虫）、瘟疫、地震等灾害连连，以致"鬻妻弃子，饿殍载道，甚至寻死者、迁徙者十之八焉"。那些流离失所的农民，不少选择"过番"谋生，"现死博赊死"（眼下没活路了，不如冒险搏一搏）。潮汕民谣唱道：

　　　　断柴米，等饿死；

　　　　无奈何，卖咕喱（苦力）。

　　　　食到无，

　　　　背起衫包过暹罗。

　　　　去到暹罗做乜事？

　　　　去到暹罗牵猪哥（配种公猪）。

　　　　……

　　李鸿章在光绪三年十一月十四日的奏折《潮州劝捐晋赈片》中说：

　　　　再，臣率命兼筹晋赈捐务，灾区既广，时日又长，非广劝捐助，诚恐杯水车薪，不足以资接济。除天津、上海、汉口、宁波各处为商贾辐辏之区，业经咨行地方官设局劝捐，已据官绅陆续筹凑，尚未集有成数。查有广东潮州府地近海滨，绅商向多好义急公，因函商福建抚臣丁日昌，就近谆嘱该处官绅广为集腋。兹据惠潮嘉道张铣禀称，接札后即亲自驰往汕头劝办，该处绅商皆踊跃从公，义形于色，即经同知衔尽先选用知县林士骐，邀同职员杨炳昭、蔡由贵、侯亦谦、卢衡等极力设法，计共捐洋银二万圆，合一万四千两。其余庵埠、澄海各属，尚多乐善好施之人。查有福建补用知府候补同知郭廷集，明干有为，堪以随同该道前往劝办。其香港、新嘉坡、安南、暹罗等处，潮人贸易尤多，查有候选知府柯振捷、候选同知高廷楷，深明大义，勇于为善，于各该处情形尤为熟悉，可以商派妥实员绅，前往劝助，以期多多益善。仍祈酌发执照，实收到潮，以示大信而广招徕等情前来。

臣伏查潮州水旱连年，民情拮据，尚复不分畛域，筹集巨款，以赈邻饥，实为好义可嘉。惠潮嘉道张铣，履任十余年，士民爱戴，是以此次劝捐著有成效。所有在事劝捐出力员绅，应俟续捐数目就绪，再行分别从优请奖，以示鼓励。并咨山西抚臣曾国荃，将部照先行酌发，仍咨会广东督抚臣一体饬遵外，合将潮州劝助晋赈大略情形，附片陈明，伏乞圣鉴训示。谨奏。

奏折陈明，潮州虽水旱连年，民情拮据，但绅商仍急公好义，踊跃筹款捐助山西的灾民。那么，1877 年前后，潮汕地区究竟发生了怎样可怕的灾荒？

黄挺先生所著的《中国与重洋：潮汕简史》载，16 世纪以来，水灾对潮州地区造成的祸害总比旱灾严重。到 19 世纪，水灾更为频繁，不只带来饥馑，也催生了社会的动荡。潮州府和海阳县地方志载，在清代以来的二百五十多年里，海阳县韩江防堤溃决 63 次。

康熙六十一年（1722）以前近八十年决堤 15 次，12 次发生在府城北面的北门堤，8 次发生在东厢上游堤；雍、乾、嘉三朝洪水决堤 7 次。从道光四年（1824）到光绪二十六年（1900），决堤记录多达 41 次，溃决处多在府城南面。

每次决堤的背后是房屋被毁、田园尽淹、庄稼无收、衣食无着。平民生活稍有起色，洪水接踵而来，百年间频仍的洪灾使一个个家庭断炊断火，日夕不接，户户如此，哀鸿遍野，连乞食之地都无处寻觅，除了卖身下南洋谋生，别无他途。

林大川在《韩江记》中还写到咸丰八年（1858）八月十五晚的一场飓风，"山岳摇动，沿海死不胜计，潮阳濠江尤甚"。有人作《飓风歌》详细描摹了现场惨状。民国《潮州志·大事志》中也记载了咸丰八年八月"十五日，大飓风从东方起，拔木坏庐屋，沉舟无数"。

次年，潮州澄海、海阳又有雨雹："咸丰己未春三月十三日，东里港雨雹。同治甲子春三月八日，郡城雨雹。丁卯春二月三日，大雨雹，大如鸽蛋，甘如饴糖，人多啖之。己巳春二月朔夜，大雨雹，蔓山遍野，破屋坏船。十一晚雨雹，十二辰刻，复大雨雹。余有诗纪事。"

此种情形之下，大多数平民果腹艰难，又何来下南洋的船票钱？

各地农民因灾害田园失收，破产者不计其数，千万百姓陷于泥淖，不能自拔。陈宣衣看不下去了。

1877 年，又一次灾难袭来。被潮人称为"船头佛"的陈宣衣缓缓站起身来，来到红头船边，昂然开口："免费发放船票，渡人！这是我的天命，亏本也要将他们渡到南洋，活下去。"

《韩江记》刻本钟声和序页书影

这一年，陈宣衣发放的免费船票就达 1172 张。1172 个家庭由此得到了拯救。彼时，这 1172 个人的身后，恐怕有多达上万张口嗷嗷待哺。

"下南洋喽——"饥民流泪高呼。

开船南下的那一天，船上、码头尽是伏地跪拜者。跪在码头上的，是送别的家人，感恩陈宣衣救了他们一家；跪在船上的，皆是手持免费船票、刚刚登船的人，辞别爷娘妻子。

陈宣衣看着码头上密密匝匝的跪拜人群，他也跪下了。他跪拜的方向是岸上的老妈宫。他虔诚祷告："妈祖在上，我陈宣衣还能做什么呢？护佑这些乡党百姓吧！"

夜色渐沉，吃过了免费晚餐的"过番客"横七竖八躺在船上，或沉沉入睡，或思绪万千。

陈宣衣坐在船头，仰望着高远的天穹和灼灼星辰，心中一定充满了慈悲和怜悯。他的脚下正是那压舱石，坚定而沉稳，如同陈宣衣的心思，这不是自己赚钱的时刻，而是拯救他者的时刻。正是他这种高贵无比的善举，将许多人渡至异国他邦。

这些潮人的传奇故事从韩山脚下的万千草寮厝屋，从韩江之滨的千街万巷，从湘子桥畔、樟林古港出发，一路南下，播撒在东南亚的各个角落，像火种一样改变了南洋当地文化。

据樟林港所在的东里镇一部名为《观一揽胜》的书籍记载，从1782年到1868年的八十六年间，潮人乘红头船出国谋生者，累计150多万人。

红头船的海外贸易并非一帆风顺。随着欧洲工业的发展，轮船制造业也飞速发展，他们依仗船坚炮利，盯上了中国和东南亚这块大蛋糕，于是，红头船成了他们的竞争对手，他们格外眼红，一场针对红头船和船主的打压正在暗中酝酿，随后成为公开挑衅。

1849年至1859年，英国半岛东方轮船公司的小轮船在香港、汕头、厦门和福州之间试航。

恩格斯在他的文章《俄国在远东的成功》中曾说："在《南京条约》订立以前，世界各国已经设法弄到茶叶和丝绸，而在这个条约订立以后，由于开放五个通商口岸，使广州的一部分贸易转移到了上海。其他的口岸差不多都没有进行什么贸易，而汕头这个唯一有点商业意义的口岸，又不属于那五个开放的口岸。"恩格斯所说的"有点商业意义"，是指汕头不是用坚船利炮打开的口岸，而真正是商业所需要的可进行贸易的口岸，因此，其功能也就具有真正的口岸价值。

1858 年 3 月 5 日，英国驻华公使额尔金来华，他乘坐的"暴怒号"护卫舰停靠在妈屿岛。英商怡和洋行老板约瑟夫·渣甸在给额尔金的信中说："一个未经条约承认的非常重要的港口就是汕头港。"可见就在此刻，他们已经决心要把这个非法的贸易港口变为"合法"。

1860 年 1 月 1 日，汕头正式开埠。至 1907 年，汕头被迫对 13 个国家开放。外国商品、商人、外交官、海关行政人员相继涌入潮汕。

1863 年 10 月，英资德忌利士洋行联合半岛东方轮船公司等发起创办了省港澳轮船公司，先后开辟了香港、汕头、福州、厦门以及台湾之间的定期航班，开始"香港—汕头"轮船航线营运。

根据《天津条约》，清政府与英、法、美、俄四国共同签订通商章程善后条约（即《上海通商税则》），并按要求实行总税务司

汕头妈屿岛的潮海关税务司旧址

制度，即委托外国人管理中国关税制度。汕头成为第一个实行新关税制度的港口，美国人华为士被中国海关总税务司李泰国任命为潮海关第一任税务司，俞恩益被清政府户部任命为第一任海关监督。自此，潮汕地区并存两个海关，一个是中国人管理的"常关"；另一个是外籍人员操办的"洋关"，也就是潮海关，设立在汕头妈屿岛。

潮海关建立之后，清王朝在汕头埠的关税自主权、禁毒主权、领海主权、海防主权和港口管理权等全部丧失。在此后的52年中，列强先后派了38名外国税务司控制着汕头海关，其间还包揽海务、港务、检疫、邮政等事务。

1867年，美国轮船打破了只有英籍轮船进出汕头港的局面。次年，德国雷特公司的轮船也开进了汕头港。到1871年，已经有11个国家的船舶进出汕头港。随着外国轮船的进入，仅靠风帆驱动的红头船居于落后地位，数量日渐萎缩。

旧时的汕头港

《1882—1891 年潮海关十年报告》中提及关内帆船数量情况：1858 年，不下 400 只；1869 年，减少至 300 只左右；1882 年，仅剩下 110 只；至 1891 年，不超过 80 只。

《1860—1931 年汕头口岸进出口船舶艘次及吨位统计表》中，统计出入境帆船数量：自 1888 年至 1896 年，仅 1894 年有 8 艘次，其余都在 5 艘次以内；1897 年至 1902 年，更是连一艘次都没有。

红头船的最后一次出洋记录，是在 1896 年。

彼时，汕头已是仅次于广州的广东第二大城市，经济贸易总量位居全国第七位，港口吞吐量曾排名全国第三位。

9

消失在蓝色的海面

红头船在南洋行驶了一百多年后，消失在了蓝色的海面。

它的消失，像一场梦。自 1896 年之后，甚至在史料中都很难找到关于它形制的记载。人们也许在彼时觉得红头船就是红头船，哪里用得着记录、书写，它也不会被人遗忘——在彼时它的模样尽人皆知，正如我们当下的地铁、高铁、飞机一样，似乎没有记录的必要。但事实上，它的模样却在时间碎屑的遮蔽下日渐模糊——虽然它的名号至今仍挂在潮汕人的口头。

潮人不该忘记红头船的确切模样。正如一只鸟，不该忘记它曾经翱翔过的天空。

红头船曾经搭载过多少生民，将他们从此岸渡至彼岸，此来彼往之间，那些难民、灾民、求生之民找到了新的生存路径；它曾经搭载过多少侨批，像一根脉管，将异国和祖国、他乡和故乡、思念和亲人的情感勾连起来，将他们彼此的思念传递；它曾经载着厚重的压舱石和石狮，定舵定航，将中华文明源源不断输送到了东南亚各国，为后来者打造了一条又一条的"唐人街"，让游子在此间找到了灵魂的安妥归宿和身心的安放之处。

当人们再度回首时，红头船已成为历史，曾经驾驶或搭乘红头船的人早已作古。然而，红头船的真面目究竟如何，引发了人们的兴趣和种种猜想。

直到澄海区东里镇红头船的偶然出土，才揭开红头船的神秘面纱。

1971 年 10 月，澄海东里农民挖渠时，在南畔洲的河滩上挖出一艘木结构海船残骸。各级专家考证，认定这艘海船残骸正是当年的红头船。出土的红头船，船体材质为暹罗楠木，船身长 39 米，宽 13 米，有五层舱房。这是在粤东发现的较为完整的一艘海船。

1972 年 10 月，东里镇和洲村坪尾的河滩上出土了另一艘海船，确证为潮汕的红头船。船身一段被烧得焦烂，很难想象当时发生了什么。可以确定的是，船是在海上着火的。这艘在海上燃烧的船，像一个受伤的战士，在靠近港口的地方竭力向自己的阵地移动，几乎是到达樟林古港时，它才缓缓沉下去。像受伤的游子，安息在母亲的怀抱。

船体残存一端长约 28 米，另一端被烧得焦烂。由残存部分推算，船身全长为 41.6 米，宽 13.6 米；粗大的龙骨柱 38 根，每根面宽 40 厘米，厚 38 厘米，柱距 60 厘米左右不等。

这红头船的船主是谁？答案清晰地写在上面。

船上刻有"广东省潮州府领字双桅壹佰肆拾伍号蔡万利商船"，每字 45 厘米见方。

"蔡万利"是船号，还是船主的姓名？这艘船究竟发生了什么？

红头船的故乡是樟林港，樟林港在当时有多少红头船船主？这位姓蔡的船主究竟有着怎样的传奇？

乾隆五十二年至五十七年（1787—1792），是樟林港贸易最繁荣的时期。樟林新围建造了当时广东省最大的天后宫。天后宫东西两庑有乾隆五十六年（1791）所立的22块建庙捐款碑，从碑记的内容可以看出，捐款者有粤东、闽南沿海数县的官员和士绅，也包括来自韩江上游的嘉应州和大埔县的信众，而最主要的捐献者则是樟林港的"商船户"和"众艚船舵公"。在碑记中留名的，包括林瑞合、陈胜瑞、陈有金、陈万金等48家"商船户"和90多对艚船的舵公。碑记提供了一个数字：当时捐款船主就达48户，也就是说，当时，至少有48位红头船船主或船垄（潮汕对船务公司的俗称）垄主。

樟林天后宫旧貌

在这众多的船主中，谁是老大？谁是这艘出土红头船的船主？有一首作于光绪时期、流传于樟林民间的《游火帝歌》暗含着诸多有关红头船的信息：

> ……
>
> 积祖富贵也不少，发有洋船数十号。
>
> 姓陈发迹号贞兴，一只庠发更才能。
>
> 姓杨一号叫和裕，姓洪万昌愈更兴。
>
> 许姓有只美芝公，发有三号上威风。
>
> 一号叫做万合发，二号叫做万合隆。
>
> 三号叫做万合成，瓜册命爷更才情。
>
> 一号洋船叫福顺，二号洋船是大升。
>
> 余下船号说不完。
>
> ……

从这首民谣中难以找到蔡姓的船主，但是"一号叫做万合发"却暗示了这位蔡姓船主的地位。彼时，樟林港的众多船主和垄主中，蔡、杨、洪、许、张、陈各姓均有崛起者。史载，洋船有蔡万利号、万昌号、美芝号、和裕号、和春号、福顺号、玉顺号等一大批，仅发有洋船垄主就拥有"洋船数十号"。其中一号船"万合发"号，二号船"万合隆"号，三号船"万合成"号，在吨位、设备、航行、收客信誉各方面都为当时翘楚，被誉为"威风船"。

那么，蔡姓船主是谁？是不是名噪一时的蔡彦？

蔡彦是早期红头船垄主，澄海程洋岗人，世代经营船运，雍正年间创立蔡隆盛商号，船垄设于樟林港一侧。乾隆初，蔡隆盛号兴建楼房，命名为"藏资楼"。藏资楼包括货栈、客栈、住家、办事处。

据蔡彦的后人蔡英豪先生考证，蔡彦的船队至少拥有六艘红头船，若加上"成记""加合"糖业船运联营，就不止六艘。船号与中国香港、泰国之交头行一样，取"万"字头，已知的有万兴、万发、万利、万昌等。

当年，蔡彦在樟林港赫赫有名，民间皆尊称他为彦爷。其商号"财势力足"，服务周全，被誉为"铁甲万"（潮汕对保险柜的俗称），可见其红头船之坚固。

既然蔡彦的船如此之坚固，怎么会被火烧？是同业竞争，还是海盗所为？看似是无解之谜。

嘉庆时期，涉及广东通匪案的林泮、林五，是当年樟林赫赫有名的红头船船主，两人都拥有庞大的船队。林泮是西塘别墅的原业主，林五则是新兴街的主要创建者。

众多的红头船船主，催生了多种经营方式，有独资经营、合股经营，也有贷款经营。蔡彦是具有双重身份的经营者，既是洋船垄主，又是洋船债主。他创立了一种贷款模式，叫洋船债，或称红船债，是一种开发性、保险性、福利性"三性"俱备的贷款，用于扶助中小船户，发展远洋红头船业。

因航程遥远，又需冒海难、海盗等多种风险，能平安往返者，其所载物资获利自是丰饶。然若非有一定资本，虽欲冒漂洋过海之风险亦属不易，因此，洋船债应时而生。而创设这一债种，或者叫保险的，正是蔡彦。

蔡彦名下有众多船只，专门用于租借，有点类似于现代的汽车按揭。有些商户没有足够资金造船或买船，但又希望经营红头船运输业务，就可以借债租用蔡彦的船只。黉利家族创始人陈焕荣就是通过这种方式，获得发展机会。

蔡彦通过这种贷款，扶植了大批中小船主和商户，为他们提供了资金与经营的基础条件，也恤免了遭厄遇险者的债务，对红头船业发展起到了很大的推动作用，使红头船业蓬勃发展，港口货物交流贸易越来越繁荣兴盛，对沟通潮州和东南亚贸易、潮人移民南下发挥了重要作用。

蔡彦声名渐隆，信誉很高，口碑甚好。他老母一百岁逝世时，朝廷特地将其从"安人"加封为"宜人"。这在古代等级分明的诰封制度中，已然超出了边界，一个商人的母亲，被赐予相当于五品官员正妻的封号——"宜人"，超越了六品官员的正妻封号——"安人"，实为罕见。这也许是他的老母人生最大的意外收获。

迄今为止，潮汕地区仅出土这两艘红头船残骸。自红头船消失之后，关于红头船，只剩传说和零星文字记载。这殊为珍贵的发现，揭开了红头船的神秘面纱，给后人认识红头船提供了实证。

红头船有单桅、双桅之别。风帆挂在桅杆上，用来加大风对船的推动力。桅杆顶端悬挂三角形定风旗，可测知海风的方向。一根桅杆上可挂一面帆，也可挂多面帆，以便更充分地利用风力。帆的形式千姿百态，红头船的帆一般使用平衡式梯形斜帆。这种帆的制作方法是，把竹条平行横向安置在帆幕上，使帆幕平整，以得到最佳的受力效果。

红头船的管理方式严密，分工有序。每艘配备船员二三十人，包括买办、收数、押客、管货、舵公、司帆、杂工等，划分为三个等级。红头船的管理者是"出海""舵公""押班"。"出海"，即船长，负责掌管全船事务；"舵公"，即大副，负责把舵；"押班"，即水手长，能爬上桅杆整理帆索。

由此可勾勒出红头船的轮廓：靠风力的帆船，有单桅、双桅之分。长 40 米左右，宽约 13 米，船头漆红色标识。船舱两层，均有通光窗孔。楼梯上下，便于装货与载客出入；尾部加设船楼二全三层不等，连舱底两层，共五层。

这就是一百多年间，150 多万潮汕平民跨海出洋、置生死于其上的红头船的模样。

有一首民谣唱道："红首黑睛，海上恐龙，穿洋过海，大显其能。上至天津，下达马辰 [1]，帆开得胜，船到功成。"

---

[1] 马辰是今印尼一个商港。

10

免费船票，渡你下南洋

眼看着老妈宫前红头船渐次消失，红头船主一个个徒叹奈何，取而代之的是洋船列布。洋船之上金发鹰鼻的洋人，傲视海洋，不可一世。

彼时，一个叫郑智勇的人昂然站了起来，与洋人洋船对峙，像一块稳健的压舱石，立于潮头。

生于1851年的郑智勇，幼年丧父，曾做牧童，后流浪于汕头埠。同治二年（1863），十二岁的郑智勇远涉重洋，到暹北边陲谋生，成年后加入洪门"私派"集团。他机智勇敢，以勇服人，以义待人，不久便一跃而坐上"私派"组织的第二把交椅。因其乳名"义丰"，故有"二哥丰"之称。彼时，暹罗官府开放赌场，郑智勇取得开办"花会长"的特权，除去每年向当局缴纳的巨额税款，仍能日进万金。他以雄厚的财力，在泰国、日本、新加坡和中国香港、上海、厦门等地建立商业机构，经营航运、银庄、当押、报社、印务、进出口等业务。到清末民初，他已成为闻名南洋的华侨大富翁。

郑智勇不忍家乡的汕头港航运业

受外国强权操纵挤压，联合泰华火砻主和进出口商，于 1905 年组建暹罗华侨通商轮船股份公司（简称华暹轮船股份公司），集资 300 万泰币，购置轮船八艘，分别航行于泰国至日本、马来西亚、新加坡、印尼、越南、柬埔寨和中国香港、厦门、上海等地的海域，其中有四艘轮船专行曼谷至汕头航线。

侨胞的轮船驶入汕头港，潮汕百姓看到了新的生机。

郑智勇豪迈地与欧美的远洋货轮对峙，凡他的轮船，只要讲潮州话的旅客均可半价购票，如有老、贫、病、残者要求减免，亦可酌情照顾，甚至资助旅费。那些搭乘着他轮船出洋的平民百姓，心中一定充满了自豪感。

这种自豪感犹如航船的压舱石一般，给人以力量和希望。

面对洋人的打压，更多的中国人站了起来，他们像一块一块的压舱石，铺设成了一条行稳致远的航线。1922 年，陈慈黉的乡亲陈振敬，经多方筹划，与高柏章、马立群、苏永奎等人组股，在曼谷创办五福船务公司，又在汕头设立分公司，租赁数艘轮船，以运载大米和土特产为主，载客为辅，航行于新加坡、泰国、越南和中国的香港、汕头之间。

这些远洋船队的设立和运营，对不可一世的外国船队是一种挑战，更为紧要的是使中国人有了自己的船队，从真正意义上促进了汕头进出口贸易，奠定了汕头港的枢纽地位。

据光绪二十九年闰五月廿四日（1903 年 7 月 21 日）《岭东日报·潮嘉新闻》一则题为《竞争航业》的新闻这样报道：汕头南记洋行，原有轮船数艘，往返于汕头和暹罗进行客货运输。这船是由暹罗德国商人的某公司制造的，"行驶多年，获利颇丰，人艳羡之"。近闻暹罗中部有一商人某甲，已经集成巨资，并且自制轮船数艘，要和南记洋行竞争航船业，委托汕头福麟洋行代为经营打理，如今已经调度轮船赶赴汕头，不日即将和南记洋行的轮船同时抵达汕头港，竞争客货。当下，水脚、船票，两方面的价格都有下降。

这则新闻在当时一定是爆炸性的。汕头官民手持这张报纸，内心一定充满了喜悦：我们终于有自己经营的轮船和洋人竞争了。

难道这则新闻中所说的"商人某甲"正是郑智勇？估计民间早就炒得热闹了，只是报纸不直接透露郑智勇的真实姓名，或者出于对郑智勇商业机密的保护。

总之，竞争是凿凿有据的事实。

接着，该报连续三次报道了这次航业竞争事件。

三天之后的7月24日，该报以《竞争航业续闻》为题进行追踪报道：

> 昨报竞争航业一则，兹续闻南记、福麟两家往暹之轮，于六月初二三日即可开驶。惟搭客及配货者，因彼此均减价相招，尚未定所□。刻南记行愿照日前与□最时争客货例，仍作一成收费。未审福麟公司若何减价也。

> 又闻公益栈是各洋行所公立者，其客长以两相竞争，终无底止，欲出而调停之。谅必试赛一番，始肯持和平主义也。

从这则明显偏袒，甚至有广告嫌疑的报道来看，其中"未审福麟公司若何减价也"，对福麟公司减价有点嘲讽。言下之意，你不是洋船吗，为什么要减价呢？潮人除了你洋人的轮船，难道没有可选的轮船了吗？然而，媒体还是给予看似公道的评价，从"公益栈"的角度来看，尚且没有出面调停的意思，让两家先竞争，"试赛一番"，然后才有市场的所谓"和平主义"的共存局面。

三日之后，该报继续追踪报道，洋人操盘的南记、福麟两家轮船公司终于暂时屈服了。这一定是一则令读者欢呼雀跃、争相传阅、议论纷纷的话题：洋行的船票一折啦！

《岭东日报·潮嘉新闻》7月28日如此报道：

> 昨报竞争航业，既续纪矣。兹闻南记、福麟两洋行，因竞争之力，各发贴告白，招受客货。而南记竟愿将客货减存一成，仍将一成补经手人为茶金。又嘱客店之人为经手，往各属招受。各属闻知来汕赴暹者，现以万计。
>
> 初四日，南记鲁肃轮及福麟英厘力马士轮，各自发单，落客约计二千，其余□然。各客行中，几于无可驻足。及闻南记尚预别轮一艘，欲待初六日放行，乃数千人不约而同齐至南记买单。然该行以招帖登明，别行无船，不肯减价，须照常价，每客十二元，而买单之客都为减价而来，哓哓不已，良久始散云。凡竞争商业，而大减价者须知之。

洋行船票降价了，汕头港前往暹罗的近万人聚集在码头。然而，能发走的旅客只有两千人。南记洋行还有一艘船，初六日启程，只是洋人说变就变，又将票价涨了起来，不再减价，每个旅客十二元。很多的旅客开始吵闹不休，最终散去，离开了码头。

眼看着情势要变，洋人说话不算数，"番客"要闹事。

29日，该报第三次报道该事件：

> 昨报再续竞争航业一则，南记尚预别轮一艘，不肯减价。兹闻数千无从位置之客，犹涌到南记，哓哓不休。该行不得已，将所预别轮亦照减价，再发单落客。众客乃雀跃而去云。

显然，在这次和洋船斗争的过程中，老百姓是没有妥协的，南记既然已经告示降价，又出尔反尔，说话不算数，这怎么行！旅客涌到南记洋行门口，开始叫骂质疑，要求作出说明，洋行再次屈服，按照此前的告示降价。旅客欢呼雀跃地买了低价船票，登上了轮船。

事情绝对不会就这么简单地结束。

8月17日，该报以《航业冲突》为题，再次报道了这次竞争的结果：

> 访得本埠自南记、怡德两洋行竞争航业，暹轮减价，而往叻之轮，搭客亦稀。嗣查悉往叻之客多赴暹转叻，可省川资。各洋行见此情形，深恐叻轮利源为暹轮所夺，乃于廿三下午会商公益栈，设法挽回。特议将赴叻客货，从六月廿五日起减价，照常折收五成。较之由暹轮转叻者，仍得利便，始得收回利权，惟其事现未成议云。

竞争的结果是南记、怡德两家洋行降低了赴暹罗的船票价，导致前往新加坡（叻）的客人也大为减少。各个洋行非常惊恐，怕暹罗的轮船公司将其彻底挤垮，只好在公益栈的协调下，设法挽回局面，和暹罗轮船公司达成协议：即日起，赴新加坡旅客船票打五折。如此，从暹罗转至新加坡，仍然有利润空间。

一场和洋人的海运竞争，结果是潮人占了上风。最终获利者是"番客"，而郑智勇、陈慈黉他们，从此在远洋运输业中站稳了脚跟。

澄海乡间至今有一句口头禅："富过慈黉爷。"陈慈黉到底有多富？这是一个无解之谜。但可以确定的是，这位陈宣衣的长子，在接过家族掌门之位后，没有忘记自家第一艘红头船的压舱石，以及那块压舱石的精神内核：造福乡里，美美与共。

19 世纪 90 年代末，在东南亚做生意发大财的陈慈黉，把新加坡的股份企业陈生利行变卖，连同经营所得，全都换成银圆，用大火轮运回来，敲锣打鼓地将招牌扛到大外埠，拆股分银。银圆堆成小山，数都数不过来，只好用簸箕来量，每位参股的族人至少分得十五万银圆不等。

想必那银光灼灼的场景令在场的人终生也难忘吧。

陈慈黉富甲一方，却不做守财奴。他为这些财富找到了一个最恰意的去处："起大厝，砌玻璃。"开辟新住宅区，改善人居环境。他先把村前大片田园圈起来，买下来，总体规划，次第开发。他借一次在书斋喝茶议事的机会，发布了口头通告：凡想要跟他到新区来建房子的，一律免费提供宅基地。

陈慈黉率先垂范，以父辈宣衣、宣名的名义在西片区修建了一座古祖家庙，作为陈氏十七世祖懿古公祠堂。祠的两侧又各建一座通奉第。这片被乡人称为"向西"的豪宅，如"样板房"一样。分到了一大堆银圆的族人以及乡里的有钱人，纷纷响应。一时间，这片低洼低产的荒地，变成热火朝天的开发热土，全村青壮劳力都乐于为慈黉爷打工，据说无论男女老少，出一天工就能得到两枚银圆。"慈黉爷起厝爱慢勿猛（喜欢慢不要快）"。这样的利好一开始就停不下来了，前后持续了二三十年。以"慈黉爷厝"为核心的建筑群簇拥而起，一条花巷连着一条花巷，一座"驷马拖车"连着一座"驷马拖车"。单层从厝、中西合璧双层楼房、园林式书斋鳞次栉比。

这一座煌煌新村，如同天上宫阙。淳朴的村人惊讶万状，如在梦中。

最壮观的还是"陈慈黉故居"。登高四望，华宅连绵。"善居室"，俗称"新向东"；朝南望去，那座就是"寿康里"，俗称"向南"；紧挨"寿康里"的是"郎中第"，因为面朝东，又最先落成，俗称"老向东"；而界于"郎中第"与"寿康里"之间的那一座，精巧别致，风格独特，则是取名为"三庐"的别墅，既是陈氏接待客人的宾馆，又是族人议事聚会之所。

这四座华宅几乎覆盖了新乡的大半，让远道而来的客人一走进慈黉爷家，就如同走进一个乡间别墅群，半天也难迈出其家门。

有人专门做过统计，这四座宅院共有厅房506间，占地面积25400平方米。这既紧密相连，又相对独立的建筑格局，这既保留潮汕传统建筑形式，又吸取西式建筑特点的佳构，曾被无数中外建筑行家视作"中西合璧"的典范。"三庐"是最具中西结合特色的别墅式建筑，三座豪宅主体采用传统的"四进""驷马拖车"布局，但在立面设计上却又有其独特的风格：上下厅及内花巷为平房，后包及外花巷又灵活采用二层楼房，形成一个内低外高的新格局。楼房屋顶既有架梁盖瓦的传统结构，又有栏杆阳台的西式结构，至高处还设有守更的瞭望台，可居高临下，一览全局。宅院主座四进阶，前低后高，两侧各有二花巷，俗称"双背剑"，又分成

位于汕头市澄海区隆都镇前美村的陈慈黉故居

雕梁画栋的陈慈黉故居"郎中第"

若干大小院落，构成大院套小院，大屋带小房的住宅网络；加上楼梯、天桥和走廊迂回曲折，四通八达，前楼后院，扑朔迷离。

为了修建这一座座豪宅，黉利家族专门挖了一条小运河，从韩江入海口一直引至村前。这所有的"红毛灰""红毛瓷砖""红毛玻璃"和泰国楠木、柚木等高级建材就从泰国、西欧、上海等地一船船运了进来。

从清同治四年（1865）开始，黉利家族就开始建造豪宅了，历经几代人，跨越两个世纪，从祖居地"刘厝"建到新乡，相继建了十二座宅院。而现在人们经常提起的，只是后来兴建的四座。在陈氏所建的宅第中，"善居室"确是群宅中最为宏大、壮观的一座。修建善居室到底花了多少钱，连陈氏自家人都说不清。

这些建筑成了一种财富的象征，一种进取的动力，成为潮汕人前行的一个方向。

1907年，陈氏的古祖家庙落成后，陈慈黉为适应教育新潮流，当机立断，在古祖创办小学堂，重资聘请名师任教，除了自家子弟，乡亲邻里都纷纷把适龄孩子送来入学。1912年，小学堂改为新式小学校，校名为成德小学。每年，由香港乾泰隆行负责提供四千银圆作为学校经费。在前美小学档案室，有一帧旧照片，为1910年成德小学堂全体师生合影，前排中坐者，正是陈慈黉。

用时下的话说，陈慈黉是"富二代"。他的父亲陈焕荣（又名宣衣）在樟林港经营洋船业发迹。1851年，陈焕荣率先在香港创办南北行"乾泰隆行"。陈慈黉年仅十二岁就跟在父亲身边学做生意，到了可以独当一面的时候，他把香港的行铺交给堂兄陈慈宗打理，自持巨资赴暹罗，另辟蹊径。与那些"无可奈何舂甜粿，背个

前美小学档案室所藏 1910 年成德小学堂全体师生合影，前排中坐者为陈慈黉（前美小学供图）

市篮过暹罗"，"一条水布""一根竹槌"打拼的苦力不同，陈慈黉下南洋是为了拓展，为了再创辉煌，是看准了那一方兴业发家的风水宝地。明清时期，下南洋的航线是由被称为"红头船"的横海巨舰开辟的，拥有雄厚实力的富商巨贾，才是下南洋的主力军。如樟林的林氏，前美的陈氏，澄城的高氏，都是带着巨额资本和先进的生产技术，开疆拓土，创立自己的商业王国。财力丰足，才能在异域扎下马步，施展拳脚。

陈慈黉有大手笔。他用十多年时间，就在暹罗曼谷开拓了一条致富的通衢大道，建立了"陈黉利行"的商贸王国。其家族资本，在二战前，号称"暹京八大财团之首"。

陈慈黉有大智慧。对人生大彻大悟，在事业巅峰时急流勇退。

庆过六十大寿，陈慈黉便把偌大的商业体系全盘交与儿子陈立梅打理，告老还乡。在家乡，一方面致力于起大厝，置恒业；另一方面颐养天年，当起了"大善人"。

赈灾援溺，扶危济困，修桥造路，筑堤通渠，事无巨细，有求必应。仅隆都一镇，有记载的捐款修桥造路、筑堤通渠就有数十处。陈慈黉喜欢用"无名氏"一名，低调行事，如今能够罗列的善举仍然数不胜数。

他稳如大石，为家族企业压舱。

当年，陈慈黉一众船主除了用巨大厚重的石条做压舱石外，往往还有另一种精雕细琢的压舱石——石狮。石狮是成对的，它们或威猛昂首，或乐观向上，或持守不易，压在前行的船头，来到东南亚各国华侨的豪宅门口，尽显其堂堂的中华威仪。

三

老妈宫 的眼神

汕头开埠，老妈宫前离人无数，那些被贩卖的「猪仔」走了，最终他们又托着一纸批书归来，满纸辛酸血泪；自此，侨批像雁阵一般，在亲情和家国的脉管里迁回往返，在民族存亡的危急时刻如一盏油灯，烛照着抗日的正义力量。

湘子桥畔：
多书 多音 多情

11

海邦剩馥的崛起

汕头开埠了。仅仅是开埠。

汕头何在，名字何来？汕头位于韩江三角洲西南的顶端。韩江、榕江携带着泥沙，涌动而来，潮起潮落，逐渐形成了一个沿海的条状沙梁，谓之沙陇，成片的沙陇叫作"沙汕头""汕头"。因为历史上此地盛产小鱼鲨鮀，故称为"鮀岛"。

当年，汕头还仅仅是一片沙陇，零散的渔民，凌乱的街巷，尚未成为城市，却有一座老妈宫。

老妈宫和关帝庙并立。人们出海下南洋前，每每来到汕头港，总是要去拜妈祖，也要拜关帝。拜妈祖，求得平

如今依旧挺立的汕头天后宫和关帝庙

安；拜关帝，求得财富。

老妈宫就是天后宫。"老妈"和"天后"是对一位神灵的两种称法。"老妈宫"的称呼，多来自民间，却也有另一种含义在其中。

"番客"们下南洋走了，汕头港海边，坐在礁石上的便是母亲和妻子。母亲眺望着缥缈的海面，等待着自己的儿子；妻子在等待着自己的丈夫。那是期盼的眼神，也是祈祷的眼神：期盼儿子平安归来，祈祷丈夫早日还乡。

汕头小公园东边的海面上有一座妈屿岛，岛上有一座山，山叫放鸡山，山下也有一座天后古庙。当地的乡民说，这也是"番客"下南洋前必拜的庙宇。

"番客"离开家乡前，都会怀抱一只大公鸡，来到妈祖庙，将公鸡献给妈祖，求得妈祖的保佑。

早先为妈祖献上的都是熟鸡，而岭南天气炎热，熟鸡很快便会

放鸡山下的雕塑

腐坏发臭，于是改为敬献活鸡。久而久之，敬献的活鸡满山跑，这座山就被称为放鸡山。

那么，妈祖是谁？在放鸡山下的妈祖庙旁边，有一块介绍石碑。

妈祖，亦称"天妃""天后"，俗称"海神娘娘"，是传说中掌管海上航运的女神，历史上实有其人。她原名林默，北宋建隆元年（960）三月廿三出生于福建莆田。其父母信佛，梦观音赐药而生之。林默八岁从师，十岁信佛，十二岁习法术。宋雍熙四年（987）九月初九，因救助渔民不幸遇难，年仅二十八岁。此后，盛装登山，"升天"为神。

莆田当地居民于清康熙三十三年（1694）立庙奉祀，称"通贤灵女"。宋、元、明、清历代对妈祖均有褒封，清廷封其为"天上圣母"。据奉祀妈祖之庙内雕塑来看，妈祖形象为头戴冕旒，身着霞帔，手执如意，其神威显赫，雍容端庄。

红头船载着"番客"们渐行渐远，他们回首所见的就是老妈宫

位于汕头妈屿岛的
天后古庙

和放鸡山。这是他们目之所及的家乡最后的景象。

多年以后，这些"番客"终于归来，他们在遥远的海面上张望，看到的第一个建筑也是老妈宫。在泪眼婆娑中，他们的内心充满了游子归来的五味杂陈。

在妈屿岛的背面，还有一座灯塔。据当地人介绍，这也是从遥远的海面上第一眼能看到的汕头地标。如果是夜晚，游子归来，那温馨的灯塔之光，照亮了他们心灵最深处的那份思乡之情，他们在心中呐喊：

妈妈，我回来了——

放鸡山的天后宫早于樟林港的天后宫，营造于汕头港。樟林港天后宫中还残存着一块石碑，上书"放鸡分驻"，可视为其营建于放鸡山天后宫之后的确凿证据。而樟林古港天后宫书有"天后宫"的石碑上，确切记载其修建年代为乾隆五十二年，即1787年。

看见那灯塔，游子心中一定在喊：妈妈，我回来了——

汕头小公园附近的天后宫，据主持庙宇的老妇说，以前这座庙是建在一座沙山上，庙前面全是滩涂，不远处就是老码头。后来，人们才填海建了城。

那么，是谁填海建了这座城呢？

汕头侨批文物馆的一张图片给出了答案。

这位先贤名叫丁日昌，字持静。

丁日昌，清道光三年（1823）出生于潮州府丰顺县汤坑圩金屋围（今属梅州市丰顺县城）。咸丰四年（1854）七月，海阳县（即今潮州）"三合会"吴忠恕等围攻潮州府城，丁日昌以邑绅身份治乡团，率汤坑乡勇三百名，从笔架山渡凌角池，击溃吴忠恕驻东津部，生擒百余人，遂解府城东路之困。丁日昌一战成名。

同年，广东"天地会"起义军进攻嘉应州（今梅州），丁日昌献计广东布政使李璋煜，以坚壁清野的办法对付起义军。事后论功授琼州学训导，三年后迁任江西万安知县。咸丰十一年（1861）调任庐陵知县，正赶上太平军进攻庐陵，县城失守，被清廷革职。当时曾国藩正率湘军在安徽作战，丁日昌转投其幕中，为其襄办军务。同治元年（1862）奉曾国藩之命，前往广东督办厘金。

丁日昌在抵达广州后，发挥自己通晓火器制造的专长，在广州当时的市郊燕塘亲自设计监制成功短炸炮36尊、炮弹2000余颗。这些武器受到广东清军的欢迎，丁日昌因此声名远播。次年，他在广州郊区燕塘设炮局，仿制西洋大炮和炮弹，后被李鸿章调赴上海，创设炸炮局，制造18磅、48磅等多种开花炮弹，同时也铸造少量短炸炮，供淮军攻击太平军之用，在进攻常州作战中发挥了相当的威力。由于铸造的大炮在镇压各地的起义中起了很大作用，他升补直隶州知州，赏戴花翎。

同治四年（1865）九月，丁日昌正式成立了江南制造局。江南制造局是清政府设立的第一家近代军工企业，它标志着中国近代军事工业的产生。十月，丁日昌被任命为两淮盐运使，他深入各盐场，向绅士、场丁、灶户了解情况，完成了十余万字的调查报告，制订了《淮盐章程》《两淮甄别章程》《淮北总略》等章程和规划，实行改革，兴利除弊。同治七年（1868）正月，丁日昌升江苏巡抚，仍驻节苏州。四月，他雇用九艘轮船把三万石大米运到天津，为创设轮船公司做准备。但已试航的轮船漕运，却因顽固大臣的反对被迫停止。后因母黄氏病逝，丁日昌回粤，在揭阳旧居守制三年，并集资购"平安号"轮船，往来上海、汕头之间做商业营运。

光绪元年（1875）六月，丁日昌奉旨北上天津，帮助北洋大臣李鸿章商办事务。九月，在沈葆桢的推荐下，出任福建船政大臣。十一月，又奉命兼署福建巡抚。丁日昌抵任后，提出要对船政局的生产加以革新，希望能派员往外国学习，延聘外国技术人员来厂当教习。他和李鸿章、沈葆桢等上奏福州船政学堂第一批留学生35名赴欧学习，其中有严复、刘步蟾等人。丁日昌认为电报可以通军情，为海防所必需，积极主张自设电报。丁日昌性情本急，加上长期操劳过度，他的身体早就极度虚弱，患有咯血等症。在台湾又因瘴气侵染，旧病复发。光绪三年（1877）八月，他因病离职回籍休养，自此再未出任朝廷职务。

彼时，汕头街市狭小，巷道凌乱。丁日昌提出填海造城，以扩充商场，繁荣贸易，并向广东藩台领照，开始招商填海。

此举得到了陈慈黉等商人的积极响应。发达起来的黉利家族，持续几代带资投入汕头市政建设。黉利家族在汕头建起了"西社"，即在后来被称为"四永一升平"的永兴街、永泰路、永和街、永安街、升平路，后又在海平路、福合埕和中山公园前一带兴建 400 多座新楼房，形制各异。

一时街巷俨然，闾阎扑地。汕头中心街区建成。

汕头小公园中山纪念亭

汕头老街一角

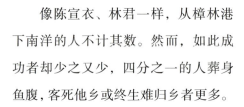

12

沦为时代的贱民

像陈宣衣、林君一样，从樟林港下南洋的人不计其数。然而，如此成功者却少之又少，四分之一的人葬身鱼腹，客死他乡或终生难归乡者更多。

迈出那一步，跨上红头船的那一刻，他们身上却都有同样的豪横：混出人样再还乡。

他们搭乘红头船下南洋的时候，心中并不全是悲怆和不舍，他们幻想着异乡他国带给他们意外的成功生存之道。这种豪壮之气的背后，暗藏着风险——此次南渡可能是一条不归之途，也许，葬身鱼腹。但他们并没有惧怕，他们对父母许下全身归来的承诺，在内心里呼喊着：怕死不下南洋。

冒险。闯荡。这两个词正是从这一刻深深烙印在这些下南洋的"过番客"心中，自此缓缓渗透在他们血脉中，继而成为潮汕人恒久的精神内核之一。

之所以叫"冒险"，是因为他们是在拿着自己的性命做赌注。

之所以称之为"闯荡"，是因为他们希望从中找到新的生路。譬如成为

新的船主；或是从事一个职业，叫"水客"。

而水客的前身，是"猪仔"。

当初，那个站在樟林港高声吼叫的少年，和陈宣衣一样，他们下南洋是自愿的，百年之后，却有不少少年是被卖身下南洋的，他们被称为"猪仔"。"猪仔"的称谓，其间包含着鄙视、无视和践踏，只有他们自己心中才有一本账。

历史学者陈海忠的《天下四合：潮阳陈四合批局陈云腾家族史》，便记载着"猪仔"陈云腾的故事。

1872年，陈云腾出生了，出生地在如今汕头市潮南区两英镇的瓯坑寨。他来到这个世界的时候，汕头已经开埠十二年了，樟林港已然没落。已经结束的第一次鸦片战争换来的是一纸《南京条约》，广州、厦门、宁波、福州、上海成为通商口岸，英国的轮船已然取代了中国的红头船，以更快的速度、更大的运载量在海面上徜徉，最终停在了汕头港。这些蒸汽轮船再也不受季风的影响，也不管洋流是否顺畅，自由穿梭中国近海，就像在自家的门口散步一般。

伴随着这些蒸汽轮船而来的是招收苦力的洋行，彼时，这些洋行有和记、德记、瑞记，汕头人明白，这些洋行可远不如他们的名号一般充满和平、美德和祥瑞。恰恰相反，他们是把人当作牲口一样贩卖的洋蛇头。

陈云腾出生之际，和记、德记、瑞记等洋行招诱的苦力常由厦门出发，经过汕头往秘鲁、古巴和美国旧金山等地。澄海县与潮阳县交界的妈屿岛是列强在粤东鸦片贸易与贩卖苦力的据点。

1852至1858年，从妈屿岛、南澳岛运出的苦力约4万人。

这些苦力多为被诱骗、掳掠，称为"猪仔"。林大川《韩江记》
载：

> 咸丰戊午（1858）年正二月间，有洋船数十买良民过洋
> 者，名为"过咕哩"。初则平买，继则引诱，再则掳掠。海
> 滨一带，更甚内地。沿海居民，无论舆夫、乞丐以及讨海搭蜑
> 者，亦被掳去。

《岭东日报·潮嘉新闻》的报道中，生动记载了光绪三十年
（1904）五月初九日发生在汕头一带一个骗"猪仔"的故事，标题
为《猪仔乎？青柑乎？》。因当时人们谈"猪仔"色变，于是骗子
将"猪仔"称为"青柑"。汕头海墘（海边）一带为最。有一条街
叫德里街，人贩子集中藏匿其间。一段时间，香港来了很多"客
头"，专门贩人到印尼苏门答腊岛的日里。这些"客头"以赌博为
诱饵，将人关进密室。有一个"客头"将十多个不懂汕头本地话的
海南人骗到了船上，一一领取船票。其中一个粗识文字的青年人，
发现船票上有"日里某某"字样，便坚决不肯前往，于是招来一
顿好打，哭声传到了大街小巷，但没有一个人敢前去阻止。以往，
犯贩卖人口重罪者，尚且畏惧人们说三道四，才将被拐之人称为"猪
仔"或"青柑"，如今却将这贩卖人口之事称作"招工"。洋人讥
笑这些"猪仔"是从鸭蛋里孵出来的，其实是讽刺他们的父母不爱
惜自己的孩子，讽刺当地的官员不保护老百姓。如此看来，这种叫
法也是恰切的。当时，《岭东日报》的原文如下：

汕头海墘一带，客馆林立，惟德里街为最多，拐卖之匪，匿迹其间。日前，忽来香港客头数人，专贩日里。客以赌徒为线引来，关禁密室。昨有海南人，不识本音者十余头，将骗下船，往行过号领票。中一人颇识票字，见票有"日里某某"字样，坚不肯往，遂被众伙毒打，哭声达于大街衢，并无一人敢直言其非者。噫！昔之做猪仔者，以犯重禁，尚畏人言，而讳之曰"猪仔"，曰"青柑"，今则直曰"招工"而已。西人每诮我中国人为鸭卵所生，甚言为之父母官长者，不甚爱惜也，以此观之，良然。

据《汕头海关志》统计，自 1864 年至 1911 年的 48 年当中，潮汕地区约有 294 万人背井离乡，远涉重洋。

汕头开埠后，清政府被迫公布招工出洋章程，设洋务公所，把

非法拐掠劳工的行为变成了"合法的招工"。1876年，汕头"猪仔行"多达二三十家。

汕头港作为粤东海外移民的重要口岸，大批华侨由此远渡重洋，艰难谋生。除了传统的向海外自由移民外，还出现了一批批的"契约华工"和疯狂掠卖廉价劳动力的"猪仔贸易"活动。大量潮汕人被西方劳工贩子通过拐骗、绑架等手段贩运到美洲、非洲、澳洲和东南亚各地，从事开矿、修路、垦荒、种植橡胶等繁重的体力劳动。

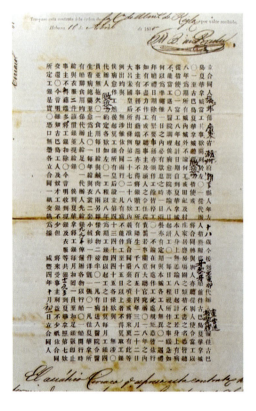

"猪仔"和洋务公所签订的所谓"招工合同"

1856年2月12日，美国驻澳门领事彼得在向国务卿威廉·马西汇报汕头劳工贸易情况的报告中，详细说明汕头在1855年劳工贸易出口达6392人，分别被骗往美国、英国、秘鲁和智利。

据刘玉遵等《"猪仔"华工访问录》一书记载，"客头"拐卖"猪仔"的伎俩和欺骗手段十分险恶狡诈。有的装作同情穷人的生活境遇，渲染南洋生活多么富裕，如工作机会多、工资高等，还宣传路费由"客头"支付，不用自己掏钱，还可以领到一笔"安家费"。如此哄诱之下，有人就被骗到了"客行"。"客行"，就是"猪仔"临时居住的客房，到这里，"猪仔"基本就失去自由了，被人控制起来。接着要到"洋行"办理卖身手续，签订卖身契约。这个程序在如今看起来都非常严密合法，即"录口供""验身""签约""照相"。

"录口供"就是问这些卖身者，"是否自愿卖身""父母是否同意"等，被骗来的人往往被迫做肯定回答。有时，因为人多，索性集体举手表决以上问题。

"验身"就是体检。规定受检查者脱光衣服，走一圈，"医生"还要捏一捏肩膀、大腿，以此查验是否健康，还要看看视力是否正常。汕头"验身"一般比较简单，而在香港"验身"则非常严格，除了以上检查之外，还要挑起几十斤重的石头，走一圈，敲击跟腱试一试肌肉反应，还要跳过差不多二尺高的木凳，才算合格。

"验身"之后，便是签订卖身契约。这是文字契约，首先表明卖身是否"自愿"，并规定卖身年限，规定卖身期内绝对服从买主调遣，不得有任何异议等。卖身者要按了手印，画押，最后挂个写有卖身者姓名和编号的木牌，照相。至此，买卖正式成交。

签过卖身契的"猪仔"时常被改了名字，譬如曾宪堂被改为曾九，黄兆鹄改为黄亚大，还有什么颜十一、徐十五等等，如此，一则简单好记，二则自此就难以凭原来的姓名找到本人了。

这一套买卖行为和贩卖牲口一般，故此称之为"贩猪仔"。

办理完买卖手续，买主要给卖身者一笔"卖身银"，美其名曰"安家费"。据老华工追述，在1919年以前的汕头，一名"猪仔"的"卖身银"，名义上是二十到五十块银圆，最高是七十块银圆。这笔钱并不直接交给卖身者本人，而是交给"客头"或"客行"。经过扣除汕头至国外的旅费和"客行"的食宿费、手续费等，已所剩无几。扣剩的余款或者被"猪仔"贩子开设赌局骗光，或被他们假借代为汇款回家之名而吞入私囊。没有任何"猪仔"能真正有钱寄回"安家"。在香港卖身的"猪仔"，其"身价"更贱，往往连一文钱的"卖身银"也拿不到，只是在办完卖身手续、画了花押后，得到5—7元港币的"落笔银"，到了登船前夕，再从"客行"得到一套衣服、一张粗毯和一些日用品而已。

陈云腾撞上了这个败坏的时代，被出卖是注定的命运。

甫一出生，他父亲便愁容满面，因为他是男婴。家族的男婴出生叫"添丁"，要办酒席，可是这位终日在乡间四处出卖苦力"担八索"（挑担子）的父亲，哪有钱办酒席？他的肩头只有一根扁担，扁担两头是竹筐和竹箩，绳绳索索，总计八段，此外身无他物。可他并非木讷之人，思来想去，他做出了一个看起来极为聪明的决定：他对外宣称，家里生了一个女婴。于是，免去了一场本该有却办不起的酒席，以及围绕着这个男婴的一切费用。

陈云腾之所以遭此待遇，还有一个原因是他的前面还有三个男孩。这三个男孩出生之后，其父一个接一个地按照传统的潮汕习俗，办满月酒，周岁又要办"头生日"酒席，元宵节还要在家族祠堂"吊灯"（挂上大红灯笼），宴请族人，称为"做灯酒"（又称为"做丁酒"），三个男孩已经使这位家徒四壁的父亲债台高筑，于是他才有了这聪明一计。因为女婴出生在潮汕没有任何的仪式，只是口头报一声族人即可。三个男孩传宗接代，赓续香火已经足够，何须这多余的陈云腾？

说来好笑，虽然陈云腾生下来是家里的多余人，但日后他的名号气势之大却远远盖过了三个哥哥——云阶、云冬、云田，哪个可与云腾相媲美呢？也许当初陈云腾的父亲去找私塾先生取名的时候，这位先生听了陈父的慨叹之后，暗地里以此名号对这多余的男婴给予了诸多同情，希望他腾云而起，早早离开这个家，离开这个令人悲伤的贫困之家。

既然多余，不如一送了之。陈云腾被父亲送到了瓯坑寨南门的一户人家，也许是环境中某种气息的改变令这个"女婴"格外伤心，整日整夜哭号不止，直到把这家人哭得难以招架，他终于被送了回来。既如此，其父无可奈何，只好唉声叹气接受了这个"多余人"的归来。

陈云腾成了"女孩"之后，对他的第三人称也变成了"她"，包括穿着打扮。直到有一年，这个女婴长得越来越像男孩，全家正在为此整日愁眉难展之际，邻居利叔家生了一个男婴。临近元宵节，利叔家准备好了粿品、三牲、灯笼，准备到祠堂"做丁桌"，不料这个男婴却在这重要时刻到来的前一天夭折了。悲伤之余，利叔将所有准备好的供品完整送给了陈云腾家，让他们给这个男扮女装的陈云腾恢复性别身份，云腾也就这样并过继给了利叔。

一个夭折的男婴终究成全了陈云腾的性别回归，让他得到了家族的承认。

多年以后，陈云腾真的腾云而起、奇迹般发达之后，对邻家的利叔孝敬有加，甚至在二老去世后，还为他们做了潮汕地区最风光的"拜十缘"[1]送终，一时风光无二。

陈云腾并没有因为恢复了性别身份而有生存条件方面的改观。然而，越来越盛的一种气势，暗示着他在成人之后的命运。

同治二年（1863），英商德忌利士汽船公司开通了香港到汕头的航线，多艘蒸汽轮船往返两地。随后，日本大阪商船会社，英国怡和洋行、太古洋行，德国雷特公司等进驻汕头。

彼时，每周都有多班蒸汽轮船满载契约劳工与各类土产，自汕头开往中国香港以及东南亚的暹罗、西贡、海防、实叻、槟城等地。这些蒸汽船上所载的大多是送往南洋的苦力，汕头的"猪仔"贸易盛极一时。英国德记洋行率先在汕头设立招工局，开通专门航线，前往美洲及南洋地区，贩运苦力。

自此，一个奇怪的地名——日里，挂在汕头百姓的口头。

19世纪七八十年代，荷兰殖民者开发印尼苏门答腊岛北部棉兰地区（旧称日里埠），急需大量劳力前往种植烟叶。荷兰元兴洋行、德国鲁麟洋行、英国德记洋行纷纷在汕头、厦门大肆招揽华

---

[1] 潮汕地区场面最为盛大的丧事，每十日举办一次祭拜仪式，一共十次，故名"拜十缘"。

工，每个劳工的价格，根据地区与工种的不同，分为四类："赴日里种烟叶者，每名一百二十至一百三十元（银圆）；赴槟榔屿种重芭者，每名身价六七十元；赴柔佛开柴芭者，每名身价五六十元；于星柔种甘蜜者，每名身价约三四十元。"据统计，1876 至 1898 年，从汕头经香港或直达东南亚的中国人达 150 多万人。在 1888 至 1908 年的 21 年中，有 13 万多契约华工被运往日里种植园。

另外一个数字更为惊人。1888 至 1900 年间，先后有 87938 名契约华工经正式登记进入日里 169 个烟草种植园中。"苦力贸易"给南洋与潮汕社会文化留下深刻的历史烙印，至今潮汕俗语中还有充满贬义的"卖猪仔"一语，汕头市区内仍有一个叫"德记前"的地方，正是德记洋行贩运劳工血泪史的记忆。

1889 年，十六岁的陈云腾与德记洋行签订了一份协议，以自己"多余"的肉身换来了一百二十元，交给了父亲，离开瓯坑寨，与众多潮汕同乡一起搭上开往实叻（新加坡）的轮船，最后到了荷属苏门答腊的日里，这个令潮汕人人牵挂的惊惧之所。

印度尼西亚侨民陈君瑞寄给潮汕侨属的侨批，内夹以"难"为题的七言绝句，写尽侨胞当年出洋谋生的艰辛和对故乡的思恋：

迢递客乡去路遥，断肠暮暮复朝朝。
风光梓里成虚梦，惆怅何时始得消？

自此，日里种植园中多了一个种植工人。这一年，荷兰 12 家贩卖人口的公司在厦门、汕头招收的契约华工有 13551 人。

陈云腾在日里前前后后做了十年，没有人知道这十年他是如何

侨民陈君瑞寄回的"难"字侨批

煎熬过来的。这也是所有"猪仔"的无声之声。

十六岁到二十六岁，或许是一个人一生中最重要的十年。幸亏他还年轻。

陈四合批局的老批脚陈顺荣就记得老四伯陈云腾曾经对他说过："我卖入日里。家里的叔伯兄弟全都是很艰苦的。做到十年满，所剩下的钱还不到一块钱（一块银圆）呢！"

谁知道这一句话后面藏着多少人的多少辛酸。没有人知道彼时他所说的这一块钱价值多少，如果按照当下论，一块钱还算钱吗？如果是在三十年前，能够吃饱十顿饭。虽然不知道在陈云腾从烟草种植园里面走出来的 1899 年价值几何，但可以确定，这一块钱就是他十年青春的价格。

厦门大学公共事务学院李明欢教授在《一份被隐匿多年的报告——关于印尼日里契约华工的一件重要文献》一文中，利用荷兰人的调查资料、殖民档案，对日里华工的生存状态做了如下描述：

居住 "……苦力住处四周又脏又臭，更糟的是遍地垃圾、污水，到处都是病菌的滋生地。……工棚内简陋至极，几乎就只有睡觉的床板，同时又是苦力吃饭的地方。……工棚没有任何风窗，里头十分闷热，加上烟灰、尘垢，空气更是混浊。"

劳动 ……每个华人种烟工管理 1 巴胡（约 0.7 公顷，可种烟草约 16000 株）土地……在种植、管理烟苗的季节，"天还没亮，华人烟工就已起身去照顾他所负责的烟苗了，浇水捉虫、整土，直干到日落西山，其间只在中午歇上一两个小时。如果是月圆之夜，那么，在经过了辛勤劳动的一个白天之后，他们还要在烟田里干上好久"。"……在野外的体力劳动结束了，现在是没完没了的拣啊、扎啊，虽然这工作不太消耗体力……可神经却高度紧张。每天不停地对数千张经过发酵的烟叶进行分色，稍有疏忽就会被退货，而且本已少得可怜的工资还会遭到克扣"。

医疗 ……朱诺斯基是在种植园工作过的一位医生，他在日记中写道：那些刚来时看上去身强力壮的中国人，不出几月就会变得不像人样，"一张呆板蜡黄的脸，形容憔悴，腿上疮疤盖着疮疤，全身到处都是脓疮"。

"猪仔"贸易在汕头持续了五六十年，直至民国政府严厉打击，方始收敛。1912年，孙中山发布《令广东都督严禁贩卖"猪仔"文》《令外交部妥筹禁绝贩卖"猪仔"及保护华侨办法文》，强调："除令广东都督严行禁止'猪仔'出口外，合亟令行该部妥筹杜绝贩卖及保护侨民办法，务使博爱平等之义实力推行。"政府开始搜捕"客头"，查处"客馆"，到20世纪二三十年代，汕头口岸契约华工出口基本告一段落。

契约华工在海外的悲惨遭遇，多不胜数。在暹罗还有另外一种针对华侨的"当头炮"：凡到暹罗的华人，从到达第三个月起算，每三年要向皇家上缴一种税，叫"系码"。这种税其实就是人头税。凡是在暹罗务工的人，每人每次上缴二元七角，开店做生意的每人每次四元。从到暹罗的第三个月开始的三十年内，不可豁免。很多人刚到暹罗，哪有钱缴纳这种税，只好按照规定，先去工艺局免费务工两个月，以其工钱抵扣该税。

在光绪二十九年（1903）《岭东日报·潮嘉新闻》中的一篇《洋客述言》有明确记载：

> 暹友回汕者述云：暹中向例，凡寓暹之客，三年一次至皇家报名纳税，名曰"系码"，凡作工者每名二元七角，店东则每名四元之度。刻下暹中系码之期，系限自华三月起，至华三十年三月止。此次码期，无论寓暹赴暹，俱宜照例纳税，方

许在暹任事。迩来汕中因暹轮减价，趋之若鹜，多有未谙其例而往者。登岸时，其不及备带系码费之客，皆被皇家带入工艺局，佣工两个月，抵清税码，方许别觅生涯云。

华工艰难的生存境况可见一斑。

湘子桥畔：多书 多音 多情

13

水客：我要回唐山

尽管囊中空空，但陈云腾完成了十年契约从日里种植园出来后的第一个念头是："我要回唐山。"

他对所有的工友说："我要回唐山。"

此唐山，非彼之河北唐山。陈云腾所说的"唐山"是所有"猪仔""过番客"对家乡的称谓，此处的"唐山"代表着祖国和家乡。

其实所有到南洋的潮人，都是在煎熬中度日，甚至时时有生命之危；即便自由移民的"过番客"，在异国他乡也波折多舛。还乡，成了他们的人生终极追求。

心慌慌，意茫茫，来到汕头客头行。客头看见就叫坐，问声人客要顺风？一直来到新加坡，无事上山来做工。伯公多隆[1]保平安，雨来给雨沃，日来给日曝。所扛大杉榀，所作日共夜。三更去淋浴，淋到浴来过五更。

---

[1]　多隆，马来语音译词，怜悯、宽恕的意思。

旧时的潮州西北城墙

　　这首歌谣，不知其音调是否低沉悲怆，但绝非欢快而愉悦，一唱三叹者，乃"猪仔"人生之无奈也。

　　潮人"过番"到东南亚各国，除少数投亲靠友获得较好工作环境外，绝大多数人投身于荒野，披荆斩棘，种植农作物，或从事码头搬运、修筑公路铁路、挖掘灌溉渠道和兴建寺院庙宇等苦力活。许多人在长年累月的繁重劳动中丧生于异邦。

　　《潮汕百科全书》记载，1892 年，泰国修筑以曼谷为中心的铁路网，曾招募大量的潮汕人和客家人前去做劳工，有数以千计的人在修筑铁路中丧命。

　　就在陈云腾做工的印尼日里，有座收殓华侨尸骨的"万人坟"，东南亚一带现存大量埋葬华侨的义山。其中一座义山坟园的门联，道出了所有"过番"潮人的悲凉：

渡过黑水，吃过苦水，满怀心事付流水；

想做座山，无回唐山，终老骨头归义山。

"黑水"指波涛险恶的七洲洋，"座山"指富人，也就是钱财有所聚、事业有所成的意思。

陈云腾算是幸运的，十年当中，他亲眼所见的逝者不计其数。于是他出来后的第一句话就是："我要回唐山。"

这句话不仅仅是心里话，也是一句深情的话，更是一句广告词。一块钱，怎么回唐山？回唐山，这是多少人日思夜想却始终不敢说出口，也不敢做的事。

陈云腾的这句话说出来，十来个"过番客"的眼前突然亮起来，像看到阴沉沉的天空陡然放晴。他们一拥而上，围拢在陈云腾的身边，仿佛他就是唐山。

"我要回唐山，你们如果要寄东西，在五斤内便可以帮你们捎回家。要是寄钱的话一两元就好，让家里的妻儿过生活，高兴一下。"陈云腾郑重地对围拢在自己身边的"过番客"们说。

陈云腾捎着十多个人的钱物，回到家乡的时候，他已然完成了身份转换——从一个"猪仔"变成了"水客"。

一家又一家地找寻，陈云腾将饱含乡情和血泪的钱物、信件一一送回到了"过番客"们的家中，交到了他们的妻子、父母、兄弟手中。他见证了这些家人们得知亲人尚在，捧着钱物，捂在胸口泣涕不止、难以言说的激动情景。陈云腾庆幸将同伴们满含血泪的信物捎带回来，完好无误地交付到了乡亲手中，他意识到了自己这一举动的重要性。

陈云腾获得了几颗鸡蛋，还有一碗甜汤，也有一些人家给他少许的酬金。这是信义所换来的回报。

送完钱物，获得了嘉许的陈云腾，自己也十分感动。这种感动来自对"过番客"的忠诚和信义。在家乡待了一段时间后，他决定回到日里打工。这一次，他心中对未来似乎有了诸多的笃定。这一次去日里，他已经是一个自由身了，他可以选择去种植园继续干活，也可以选择做一些别的活计，而他最终在日里开了一间杂货店。

这家杂货店开了不久，不同地方的"过番客"聚拢在此处，聊着家乡，聊着往事，陈云腾聊着此次还乡的见闻。这些将银和信如何交付给家人的故事，最令这些"过番客"着迷，他们像一群小孩，围拢着他，细细问询自己家里老人、小孩、妻子的状况，也倾听别人家里的情形，此后，人们开始不断问询他什么时候再回唐山。不断的催促，让他坚定了自己的想法，在过了一段时间后又说出了当年那句话："我要回唐山。"

"过番客"们蜂拥而至，带着钱物，带着托人写好的信件，一一交到了他手中。往来之间，陈云腾便成了"水客"。而他的杂货店便成了此后"批局"的原型。

圆他人之梦，美他人之美，圆他人之心愿，解他人的思乡之苦，从精神角度替人解困，这是陈云腾最初的念头，而这种高尚的动念也成为他缔造商业王国的基石。

孙谦在其著作《清代华侨与闽粤侨乡社会变迁》中记载，19世纪末到20世纪初，泉州、厦门、漳州等地的"水客"有10000多人，汕头大约有800人，仅新加坡就有潮汕籍"水客"200多人，其中往返于汕头与各乡村之间的"水客"，叫作"吃淡水"，赚取少许的钱；往返于汕头和南洋之间的"水客"，叫作"溜粗水"，赚的钱多一点。

1870 年，一个旅居泰国多年的叫李阿梅的潮阳人，也正如陈云腾一般做了"水客"，每年数次往返于泰国与汕头之间，每次从泰国带回侨批款白银 2000 余两。他按照批款额的 3%—5% 向寄批人收取手续费（行内称"贴水"），一趟下来，他可以赚取至少 300 两银子，那可是一笔不菲的收入，甚至堪称暴利。

有一则在潮汕乡间广为流传的故事：侨居暹罗的某男，不识字，托"水客"带批款回乡给同样不识字的妻子时，怕水客将自己的钱物"缩水"，于是向杂货店主要来纸笔，并请其先在上面写下村名及妻子的姓氏，然后别出心裁地写了一封无人能看懂的信：只见他用粗糙的大手在一张信笺上画画，先画了一条狗，谁都看出来了，接着，他又画了同样的一条狗，最终他画了同样的四条狗；接着，他耐心地趴在柜台上，又接连画了八只鳖。用手指一一点数，确定是四条狗和八只鳖之后，才将钱物和这封信托付给了"水客"。"水客"看着这封令人捧腹的信件，心中不免暗笑，暗笑之余，又想不明白这封信的意思。他怀揣信件和银子，在返回家乡的途中，终于想明白了，不禁暗自赞叹这位聪明的"过番客"。当"水客"回到家乡，按图索骥，找到这位"过番客"的家时，也是幽默了一把，他先将这封"图画"信递给这位也不识字的侨眷，故意逗她，说自己忘了款项多少，让她先看这封信。这聪明的侨眷随即回答：一百元。水客笑了，的确是夫妻，如此默契。原来，在潮汕话中，"狗"与"九"同音，"鳖"与"八"谐音，四条狗加八只鳌，9×4+8×8，正好是一百整。

这是对"水客"信用的考验，也是对一个行业的论证。

最令人心酸的是一封赎回自己女儿的侨批。

潮汕侨批收藏家邹金盛先生，手里藏有一件宝贝——一封罕见的侨批，寥寥几字，道尽人间辛酸。这是旅泰华侨杨捷从寄给身在澄邑（今汕头市澄海区）冠山乡上社灰埕巷的妻子的侨批，外附国币5万元。批封上特意留下十字叮嘱："见信至切赎回吾女回家。"这是父亲对家乡的"心头肉"刻骨铭心的牵挂。舐犊之情，人皆有之，如此切切，令人潸然。

在兵荒马乱的年代，妻子无力养活一双儿女，不得已将年幼的

一封字迹端庄的侨批，其中是"过番客"对双亲的至切思念

女儿卖掉。在海外的父亲闻之心如刀割，捶胸顿足。悲痛之余，想方设法凑足钱款，从批局托寄国币5万元回家，要妻子拿钱赎人。"至切"，意即千万、务必。父亲心中的迫切、焦急跃然纸上。

一封血泪信，一笔救命钱。

如此看来，这些水客像古代奔走在战场的"游击"一样，带着信件，一站接一站，互有赓续，讲究信义。又如《把信送给加西亚》中的士兵德鲁·萨默斯·罗文一般，对待捎带的信物正如对待总统交代的任务一般，丝毫不敢马虎，克服千难万险，直至送到指定的地方。一种信用体系正在形成，与之相应的行业呼之欲出。

"水客"，从无偿为他人圆梦到有偿服务，赢得了客户的充分信任，甚至敬重，获取一点利润，已经成为一种必然。这也是头脑灵动的潮人以信义为本，从而获得商机的一种智慧。

1930 年的一纸卖身契

　　"水客"获利的手段多多。第一种是向寄批人收取酬金；第二种是利用吧城和唐山两地银价差额，从中利用汇水差价获利；第三种是利用华侨交寄的批银作为本钱，先一路做生意，等生意在彼岸获利，再交付对方批银。

　　利用空间和时间差，发现商机，赚取利润，正是潮人的精明所在。

　　利用批银作为本钱做生意，使一些"水客"摇身变为奔走于唐山与南洋之间的行商。他们用华侨交寄的银项在当地购买在唐山适销对路的"洋货"，如大米、布匹、西药、食品等，运回唐山变卖得款之后，再把华侨交寄银项交给侨眷。自唐山出发往南洋时，除了携带侨眷家书之外，也会顺带置办家乡特产货物，如干货、咸菜、银镯、特色药品（如澄海"大娘巾"药丸）等，在南洋各大小埠头贩卖。

14

雁阵一般的侨批

窃以关山难越，谁传天雁之书；萍梗徒飘，空系河鱼之帛。矧复乡园寥廓，道路纷歧，纵驿使不惮传□，而洪乔几虞误事。又况锱铢匪易，付托良艰。此本号所以创兴，庶游子得而方便者也。

这是 1887 年潮安广惠肇批信局创设时新加坡《叻报》刊载的一则告白的开头。一个新的局面正在打开，一个新兴行业正在宣告成立，这就是侨批业。

这则铺陈过甚的广告，实则说了四个字：捎信捎钱。

这正如陈云腾在日里所开的杂货店一般，每日有无数的人来捎信捎钱。一个小小的杂货店自然满足不了众多"过番客"的需求，于是一个叫作"××局"的机构在报纸上公开了身份，一家公司宣告成立。

批馆，批局，信局，批信局，侨批局，皆是。

关于最早的批局由谁设立，众说纷纭，但可以肯定的是，汕头市澄海

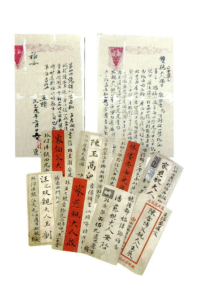

区东湖乡的致成批局是早期批局之一。

东湖乡是著名侨乡。乡里有一座清代建筑，俗称"致成内"，是新加坡著名华侨黄继英的故居。

黄继英早年出洋到新加坡谋生，先在一家染布厂打工，后来自办致成乌布厂。致成乌布在当时新、马染布行业中颇负盛名。随着业务的发展，他专门回家乡招募一批青年赴新加坡当员工。众多的乡里青年来到新加坡，首先要解决的问题是他们与家乡亲人的银信往来。黄继英思来想去，决定自派"水客"，为员工省一点"水费"，也算是一种福利。"水客"带着信款，回到家乡，逐户派送，得到了员工的一致赞誉。

此举很快为周围厂家、农场务工的家乡人所知，每次黄继英要派"水客"回乡的时候，便有众多乡人来公司，请求托寄。一传十，十传百，托寄的人越来越多，一开始，黄继英一一接收，尽皆代办。此后，大量的银信涌来，已经不是一两个"水客"能包办的事了。

拒绝了乡党的银批，便是拒绝乡情，黄继英不敢也不能拒绝，因为那一双双炽热的目光中满含期待，如一串串说给父母妻儿的文字和一碗热气腾腾的饭食。

黄继英思虑再三，灵机一动，干脆在致成乌布厂门口加挂一个"致成批局"的招牌。

这一年，是清道光九年（1829），新加坡第一家侨批局诞生。

时光跨越了近两个世纪，黄继英的后裔黄少雄，至今还在家乡守着致成批局的木楼。

木楼虽残破，楼内却藏着鲜活的历史，爬上吱吱呀呀的木质旧楼梯，仿佛穿越了百年的侨批风雨路。这路的尽头便是这座楼和楼上一个锈迹斑斑的"铁甲万"——铁皮保险箱。打开"铁甲万"，里面存放着很多老账簿、老批封，还有已盖上印信而未启用的回批封。它们似在诉说着当年的盛况，众声喧哗，争先恐后。那声音或苍老，或年轻；或舒缓，或慌乱；或期期艾艾，或幽幽咽咽。此间不仅存放着故乡和异国的两种声音，还有不少装银圆的小草袋，以及大大小小的木印，其中有"致成""森峰"等，这是批局的印鉴，盖上它，这些声音和银两才会安全抵达对方的耳朵和手中。还有一些如侨批篮（市篮）、竹笠、厘秤、长柄油纸伞等"批脚"（专门的送批人）专用工具，有的上面还写着"致成批局"字样。

当年，致成批局在新加坡开业之后，黄继英协同族亲黄松亭回汕头创办汕头的首家侨批局"森峰号"。后来，黄松亭又协同魏福罗创办揭阳"森峰启记"批局，也就是后来的魏启峰批局。可见这项"乡书"事业是何等蒸蒸日上，受人欢迎。

侨民陈应传寄自
马来西亚的平安批

致成批局倒闭后，黄家陷入家道中落的窘境。有一天，在汕头魏启峰批局担任经理的魏启和，亲自登门看望老东家，也就是黄少雄的祖父。魏启和年轻时曾在致成批局当过伙计，对致成批局的栽培之恩心怀感念，对老批局的倒闭深为惋惜。此时，黄少雄还在澄海中学读书，魏启和一见他顿生怜意，遂说动了老东家，让黄少雄到汕头魏启峰批局当学徒。

一个就业机会，一份不菲的薪酬，对于当时家道中落的黄家可谓是雪中送炭。入职当天，魏启和还亲自给黄少雄来了一场岗前训导。他说，魏、黄两家交情深远，他会全力帮助他，希望他从头学起，将来一定要重振致成批局……

同治九年（1870），潮阳县简朴乡的"水客"李阿梅已经意识到侨批事业必须要壮大了，因为他每次往返于暹罗和潮阳之间，所携带的银两均超过了两千两，侨批更是无数。他那双沾满泥巴的双脚已无法在限定的时间内跑遍千山万水，无法完成这庞大的业务。于是，他开始临时雇佣"批脚"，协助他分发侨批。

李阿梅的侨批生意越做越大，同治十三年（1874），李阿梅与马阿隆、马秋圣在暹罗与潮阳县成田乡创立了当地最早的同名批局"永和丰银信局"。两地互动，像跨国银行一般。同年，马有付、马旧铜也在暹罗与成田乡创立"永丰发银信局"。

像一把无色的火炬，批信业被点燃了。虽不见火光，却似无色的闪电一般，在南洋到潮汕的海面上穿梭，进而，众多的批局在潮汕落地，又快速在本地以燎原之势铺陈开来。

随后的三十多年，潮阳县各乡陆续创设了十余家批局，其中有成田乡"协成丰""永振发"（光绪年间）、"永裕源批局"

（1910年），金瓯乡"陈捷兴信局"（1898年），关埠乡"黄德良批局"（1900年）、"利商批局"（1909年），和平乡"马合兴批局"（1902年），司马浦乡"义丰泰（发）批局"（1905年），棉城"松兴批局"（1907年）、"林远合批局"（1911年）与"刘喜合号"（1915年），大长陇乡"陈万合批局"（1913年）。到1918年，潮阳县营业的批局有"永丰发""永振发""协成丰""陈四合""陈万合""林远合""刘喜合""黄荣昌"等八家，每月解付批款约20万元。

在这众多的批局中，上天为曾卖身的"猪仔"陈云腾也留了一个。

第二次出洋的陈云腾，在日里没有待很久，他的大名已然在乡里崛起，保媒提亲者络绎不绝，很快，他便娶妻生子。有了家，他找到了港湾，也暂时不想再去那令人伤心的日里，就地在本乡瓯坑寨南门的陈捷兴信局做了一名"批脚"。他凭着吃苦耐劳的品质和多年无一闪失的信誉，很快得到新加坡一个锡矿主陈敬初的赏识。

陈云腾的日子并没有随着他人生的十年"猪仔"经历的结束而轻易好转，也许命运还在拷问他：你究竟能否挺过去？当"批脚"的陈云腾原本应该就这样靠看似不菲的薪水过下去，何况他的发妻已为他育有三子。不料发妻在她三十一岁这一年的八月十二日织布时暴毙。织布机边的梭子似乎刚刚停止穿梭，幼子尚在她怀中吃乳，一滴未干的泪痕挂在她的脸颊。

早晨还为一家人做早餐的妻子，黄昏竟然撒手闭目。

祸不单行，次子钦江白天在锯刀前玩耍，一根手指被生生锯掉了。陈云腾再也忍不住心中的悲戚，怀中抱着一个，手中拉着两个，来到村外的妻子坟头，忍不住放声号哭。这个三十五岁的男人，在一声声粗壮的悲号之后，再次站起身来，狠狠瞪了一眼苦难的过往，牙齿咬出了坚硬的声音，一缕鲜血从他嘴角悄然流下，彼时，天色暗淡，夜风凉薄。

这一咬牙，就是三年。命运之神看不下去了。一位二十四岁的已订婚女子一直在等待"过番"的未婚夫，直至彼时，也未曾等到一点消息。失去音讯的人太多了，谁也不敢说出来那句最为令人不堪想象的结局之语，只是陈云腾给那女子讲了自己亲身经历的故事之后，那女子不再等待，成了陈云腾三个儿子的继母。

批局业务好得出奇。这一切源于如雪片般从异国他乡飞来的侨批，似乎所有"过番"的潮人都发财了一般。

又过了五年，批局业务已经应接不暇，批局东家对陈云腾也更加信任和厚爱，索性鼓励他自己做事，划拨出一些业务，让他自己经营。十五岁的长子和十二岁的次子随之辍学，父子齐上阵，在祠堂边的老屋旁挂出了自己的招牌字号——陈四合批局。

泰国曼谷的唐人街，彼时是世界最长的唐人街，由耀华力路、石龙军路和三聘街等组成。19 世纪中叶以后的唐人街商铺，几乎都是潮人开的，通行潮州话，连做保安的印度人和泰人伙计，也学会了一腔潮州话。

三聘街有"侨批一条街"之称，全盛时密密麻麻开着 78 家侨批局。而曼谷第八邮政局就在街的尽头。

"第八局"是 1907 年泰国政府专门为接收寄往中国的侨批而设立的。表面上是为华侨提供寄批服务，实际上是为了对疯长起来

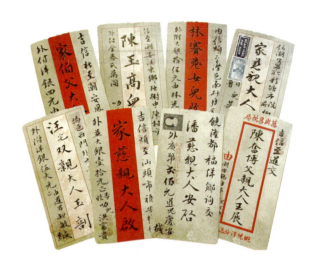

众多的侨批像喧哗的哭泣，隽秀的字体如下跪的双膝

的侨批业实施监督和管控。但到底还是率性简单，邮政局里有不少潮汕人，不管当局如何发号施令，他们只专注于是否贴足邮资，其他无暇顾及，给华侨寄批还是留了一条通道。

泰国人大多率性、单纯、友善。佛祖心中藏，日子便轻松，生活就愉快。几乎所有的人都油光满面，黝黑皮肤上结着汗珠子，看上去不乏从容自得。

侨批业繁盛的背后是大量潮人移民的涌入。

康熙二十二年（1683），海禁始弛，清政府特许商人到暹罗采购大米和木材，形成了潮人移居泰国的第一次高潮。1996 年出版的《广东省志·华侨志》称：

随红头船到暹罗的，还有大批破产农民和手工业者，其中不少人是农艺能手或精于木工、造船的能工巧匠，他们留居暹罗成为新移民。在开展"红头船贸易"的百多年间，移居暹罗的潮州人不断增加，在暹罗华侨中，潮州人人数逐步占了优势。

据估计，曼谷王朝拉玛三世（1824—1851）初期，每年移民泰国的中国侨民有 6000 至 8000 人，其中主要是潮人。1910 年曼谷王朝户籍调查资料显示，华人占曼谷人口的三成多，其中近一半是潮州人。

潮州人移居泰国的第二个高峰，出现在 19 世纪末至中华人民共和国成立前。泰国的华人人口从 1910 年的 79 万人增加到 1942 年的 187 万人，其高峰期在 1921—1932 年间。这些移民中，大多数是潮州人。据 1937—1938 年的统计，抵泰的中国移民中 47% 是潮州人。

1983 年泰国政府公布的华侨华人人数是 630 万，占泰国总人口的 13% 左右。而在这 630 万的华侨华人中，祖籍潮州的人口约占 70%。也就是说，现在的泰国至少也有 400 多万祖籍潮州的华侨华人。这个数字，已经是本土潮州人的四分之一了。在泰国，潮州会馆 1938 年已建立，到目前，它仍然是世界各地潮州会馆中规模最大、建立最早的"一哥"。

1999 年出版的《汕头市志·华侨》载："道光元年（1821）侨居暹罗的华侨有 44 万人，咸丰四年（1854）增加至 150 万人，其中约 60% 是从樟林港去的。"

潮汕地区的早期海外移民，除了暹罗外，还分布在交趾（今越南中部、北部）、高棉（今柬埔寨和越南南部部分地区）、马来半岛、婆罗洲、爪哇、苏门答腊和菲律宾各地。

到了清乾隆年间，海外潮人已在他们的侨居地形成颇具规模的潮人居住区，潮人华侨社会在东南亚各地已逐步形成。而在潮汕，也初步出现了与南洋潮人息息相关的侨乡。

黄挺先生在《中国与重洋：潮汕简史》中指出，19 世纪 50 年代以后，1860 年至 1949 年，经过汕头口岸移民中国港澳和东南亚的人数，在 140 万人左右，其中多数是潮汕人。

《汕头海关志》记载，1864 至 1911 年，"潮汕地区约有 294 万人背乡别井，远涉重洋谋生"。李宏新先生《潮汕华侨史》称，至 1911 年，移居海外潮人人数达 300 万人，1912 年至 1949 年约 100 万人，至中华人民共和国成立时，移居海外的潮人人数在 400 万左右。

潮人像一股又一股的洪流，随着海潮，浩浩汤汤，奔向东南亚。他们节衣缩食，以血肉之躯换来一点点微薄的银两，以不变不易的对家园的持守，将这些血汗钱随着一封封"平安批"寄回到故土的那个逼仄矮小的厝屋，维系着家小安顺吉祥。

15

侨批要攥在自己手中

在樟林古港的内河畔南街上，至今保存着"船头佛"陈宣衣开创的黉利行遗址。黉利行便是早期的钱庄，或者叫私人银行。眼下，原建筑物仅存三级的台阶，如果顺着这三级废弃的台阶缓缓走进去，便可以寻找到历史的真相：陈氏家族在汕头建立黉利栈钱庄的原因何在。

不妨从一个熟知的词开始探寻：船坚炮利。

从史书或者学校课本中均可读到这样的描述：自从鸦片战争爆发后，西方列强船坚炮利，打开了中国的大门。一个"坚"字，道出了现代化的铁壳轮船的优越。

在木制的红头船纵横南洋的时候，西方已经有了铁壳船，再也不靠季风和洋流以及双桅和单桅上所挂的风帆来行驶。铁壳船采用蒸汽为动力，从容摆脱了不可控的自然之力——海洋季风和洋流对航行的影响，随时点燃轮船蒸汽机，船便可以行驶。

中国的木帆船自然被取代，红头船像一个壮烈的牺牲者，从此消失，红色的焰火渐熄，海上交通更弦易辙。

不能否认，铁壳轮船比木帆船更坚硬、更安全，往返更快捷，航班更稳定。西方的轮船公司像一个新贵，用傲慢的目光瞄准了"侨批"这一商机，增设轮船信局，专门受理信件托运。因为其背后有泰国邮政的支持，侨批固有的运行模式不堪一击。彼时，潮帮批局连发声的权利都没有，只能逆来顺受，拱手相让。

银信分离。信是乘上大轮船速达了，银怎么办？为了解决银的问题，钱庄挺在了前面，汇兑业随之兴起，金融业的链式反应因之启动。

强盗来了，他们要抢走中国船商的饭碗，他们要垄断海内外潮人情感血脉得以维系的基础——侨批，怎么办？

1851 年，陈宣衣弃船上岸，走进了自己的书房，日思夜想，终于决定：在香港创办乾泰隆行，经营南北行贸易。

另据传说，当年他之所以有这么大的勇气，敢于下如此之大的决心，是因为一次夜航。那是他返回樟林的最后一次红头船航行，子夜时分，夜海一片寂静，陈宣衣忽闻大船龙骨附近有哀哀哭泣之声。惊醒过来的他，睡意顿消，急忙下床，出舱查看。彼时，大海波澜不惊，明月在天，星斗低垂，海阔天空。值班船员也悉数在岗，查来查去，其他船员尽皆安睡无虞，并无一人哭泣。他只好无语返舱，就在他刚刚躺下来时，又听到红头船的龙骨处哭声悲戚，他再次起身出舱，来到船舷处，却毫无人影，又无一点声响。如此三番，他心中早就钻了鬼：此行不吉，千叮万嘱船工谨慎驾船，随后拿定主意，改弦易辙，不再行船。可在他的心中，红头船是他起家的本钱，是吉祥的象征，有多么难舍难分，唯有他自己心知肚明。

传说归传说，事实是陈宣衣也发现了新商机。那时海外潮人面对着危机重重的商业局面：他们的钱和信都将被迫交付给洋船，这是事关他们物质和精神的双重大事。

陈慈黉，早年赴暹罗开疆拓土，见过世面，预见过他父亲陈宣衣的那个噩梦，知道红头船龙骨哭泣的那一天必然会到来。面对轮船时代的到来，面对为他们家族捞得第一桶金的红头船的逝去，他壮士断腕，果断转身。和他父亲的犹豫不决截然相反，他决然放弃庞大的红头船队，投身铁壳船，和洋人争夺海上的权利，全力投入新业态——先租赁铁壳轮船，再成立中暹轮船公司，用了十几年时间，完成艰难而又华丽的转身，公司旗下拥有了一批新型轮船，来回航行于泰国、日本、新加坡、马来西亚、缅甸、越南和中国香港、华南、华东、华北各港口之间。

他要从虎口中拔牙，分得一杯羹来，养活与潮汕人身心攸关的侨批业。

侨批银信分道在即，陈慈黉率先在暹罗开设黉利栈汇兑庄，继而在汕头设立黉利栈钱庄，与之配套。多年之后，黉利栈银行、銮利保险公司等金融企业相继在黉利家族手中建立起来。

侨批是银信一体，每一宗侨批，银（养家费）和信（家书）是密不可分的。无论是"水客"夹带，还是批局投递，"批脚"都把银信一起装进市篮，找到收款人，先将信递上，双方确认所寄款项，才如数付款，再请收款人在回批上留言或签章。回批由"批脚"汇集后，寄回收件批局，再由其投递给寄批人，这宗业务才算完成。

银信一体的"侨批"模式，实行了近百年，甚至可以追溯到更早，此时却突然被打破。潮人批局面临的不仅仅是分家，而是银信均被洋人夺走，如此，潮人的命运便被洋人掌控。

攥紧侨批，这是潮人的命根子。要把命运紧紧攥在自己手里，要把饭碗端在自己手中。这恐怕正是陈慈黉成立大兴钱庄除商业动机之外的最大理由。

难怪潮人把陈宣衣称为"船头佛"。除了救济灾民、发放免费船票之外，最为可贵的是每每在面临关乎潮人生死存亡的抉择之际，是这个家族首先站了起来，不声不响，昂起了潮人的头颅，挺起了家园故国的脊梁。

嘉庆六年（1801），汕头最早的钱庄，就在汕头老妈宫一侧设立，是晋商开的票号。汕头人自己开起来的钱庄叫诚敬钱庄。钱庄原来的功能只是货币兑换以及存款、放款，但汕头的钱庄根据侨批业务兴旺的特点，积极与南洋批局对接，开展了侨批银款汇兑业务。继诚敬之后，澄海集益、陈炳春、有信、老益裕，东里徐子星，隆都陈黉利、林荣利等也先后设立钱庄。

如此，轮船信局负责寄运信件，东南亚的批局负责收银，并通过钱庄转驳，国内的钱庄对应兑款，从而完成了银信分家后的业务自洽。

银信分道的背后，是一场没有硝烟的金融大战，潮人以自己的方式悄然取得了胜利。那些虎视眈眈的"高鼻子"嗅到了其中的味道，那贪欲灼烧的"蓝眼睛"最终满含失望，将应有的市场份额留给了潮人，留给了中国。

轮船信局对侨批业的介入，如同和风细雨，虽然使得银信分体，批有批路，银有银道，但最后殊途同归，落地生花，皆大欢喜。而随后经历的邮政管控、侨批局存废之争，则如同疾风暴雨，让侨批业危机四伏、飘摇动荡。

比起洋人来，大清王朝民生政策还是温和多了，此间并没有夺生民之利。

1896 年 3 月 20 日，清光绪帝在总理衙门所呈的《议办邮政折》上，用朱砂红笔批了"依议"二字，接着又在所附开办邮政章程上加批了一个"览"字，正式批准开办大清邮政官局，中国近代邮政从此开始，侨批业再次面临存废危机。

但总理衙门这份《议办邮政折》就提出"凡有民局，仍旧开设，不夺小民之利，并准赴官局报明领单，照章帮同递送，期与各电局相为表里"。

"不夺小民之利"，从这句充满温情的表达足以见得，新出

汕头小公园东侧复原的大清邮政官局门面和侧面的邮局

台的政策还是温和的。

1911 年辛亥革命后，邮政一开始也是沿袭大清邮政的政策。但到了 1918 年，面对侨批这块巨大的"蛋糕"，官方邮政坐不住了，不再提"相为表里"了，而是粗暴地提出将民信局一律取消。

消息一传开，侨界反响强烈，侨批界一片恐慌。由于海外华侨在辛亥革命和建立民国中做出了特殊贡献，尤其是陈嘉庚、林义顺等侨领在民国政府都享有一定的话语权，他们以新加坡中华总商会的名义提出交涉，以事关侨众、恐不利于社会秩序稳定为由，禀请辅政司、华民政务司、邮政局酌情。

汕头侨批业公会举派代表上京进行斡旋。彼时，有一位在中华民国政府任职的潮人叫吴贯因，公会只有找他酌商。吴贯因，澄海莲阳人，清末举人，思想进步，是后来走上革命道路的杜国庠、李春涛的恩师。吴贯因早年留学日本，就读于早稻田大学史学系，获政治学士学位，回国后在厦门参加同盟会，时在北平任内务部参事兼编译处处长。吴贯因出生在红头船的故乡，深知民信局之于侨民的重要性，出面竭力呼吁陈情。多方合力，促使中华民国政府将原定取消民信局的提议以"无限定延期"了结。

乱局之中，风波再起。

1924 年 7 月，万国邮政联盟第八届大会召开，中国代表出席会议并签署了《国际邮政公约》。按照公约规定，民信局的包封邮件因不合要求，禁止寄递并接受查处，而包封邮件数量都得按照欠资处理。

如此，侨批局以往的总包封办法都得立行废止，侨批总包邮件优惠将被取消。

新加坡中华总商会又正式呈文中华民国交通部,从侨民、侨眷通信便捷角度出发,力陈取消信件总包办法的弊端,指出"废总包而分寄,则信件泛散,多而且杂,向之合为一包者,今则分为数百件,工繁事促,分类分界,颠倒错乱……"要求中华民国政府体恤侨情,准予展期。

同时,暹罗中华总商会、马来联邦中华商会均向中华民国交通部呈文请愿。

1928年8月,民信局存废争议再起。南京国民政府交通部召开全国交通会议,会议议决"所有各处民信局,应于民国十九年内一律取消"。随后,陈嘉庚、林义顺等侨领,代表新加坡中华总商会数次致电交通部,要求改变该项决定。

1929年2月26日,新加坡中华总商会会长薛秀岚、副会长李伟南联名致函中华民国国民政府交通部,要求维持旧例,以安民生。汕头总商会、汕头华侨批业公会、厦门商民协会、厦门商民协会信业联合会、潮梅商会联合会、旅港潮州八邑商会等团体,纷纷函电交通部,陈述诉求。

面对巨大的社会舆论压力,国民政府对信件总包办法和批信局的存废做出让步,在国家邮政取缔民信局之后,批信局劫后余生,得以继续经营。

16

烽火中，东兴点亮一盏灯

那位为方便员工寄批，在新加坡和汕头同时开了批局的黄继英，相信善有善报。他坐在柜台前，每日笑迎八方"过番客"。这位侨批业的开路先锋，肯定不会料到，他创办的致成批局，会给他带来如此丰厚的收益，会产生如此绵长的效应。他更不会料到，就在他忙于扩大致成批局规模之时，一场巨大的危机正在悄然而来。

1937 年，日本发动了大规模侵华战争，抗日战争全面爆发。国土渐次沦丧，烽火狼烟遍及大半个中国。1939 年 6 月 21 日凌晨，日军出动飞机 44 架次，对汕头进行大规模轰炸。随后，日本海陆部队从海上大举进攻汕头。是日，汕头沦陷。从 1937 年 9 月至 1939 年 6 月，日军共空袭汕头地区 397 批次，出动飞机 803 架次，投弹 789 枚，炸死炸伤中国同胞 1300 多人。随着太平洋战争的爆发，中国香港及东南亚一带相继沦陷。以香港为中转站的侨批之路也成了覆巢之卵。

这条运行百年、由东南亚与潮汕等中国东南沿海地区共同以血肉构筑的侨批之路，一夜之间在战火中毁弃。

侨批业全面陷于瘫痪。

潮汕地区侨乡的平民百姓赖以生存的"番畔银"断了，数百万侨眷陷入困境，亲人的音讯断了，哭声凄绝，痛若揪心。身居海外的数百万华侨心急如焚，却只能望洋兴叹。

侨批人手持侨批，却投送无门，眼睁睁看着骨肉同胞在战火中忍受饥寒，他们却求助无门！

必须找到一条新汇路，重启一条生命线！

东南亚各侨批公会行动起来，汕头侨批公会行动起来，几乎每一个侨批局都行动起来。战乱中的侨批通路何其重要，它勾连着祖国和亲人，即便火中取栗，也要为此一搏。

取道无人区，由北线从泰国清迈、清莱开辟线路进入中国云南昆明……委曲求全，通过日本的正金、台湾银行把批款汇至潮汕沦陷区……重拾水客老路，或车或船，徒步兼程，长途涉险……

终究失望而归，终究无功而返。

彼时，一个名字在众多期盼的眼神中闪现——陈植芳。

陈植芳是在越南海防市经营和祥庄侨批局的司理，一位资深的侨批从业者，多年在越南从事侨批业。凭着经常进出中越边境的优势，他以一副柔弱的肩膀，自觉地挑起了探寻新汇路的使命。

不知道陈植芳只身穿越日占区与国境线是何等的艰辛，不知道陈植芳穿行在荒山野岭与虎迹狼踪中是何等的凶险，只知道在1942年元旦，陈植芳历经数日艰险，从越南芒街出发，偷渡北仑河，抵达中越边陲小镇东兴。

这看似短暂的一段路程，在彼时需经历多少曲曲折折、惊心动魄，也只有陈植芳知道。当他忐忑地在东兴银行把批款汇出，当他迟疑地在东兴邮局把批信投出，一颗悬着的心就没有安定下来过。

十天过去了，半月过去了……他焦急地等待，寝食难安。终于，他收到回批了，在越南惊喜地收到了来自家乡的回批。

由越南芒街到中国东兴，由东兴到揭阳，一条新的"批路"打通了，新汇路如一条新的血管，沟通了海外和内地。陈植芳兴奋极了，他手里拿着刚刚收到的从家乡寄来的回批，奔走相告，恨不得让东南亚各国所有的潮帮侨批局都知道：侨批又有新路了！

东兴，当时隶属于广东省，与越南隔水相望。侨批新汇路的兴起，让这座原本不知名的边陲小镇热闹了起来。此前，东兴镇也经营中越贸易，但零落萧条。直至1942年，因侨汇带动，东兴出现了一个繁华的局面。数量繁多的侨批代理处，出入频繁的侨批经营者，还有借路经过的出入境华侨、侨眷，使得此地人气日旺。同时，因货币的大量兑换流通，带动进出口贸易额的扩大，越来越多的商家前来设点建站。银行办事处、钱庄、批局等金融机构迅速增加，从而带动了运输业和服务业的发展。广东省侨委会在该镇设置"归国华侨指导站"。很多小商贩也做起了货币找换的生意，侨汇顺畅流转，市场繁荣可期。

东兴汇路秘密通行达三年之久，直至日本投降前夕，才完成它的历史使命。

据陈植芳晚年回忆，当年经东兴汇入潮汕的侨汇数额虽无正式统计，但汇路开通后数额剧增，从刚开始以越南、柬埔寨侨批为主，到1942年7月泰国侨批涌至，侨汇数额激增，每月均在越币 1000 万元以上。

侨批从芒街渡河到达东兴，其实只跨出了关键的一步，离侨批送达侨乡的侨眷侨属之手，还差"十万八千里"。兵荒马乱，饿殍遍地，拦路抢劫时有发生。潮汕各批局在东兴设批信中转站，承接南洋各地发来的批信。但能够通过银行、邮局投送的只是少数，大多数投送地都在沦陷区，批信只能自带。为了沿途安全，汕头侨批公会组织了一支四十多人的护批队，实行武装押运，沿途设点接应。护批队队员身着军装，荷枪实弹，由时任汕头侨批公会理事长的万兴昌批局经理许自让担任护批队队长。他不避生死，亲历险境。

这是一条冒险之路，也是一条生命之路，更是一条血亲之路：从东兴出发，经广西的钦州—梧州—柳州—贺州，再翻山越岭到达广东的连县—韶关—河源—兴宁，最后抵达潮州。

湘子桥畔：多书 多音 多情

17

侨批，在崭新的日子里

汕头人芮诒垾，是中华人民共和国成立前后的一位侨批业代表人物，他的经历正是侨批业在新中国的经历。他曾任澄海政协副主席、汕头有信批局经理。

1937年在父亲安排下，芮诒垾到有信银庄香港中转站入职，开始从事侨批业。其父芮弼卿当时为有信银庄司理。

1939年6月21日，汕头沦陷。芮诒垾跟随父亲带着二十多名职员趁夜色撤出汕头的有信银庄，回澄海居留一个多月。此后听说汕头市面恢复营业，父子旋率众回汕复业。时值战乱，银庄生意冷落。芮诒垾"相与周旋于中国银行、汇丰银行间，使银项调拨、经纪斟盘，息款出入应付自如"。在乱局中，芮诒垾施展拳脚，使得有信银庄很快在众多钱庄中鹤立鸡群，他也在业界崭露头角。

1939年，有信银庄由黄芹生接手改组为有信批局后，与新加坡本号内外配合，重新起步。芮弼卿继续担任汕头有信批局经理，但他体弱多病，众多业务由芮诒垾协助承担。

中华人民共和国成立初期，国内侨批业乱象得到整治，潮帮批局与东南亚、中国港澳各地批局，仍然保持着密切的业务往来。众多批局仍然坚守着"服务华侨、造福桑梓、联结亲情、报效家国"的宗旨，经历过"利润归私、侨汇归公"的社会主义改造，外汇全部售给国家，杜绝了走私套汇和黑市买卖外汇的活动。

汕头侨批业经历过侨批联营。汕头侨批服务部成立，批局仍是原来的牌号，经营还是独立核算，自负盈亏。之后，汕头侨批业经历过侨批业归口银行改制。侨批从业人员，成为国家银行的一员。侨批业务通过"汕头海外私人汇款服务社"对外继续营业。

然而，国外对侨批业却开始加以限制。越南、印尼、马来西亚、菲律宾等东南亚国家，严厉禁止华侨汇款回国，新加坡、泰国等实行对华侨汇款的新限制，侨汇收入受到影响。加上国内个别地方出现损害侨属权益行为，致使海外谣言四起，侨情困顿。

芮诒埕敏锐地做出反应，提出以真相辟谣、以实情止谣的建议。他向海外同行宣传新中国的侨务政策，让侨胞了解国内的真实情况，并以汕头市侨批公会的名义致函海外侨领辟谣。

当地报刊全文登载了关于侨批政策的文章，泰国中华总商会主席张兰臣、盘谷银行总理陈弼臣、新加坡华侨银行经理林亦仁、四海通银行经理李伟南、潮侨汇兑公会主席陈应昌等有影响力和实力的侨界领袖看到文章后，分别复函表示赞赏，对造谣破坏侨批业者申以正义，予以相应制裁。

为落实侨务政策宣传，芮诒埕受汕头政府委托，以侨批公会主任身份，恭请张兰臣、陈弼臣等侨领回国观光，这才彻底消除了侨胞的误解和顾虑，促使侨胞汇款再次走向正常化。

1956 年，父亲芮弼卿去世，芮诒埙正式担任起有信批局经理职务。1954 年夏，芮诒埙赴北京列席中侨委第四次扩大会议，受到周恩来总理的亲切接见；1965 年赴北京参加国庆大典，赴国宴，登上天安门观礼台，见到了毛泽东、刘少奇、周恩来和朱德等国家领导人。

也许从"猪仔"艰难转身为陈四合批局创办者的陈云腾的故事更能说明新中国成立前后批局的生存状况。

陈云腾在经历了中年丧妻之后，并未就此消沉，在续弦的帮助下，陈四合批局在潮阳已经赫赫有名，日子渐有起色。1927 年春，陈云腾离开潮阳，去印尼收批，6 月，他却收到一份来自汕头的急电，不得不火速回国。

原来他的次子被绑架了，幸亏有儿媳娘家众多人的帮助，以四担银子换回了次子钦江。九天后，陈云腾方才赶回，看到躺在床上气息奄奄的儿子，陈云腾心绪大乱，决定放弃南洋的投资，将批局大本营迁回汕头。1929 年，陈四兴批局在汕头开业，与潮阳瓯坑的陈四合批局联营代理南洋各港侨批。至 20 世纪 30 年代，陈四合批局已成为潮阳、普宁、惠来三县规模最大的批局，再加上陈四兴批局的呼应，业务扩展到了整个潮汕地区。

好景不长。1945 年 2 月 21 日，日军入侵瓯坑寨，陈四合批局大楼被占据，成为日军兵营。

东南亚国家被日军占领后，侨批业在海外已被日本控制；中国国内更是实行严格的侨批检查制度。统而言之，日军禁止侨批发往国统区，外加层层剥皮克扣。

伪侨委会驻汕头办事处一份 1943 年的文件显示，8 月 26 日这一天，焚毁来自泰国的批信 2047 件。如果按照文件中所述规定，四个月销毁一次，估计自泰国寄往国统区的侨批每月仍然超过 500 封。

走进汕头侨批文化展览馆，可见有文佐证如下：

兹为检查侨批所扣留泰国寄来之非和平区城批信，除汇款由原批局照章退还原寄汇人外，自第一回至第九回之件业经依照侨批检查实施方案改订关系之件第二项之规定焚在案。现自第十回至第十九回非和平区城之批信，计共 2047 件仍照前案办理，经于本年八月廿六日会同侨批业公会理事长黄照煌等莅场监毁以资证明，特此留存务查。

监证明人外文部价务马肚山头办事处主任王建

秘书李砺硕

专员简而文

第一科科长黄玲

第二科科长陈寄生

侨批公会理事长黄照煌

中华民国三十二年八月廿六日

恶劣管控，严密检查，侨批局经营难上加难。1942 年日伪当局组织汕头市侨批业同业公会，包括陈四兴批局在内的 45 家批局被登记为同业公会会员，其中潮阳籍 13 家，澄海籍 11 家，潮安籍 8 家，揭阳籍 5 家，普宁籍 5 家，饶平籍 2 家，丰顺籍 1 家。他们之中，最终到日伪当局办理登记、申领通行证，得以坚持经营的仅有 11 家批局，其他 34 家处于停业状态。

像一个被绑缚了手脚的壮汉终于摆脱了缚束，1945 年处于停顿状态的潮汕批局业随着日本无条件投降，渐次恢复气力。根据 1946 年 11 月 2 日战后重组的汕头市侨批业同业公会填具的《汕头市侨批业调查表》，共有 57 家侨批局重新登记，由交通部邮政总局核发营业执照。陈四兴批局领到的营业执照列第 20 号，签发时间为 1946 年 1 月 13 日。

潮汕地区经过六年多的沦陷时期，满目疮痍，匪患也更加猖獗。

由于连续发生多起批款被劫案以及其他窃案，再加上以前陈家曾受盗贼抢劫之惊，此时的陈云腾、陈钦江更加重视乡下批局与家庭生命财产的安全，他们在瓯坑新宅与寨内批局之间架起了高高的电线杆，拉上电话线，用两节半尺多高、直径约 5 厘米的干电池作电源，这是瓯坑寨的第一台电话；同时购置了三支长枪，以备不时之需。

1949 年 10 月 22 日，潮阳全县解放。

1956 年，国家对私人工商业实行全行业公私合营的政策，陈四合、陈四兴两个批局当然也不例外。两英墟所有的批局都被搬到峡山乡集中办公，原来批局中的职工成为新批局的领导，原来的东家成为持有股份的职工，侨批全行业进入社会主义金融行列，成为国家银行吸收侨汇的代理机构，但仍维持私营名义，沿用原牌号继续分散经营，侨批业的资金，一律按私人股金处理。

这一年 6 月 16 日，经历过被遗弃、被贩卖，做过"批脚"，叱咤于潮汕的侨批业人物陈云腾病逝。

1958 年，政府对汕头市镇邦路 49 号陈四兴批局全部资产进行清产入股，陈云腾家族的叶秀雁、陈钦江、陈振荣、陈壁轩、陈壁清作为陈四兴批局的股东，按期领取股息。同年，汕头各侨批局实行合址办公，陈四兴批局的房子由政府统一安排，分配给原批局的股东家属和员工做宿舍。

1969年1月1日，汕头市成立了"汕头海外私人汇款服务社"，陈四兴批局的账面资产及楼房、家具等均以股金形式并入其中，作为统一经营的集体企业财产。1976年，汕头侨批业统一归口银行管理，其中有五项处理办法，如侨批业职工归并入银行，财产纳入银行系统管理，国外侨批股东股金全部发还等。约于1978年，中国银行将陈四兴楼（四层共400多平方米）及其二层陈云腾自家用的红木家具等抵价作为陈四兴的入股资金共2100元。1980年1月30日，中国银行把陈四兴批局的股金2100元、股息538.65元都支付给了陈云腾长孙陈壁轩。至此，陈云腾开创的陈四合、陈四兴批局完全退出了历史舞台。

四

情动 于衷而藏于内

见惯了抛尸大海，人到暮年的「过番客」，牵念的是安放灵魂的所在：天尽头，何处有坟丘？要安顿。最想听到的是那一出潮剧，带着家乡的袅袅炊烟，声声断肠却又解忧。

湘子桥畔：多书 多音 多情

18

在异邦安顿灵魂

道光三年（1823），十八岁的佘有进，混在众多背背搭搭的人群中，登上了一艘下南洋的红头船，他随身行囊中除了"过番三宝"之外，比别人多了几卷古籍。

唯有他，没有悲伤，没有哀愁，他淡然坐于船头，像一个行者，又像一个旁观者。他看了又看满船唉声叹气的同行者，打开了泛黄的书卷。

一船的生离死别，一船的满腔愁绪皆淹没在佘有进的书中。

从樟林港乘坐红头船到新加坡的途中，佘有进另类的举止、独特的身影已然被精明的船主发现。

在众多南下的劳工中，他显得落拓不羁，与众不同。船主走近他，看着他手中的书，原本想像吆喝其他"猪仔"一般询问一些什么，然而面对这个连头也不抬的青年，船主选择了默默离开。青年别样的气质使他感觉到了此人身上的一股力量，这一股力量也许正是他所缺少的。既然如此，那就不能轻易错过这位读着书卷下南洋的青年。

日暮黄昏，夕阳像一颗巨大的橘

子，晃荡在银光粼粼的海面。

四碟小菜，一壶老酒，两盏酒杯，船主端坐于几案之侧，沉浸在这无边的美景当中。

"阿伯，他来了。"一个瘦小精灵的少年疾步走上前来说道。

船主扭头看，一位长衫青年在暮光中手持书卷，正侧目看一群尾随着红头船上下翻飞的海鸥。船主急忙起身，伸出右臂，并拢五指，向虚席以待的座位做出邀请的手势。

那青年也不客气，双手作揖，款款落座。

"公子手捧诗书，这样下南洋的可不多见啊——不知公子前往马叻何干？"船主是见过世面的，尽量用文绉绉的语言和佘有进搭讪。

"下南洋的就为赚钱，在下也不例外。"佘有进笑答。

"不瞒您说，鄙人见过下南洋的数以万计，从未见过读书人下南洋的。何况南洋山高水远，危险重重，公子既然有钱读书，这般气定神闲，家境必然不错，何苦自讨苦吃？"船主举起酒杯，似乎举起了一个巨大的问号。

佘有进爽朗大笑："鄙人家住澄海月浦，家父乃是普宁县衙的一介书吏，家境勉强度日，讨苦求生，自是当然。"

"哦，请——"船主和佘有进举杯一饮而尽，"既然也属官宦世家，何不考试做官，讨这苦营生，又是何苦？"

"不怕船主见笑，如今这天地，您看这满船苦难苍生，做官不能为苍生解忧，又能如何？"佘有进大笑，"眼下，我尚且读书不多，无心考试，只想读书万卷，行走万里，这是我师傅的教诲，然后自有途径。"

就凭这一句"满船苦难苍生"，船主便对这青年敬佩不已。

一番暄谈，宾主话语投机。

三杯酒下肚，船主说得开了："公子若不嫌弃，就此帮我打理船上账务如何？"

佘有进谦虚地应承明日试一试。

登船次日，佘有进便成为红头船的雇员，在满船"过番客"羡慕有加的目光中，他一手吮毫搦管记账，一手五指翻飞，拨得算盘珠噼啪作响，运筹帷幄于小方盘之中，一日之内，船上账务已然分明有序。

船到新加坡，船长向他竖起大拇指。善良的船主介绍他到一条商船去当书记员，他由此开启了长达五年的海上生活。

寂寞寥落的海上生活，使他更加熟悉世道人情，更加懂得潮人的血泪苦衷，多少个夜晚，他和那些飘零海面的难兄难弟们一起，看着头顶的星空，念叨着家乡的一草一木，听他们倾诉各自悲怆的故事。

有人死了，死在了船上，只会像一件破旧的行李一样，被扔进大海，葬身鱼腹。佘有进和活着的人一样，悲伤如辽阔的海水，在晃悠；被扔进大海的尸体，在洋面上旋即被大小鱼类吞噬。这些来自故乡的死尸得有归宿。佘有进想，什么时候，让他们坦然长睡在一个地方？就像故乡一样。

佘有进随船在马六甲、槟城、廖内、苏门答腊、马来半岛一带航行，他见惯了海盗，见惯了洋人，见惯了商人，见惯了各种货物。他没有书呆子之气，私下里同马来人也做一些物物交换的生意。生意往来间，摸准了马来人的脾性，熟悉了营商之道，为他日后大显身手做足了功课。

1830 年，佘有进在新加坡吉宁街的商行开张了。航行于廖内、苏门答腊和马来半岛的帆船所载的货物，都由他代为销售，而各帆船所需的货物则由他代办购置，从中赚取佣金，收入颇丰。

不几年，佘有进事业大振，无往不利。他广置地产，收购地皮，成为大地主；他开垦种植的甘蜜、胡椒等热带作物漫山遍野，他成为大庄园主；他更商行之名为"有进公司"，与欧洲商人频繁交易，成为商界大亨。他想要打造一个温情的商业"帝国"。

新加坡开埠之后，开发垦荒种植甘蜜和胡椒一时成为热潮，地方经济飞速发展，史学家们将新加坡这一里程碑式时期称作"甘蜜时代"。

甘蜜为一种单宁酸的植物，熬煎成膏后，可供鞣皮染色和用作丝绸染料，又是加工槟榔所不可少的配料。胡椒和甘蜜，曾被誉为新、马两地的"兴邦之母"，为两地发展奠定了经济基础。19 世纪以来，国际市场对胡椒和甘蜜的需求日益增多，新加坡的种植业随之迅速发展。胡椒和甘蜜间种，是绝配，但二者种植成长期长，所需劳力多，欧洲人不愿干，种植者几乎清一色是华人，尤其以潮人居多。1848 年，新加坡的甘蜜种植业达到高潮，甘蜜店近100 家。

1839 年，佘有进的甘蜜、胡椒种植区，已经连成绵延 9 英里的产业园，他因而有"甘蜜王"之称。除了种植业，佘有进还经营棉织品和茶叶、丝绸等中国货，与欧洲商行有大宗贸易往来，可谓日进斗金。1840 年，他成为新加坡商会会员，是商会中为数不多的华人。

　　1854年5月5日，闽、潮两帮私会党徒因米粮问题争执不下，引起大规模械斗，由城市蔓延到乡村，造成恐怖局势。总督巡视时，竟然在街上被砖头击落礼帽，险遭不测。军警全员出动，形势更加严峻。暴乱数十日，新加坡政府无法维持秩序，直至央请佘有进与闽籍华商陈金声出面调解，才得以平息争斗。

　　缘何是佘有进？缘于他能维护彼此利益不受损。

　　平暴功成，佘有进作为华人华侨领袖的地位得到了彻底确认，他也受到英殖民地政府的器重，先后被授予多种头衔和勋章。

　　1851年，佘有进被授予特别陪审员之职。

　　1864年，又被委以首席高级陪审官之责。

　　1872年，受封为"太平局绅"。

　　佘有进是读书人，他并不满足于当"甘蜜帝国"的"皇帝"，并不满足于当殖民地政府的"太平局绅"，并不满足于为赚钱而赚钱，他知道赚钱之后做什么——安放海外潮人的灵魂。

　　灵魂，漂泊的灵魂和肉体，都需要安放。在那个时代，生前能否回到故乡，对那些潮人而言，已是虚幻而遥远的问题，更不敢想身后归乡。

　　彼时，潮人"过番"，可能就意味着从此踏上不归路。有的离家时，孩子刚出世；有的刚娶妻，还看不到孩子出生，便坐上红头船"过番"。这些"过番客"，不管经过多少年，能够平安回乡的，已属幸运。有的则一去悠悠，从此杳无音讯，亲人望眼欲穿。

　　"过番客"不容易，"过番"家庭也不容易。许多父母见不到"过番儿"归来，便遗憾撒手人间。许多潮汕妇女牺牲了青春，有的成为单亲母亲，拖儿带女，生活十分艰难；有的从此成了寡妇，一辈子在苦盼"过番郎"归乡。

余有进知道他们的心思，懂得他们的内心需求，他要为当地华人华侨服务，为潮人争权益，谋福利，行善举。

早在1830年，余有进就动念组织潮人社团，他召集潮汕籍的十二姓氏代表，开会协商集资组建潮人机构，以联络乡情，相互帮衬，并负责祭祀、治丧等事宜。机构在各地购买山头作为潮人去世后安葬之所，这就是所谓的"义山"。

于是，多少传统节庆来临时，多少潮人命丧黄泉后，潮人在异国他乡得到了和家乡毫无二致的精神安妥。与其说这一套祭祀、治丧是给看不见、摸不着的天空大地，不如说，这是在安妥那些活着的潮人的灵魂，让他们看到故乡，看到那些活泼的潮州文化在他乡复活。

余有进打造"义山"的做法很快得到了异国潮人的一致首肯。

潮州古时曾为义安郡，"义安"二字对于潮人而言，便是归宿，便是家。1845年，余有进的义安公司正式成立，余有进担任理事长。义安公司做什么？安顿潮人的灵魂。

余有进将新加坡第一个潮州人庙宇——粤海清庙所在的地块买了下来，并接管古庙。这座粤海清庙建于清嘉庆年间，为澄海樟林红头船主林泮所建。

林泮是谁？是清嘉庆年间的举人，和余有进一样，也是一个读书人。他在新加坡建粤海清庙是为了安顿粤人的灵魂，而和他的名字联系更为紧密的场所，是樟林码头的西塘别墅和大夫第。

西塘别墅是樟林的一处重要景点，是集住宅、书斋、庭园三者于一体的庭园，苏式园林风格，有着精妙布局与高品位装饰，同时

《泰国潮州会馆山庄第四次火化先侨法会特刊》封面和目录

期粤东罕有可与之相比的建筑物。西塘别墅的门外刻有"西塘"二字，边款为"嘉庆四年六月吉旦立"。1799 年，迄今两百多年，跨越两个世纪。门厅之后，有二月洞圆门，进门可见用红黑小石铺成双凤朝牡丹图的地毡式庭院地面，文雅清静。一湾水渠，雕栏围绕。迎面是巨大的假山。山下岩洞，称为"鹤巢"，原养白鹦鹉。岩洞之上，奇石峥嵘，在崎岖不平的石壁上，刻"秋水长天"四字，苍劲俊秀。山下石路，迂回曲折，各通东西。沿小石径，可登假山。山上有亭，亭边石山耸立如狮，旁配猴、狗、鹿、马诸形态山石及琴台层塔。立于亭边，可览西塘全景。

假山北面，楼阁临池，飞檐映水，恬静清幽。凭栏俯瞰，莲池荷碧，水阁花香。在六边形的水阁后面正中，一石壁立，高可人余，上刻一诗曰："云水浮空崖，树林间飞阁。胜迹清以幽，吟啸资逸乐。"边款是："甲午孟春既望，驾舟西塘访植叟，留饮住宿，濒行题诗于石。符翁[1]。"

西塘别墅的主人正是红头船主林泮。林泮是福建莆田人氏，祖上为茶商大财主，樟林港兴盛时，林泮正好以此为起点，专做海上贸易。他喜欢此地的风土人情，便在樟林组建红头船船队。很快，林泮发家，大兴土木，建大夫第，筑西塘。大夫第是典型的潮汕一带的建筑风格，而西塘别墅却完全是苏州园林式建筑。当初，樟林港兴盛之后，这些红头船主便开始在沿海各地建立会馆，方便往来接洽，林泮带头在苏州设立潮州会馆。彼时，苏州是江南富庶繁华的经济中心，对于取海道而来的潮州商帮而言，自是家园般的存在。潮州会馆原先建在苏州北濠，康熙四十七年（1708），迁建于当时苏州的商业中心上塘街。乾隆二十四年（1759），上海小东门外姚家弄口也创设了潮州会馆。林泮既喜欢苏州，也喜欢潮州，便在樟林的陋巷深处建起一座超级豪华的苏式园林别墅——西塘别墅。

遗憾的是，后来，林泮与兴建新兴街的林五，双双卷入樟林"二林通匪案"，被问斩抄家。二林既是同乡，又是同科举人，情谊甚浓，以同姓结拜为盟兄弟。

至于林泮在新加坡修建粤海清庙，自然与佘有进有同样的家国情怀在其中。

粤海清庙的原址在山顶仔，初时只是一所亚答屋，供奉妈祖，

---

[1] 符翁，湖南清泉人，字子琴，书画家。别号蔬笋居士，曾宦粤二十余年。

后几经易地重修扩建，到了义安公司手头，已是一座颇具规模的庙宇，香火旺盛。佘有进带动潮籍贤达多次集资，在多地购买山头，建"义山"，让客死他乡者灵魂有个归所。

安顿了亡者，还需满足生者。佘有进没有忘记那些和他同船渡来的潮人。他们在异国他邦结婚生子，期盼后代如在家乡一般，诵读四书五经，同样有吊着长辫的夫子手持教鞭，一字一顿地读解。于是，他便开始兴建学校。

"人之初，性本善——"

"道可道，非常道——"

"子在川上曰，逝者如斯夫——"

那些拖着乡音的孩子们欢欢喜喜地去念祖国的竖排典籍了，他们摇头晃脑诵读，令他们的父母幸福不已。

那些竖排的汉字摆置在了异国他乡的学校里。一些本土的孩子羡慕不已，哭着闹着也要去上华人的学校，汉字便从他们口中诵出并得以传播，新加坡的街头传来孩子们的琅琅书声。汉语像音乐一样被唱响，人们开始了汉语交流，中国文化像一种特殊的香气，弥漫他邦。

化物无形，润物无声，中华文明得以传播。

给了孩子幸福，却有新愁涌上佘有进心头。

病者不能就医，多数患者得病后，就是等死。佘有进手捧《潜夫论》，眉头紧锁，吟哦道："医之术，可治一身之疾，可救一国之命。"这一条条生命是从樟林码头和汕头港来的，是从岭南大地和福建来的，是从中国来的，他们安好健康，才能对得起那片土地和那些滋养他灵魂的手中书籍。佘有进在他自己撰写的文章中说，他们多半是很贫穷的，他们原来打算在这里逗留三四年就返回他们的故乡去，但是居住三四年后能够返回故乡的，十人中只有一两人……有很多人在这里住上十年二十年仍未能回去，最后死了，把他们的遗骸安歇在这殖民地。这是为什么呢？这是因为他们染上了当时流行的抽鸦片烟的恶习，后来就上瘾了，许多华人劳力者赚到一点钱以后就把钱消耗在抽鸦片烟或赌博上，虽经过许多年劳苦，却仍毫无积蓄，所以他们一天比一天更难返回故乡了。

他们需要救治。继而，佘有进倡议捐建医院。

"老有所终，壮有所用，幼有所长，鳏寡孤独废疾者，皆有所养。"这是佘有进从小就会诵读的《礼记·礼运》章句。华侨老了在异国他邦没有人供养，怎么办？佘有进管。佘有进捐资出资，每月固定向潮籍老人发放补贴金。

佘有进通过义安公司和医院在新加坡广结善缘，团结侨众，义安公司逐步成为颇具影响力的一个华侨社团组织。

佘有进主持义安公司的最大手笔，就是投资兴建义安城。位于乌节路的义安城，是当时新加坡最大的商业中心之一，每年为义安公司带来的租金收入超过 2000 万新加坡元（约 1 亿元人民币）。而在开发之前，义安城所在的地皮，只是义安公司所拥有的某个山头中很小的一部分。无论是佘有进还是其他捐款投资者，都绝对料想不到，当年用微薄成本买来的山头，有朝一日会贵如金矿，给义安公司带来源源不断的利好。

佘有进六十岁时，把所有的生意都交给晚辈打理，把精力投入到华侨史的研究工作中，著《新加坡华侨社会史》，为海外华侨立言立传，成为新加坡早期的一位侨史学者。

余有进晚年有两篇论文，被翻译成英文，发表在英文杂志《罗根》1847 年第 1 期和 1848 年第 2 期上，影响巨大。其中《华人赡养父母的汇款》一文，对华人各阶层侨民汇款回中国的问题进行论述。文中提到：每年商人与苦力汇回中国的批款数额差别很大，商人汇百元，而苦力只汇一两元，多则数十元。有几年每年汇款总额高达七万元，而有几年每年汇款总额降至三四万元。这是迄今发现的最早的关于侨批的论文。另一篇为《新加坡华人的人口、邦群和职业》，论述了新加坡华人的人数、方言群和职业的概况。依照余有进的估计，当时新加坡的华人人口为 4 万人。他把华人居民分为六个不同的群体：一是从福建来的福建人，二是在马六甲出生的华人，三是从广东潮安来的潮州人，四是从广州来的广府人，五是从福建和广东来的客家人，六是从广东所辖的海南岛来的海南人。

仅疗治身体还不够，还需疗治灵魂。华人从故乡带来的不仅仅是开拓创新的精神，还有吸食鸦片的恶习。余有进在文章中痛心疾呼，为什么劳工刻苦耐劳流血流汗，却仍然无法摆脱贫困，最大的原因在于英殖民者大肆贩卖鸦片。他对抽鸦片恶习进行痛斥，对这颗危害社会和人体的毒瘤进行鞭挞。

彼时，他是身处英国殖民地，如此疾呼，等于公开和殖民者对着干，等于要断了英商的财路，可想而知需要多大的胆识和勇气。

余有进子孙显贵发达于异邦，除第三子松城专心于生意外，其他三个儿子都是新加坡社会活跃分子，尤以办慈善事业见称。石城、连城及柏城都被封为新加坡"太平局绅"。余家一门四"太平局绅"，被传为佳话。

余有进家族对新加坡的发展居功至伟，在新加坡有八条以华人姓名命名的街道，其中四条街以佘有进及其儿子的名字命名，"有进街""连城街"等，至今沿用。

1883年9月23日，佘有进逝世于新加坡，享年七十八岁。这位民间"皇帝"最终将自己留在了新加坡，他要陪伴那些和他一同"过番"的华侨的灵魂。

新加坡有一句俗语："陈天蔡地佘皇帝。"这"佘皇帝"，就是佘有进。

19世纪初，新加坡陈姓商人众多，有陈顺开、陈成宝、陈旭年等，盛极一时，手可擎天，故有"陈天"之说。蔡长茂为当时新加坡义兴会之首领。义兴会属洪门，势力巨大，后为避私会禁令，改为义兴公司。当地人因蔡长茂在地方上具有的势力，称之为"蔡地"。佘有进富可敌国，在侨界地位至尊，故有"佘皇帝"之称。

湘子桥畔：多书 多音 多情

19

咸菜坛中埋黄金

雍正十一年（1733），澄海华富村的村人听到了一个好消息：当年从樟林港"过番"的郑镛在泰国摆起了水果档，娶了一个美丽的泰国女子，叫洛央。

次年的红头船又带来一个好消息，郑镛的泰国太太为他生了个儿子。

村人散布在村口和樟林码头，那些洗洗涮涮的女人，扛活受佣的男人，在闲暇之余，擦一把汗，总是为家乡这个幸运的人感慨：要是不"过番"，哪有老婆可讨，何况儿子，连想都别想。

消息传得神乎其神。说 1734 年 4 月 17 日，泰国大城府忽遭雷击，梁柱起火。大城府内外一片慌张，这个象征着权力核心的宫殿遭遇雷击，可不是什么好兆头。就在人们慌乱救火时，雷声尚在上空滚滚不息之际，大城府旁边一华人住宅却传来初生儿的响亮啼哭声。这啼哭声一时压住了人们心头的慌乱，人们不禁把雷鸣电闪和这孩子联系了起来——这个男婴是否正是为这个国家的这所宫殿而来的呢？

总之，这消息搭着红头船，传到

了澄海华富村的郑镛老家。

华富村家喻户晓的这个在雷声中诞生的男婴，正是郑镛之子，叫郑信。

来自红头船的消息一个接一个，总之，这个雷声中诞生的孩子总是最新奇的话题，久久不曾褪色。当人们还没有彻底从这个旧故事中走出来时，一个令人悲伤的新传说又来了——郑镛死了。

据说，做了父亲的郑镛，喜泪还没擦干，脸上又挂悲伤。摆着水果档的郑镛，原本家境贫寒，而今又添新丁，这小本生意越做越难，如何养得起这个三口之家！郑镛为了养活美丽的洛央和刚刚出生不久的儿子，不得不白天摆上水果档，夜晚再去做苦力。日夜不休的工作很快压垮了他，多少"过番客"看在眼里，不时善意提醒他脸色难看，注意休息，孰料在郑信不到一岁时，郑镛便遗憾地闭上了眼睛。

华富村的村人原本指望郑镛一家的故事始终吉祥美好的，谁也未曾料想到郑镛如此的结局。

晒渔网的男人们听到这个故事，一声不吭地低头干活；那些织渔网的女人听说如此，看着远处无边的海面，默默地擦着眼泪，心中祈祷着自己的男人能够安然归来。

乡人们并没有忘记那个叫郑信的孩子。当初，人们还询问，为啥这孩子叫郑信？红头船上不乏见多识广者，其中一个粗通文墨者大大咧咧地回答："信"在暹罗话里的意思是"富贵"！

嗯，既然是富贵，那就等着他发达富贵的那一天。

原来郑镛当初选择居住的地方，正在财政大臣披耶节基府邸附近。郑镛在世时，时常帮助邻居披耶节基干点家务，不时送些水果，邻里关系格外亲密。这位邻居见郑镛夫妻如此和善睦邻，也乐于和他们交往，不料郑镛英年早逝，留下孤儿郑信。而这个相貌不凡的孩子正是这位财政大臣所喜欢的孩子，夫妻俩同情这孤儿寡母，商量再三，决心收郑镛的儿子为义子，取名"信"。

"信"，在泰文中是"富贵"的意思。然而从郑信义父的举动来看，这"信"字的含义除了富贵，还包含了人间的信义和善良。

后来人们听到的故事中，这个带着神秘色彩诞生的郑信果然聪明异常，勤奋好学。按照暹罗习俗，长大后的郑信出家接受佛门教育。郑信修完了全部必修课，精通暹罗、中国、印度、安南等国的语言文字。后来，财政大臣披耶节基便将他的这位义子推荐给暹王拍育华，做了宫廷侍卫。

呵，宫廷侍卫，不得了，这可是我们华富村的人啊！家乡的老小听到这个消息，终于相信，他们的郑信会是一个富贵的人，如今做了宫廷侍卫，了得。

好消息接踵而来，当年那些和郑镛一起玩耍的伙伴已经步入了老年，他们孤独地坐在樟林港码头的一块礁石上，等待那些远航的红头船归来，细细打听他们儿时伙伴的后代的情形。这一次，也就是1758年，他们听到了一个格外令人兴奋的消息：二十四岁的郑信受到重用，担任内政厅执行传令侍卫，管理王宫的日常事务。

这是真的。所有人在给下一个人讲故事的时候，都重复一句话：这是真的。

漫长的等待，似乎都是为了听到郑信的真实的故事。

接着，新的故事来了：有一次，暹罗北方各府自立山头准备叛乱，暹王派郑信前往安抚。郑信果断地清除了内乱隐患，很快把局势稳定下来。至于如何清理，人们都相信郑信的智慧和他自幼带来的雷鸣电闪般的神力。总之，郑信平乱成功，暹王大喜，委任郑信以达府侯王要职。从此，郑信被称为"披耶达信"（"披耶"是侯王，"达"是府名）。

人们问这一串奇怪的称号相当于中国的什么官职。没人给出一个准确的解释，很久以后，总算等到了一个红头船上的船主，他十分权威地给出了一个确切的答案：郑信封侯了。

哦！人们恍然大悟。这还了得，我们村的人被封侯了，马上封侯了。红头船主纠正，不是"马上封侯"，是"白象上封侯"，因为他此番平乱骑的是一头白象。

乡人们为此骄傲了很久，逢人便说，我们村出暹罗侯爵了。

"白象之战"后，暹罗和缅甸两国不断发生摩擦，干戈不息。1764 年 12 月，缅军又发动大规模的侵暹战争。大敌当前，恰逢甘烹碧府侯王去世，王府内外一片慌乱。暹王华绎甲达急忙召见了郑信，任命他为甘烹碧府侯王，即日启程赴任。郑信到了甘烹碧府，征兵征将，巩固防线，整治内政，救民于水火。很快击退缅军，使甘烹碧府安定下来。

缅军一路兵马在甘烹碧府吃了败仗，另一路兵马却直逼大城。这时的大城王朝，正处于国势衰落的时候，缅军的入侵，更是雪上加霜。大城上下，人心涣散，更无得力将帅可以御敌。暹王惊慌失措，传郑信进京守卫，并封其为卫都将军。郑信以一城之坚，挫敌十万之众。在郑信的号召下，各地侯王也纷纷挥师勤王，对缅军形成内外夹攻之势，缅军屡战屡败，终于撤军。

故事在乡人们的口中不断更新，新的接替旧的。人们总是说，你讲的这些都是陈年旧事了，现在，咱们的郑信可不得了啊！

1766 年，雨季过后，缅军再次入侵暹罗。郑信早有防范，给侵略者以迎头痛击。暹王以为如此战局，不如乘胜追击，彻底打个翻身仗。求胜心切的暹王，下令京城守军大规模向缅军出击。孰料，缅甸军被逼得勇敢起来，与其坐而待毙，不如起而争之，拼死一战。此役暹军大败，自此失去了主动优势。连月炮火不断，大城内宫也终日听到隆隆炮声。这连天的炮声吓坏了宠妃，暹王居然下令不准守城战士放炮。郑信上朝苦谏未果，徒呼奈何。1767 年 4 月 8 日，暹军大败，暹王华绎甲达在混乱中丧生。建都 417 年的大城王朝竟然在禁止放炮的王命中宣告沦亡。

大城王朝沦陷，郑信见败局难逆，率五百多部属突出重围，来到暹罗湾的罗永。所到之处，满目皆是战争洗劫后的疮痍，到处是无家可归的难民。

如一片撕碎的华丽锦缎，暹罗处于四分五裂之中。

郑信于悲愤中重整旗鼓，重建新军，以图东山再起。终于，他再举义旗："驱除缅军，光复国土。"总算有人站起来了，何况是威名远播的郑信，各地军民归附甚众。短短的时间里，郑信麾下汇成了万人之师。旅暹华人更是踊跃应征，并承担了建造大型战船的重任。在半年时间里，郑信便先后拓建了尖竹汶、罗永和吞武里三大基地，养兵屯粮，整装待发。

光复大城！1767 年 10 月，三十三岁的郑信率万众之师，水陆并进，沿湄南河而上，直取大城而来。

此时的大城，因遭战火，早已成为一片废墟，又逢洪水泛滥，到处污水横流，臭气熏天。缅军主帅拍乃功德部队根本无法在大城驻扎，只能在城郊三坡顿地方安营扎寨。郑信挥军直捣营寨，全歼敌军。缅军主帅拍乃功德被乱军践踏丧生。

郑信解救了被囚禁的大城王朝臣民，又为先王华绛甲达举行了隆重的火葬仪式。

1767 年 12 月 28 日，年轻的郑信当仁不让地被拥立为王，吞武里王朝宣告建立。因为郑信曾为达府侯王，故泰史称郑信为达信大帝。

吞武里王朝建立后，郑信致力于恢复国力，统一国土。吞武里王朝日趋强盛，幅员之广为泰国历朝之最。

澄海华富村的村口终日有人在宣讲郑信的故事：皇帝啊！我们村出了皇帝了啊！

激动之余，全村老少男丁百余，汇聚于郑氏祠堂，大半个夜晚

暹罗吞武里王朝达信王郑信（1734—1782）铜像

难抑亢奋，最终商定，派两名郑氏族人代表，带上村人的祝福，乘红头船，前往暹罗，为令他们骄傲的郑信祝贺。

族人代表乘着红头船到了暹罗，终于，又归来了。

两位代表将郑信王的礼物——一坛咸菜送到了华富村村口。

人们看着这一大坛咸菜，莫名其妙，摇头。

族人代表让每个人都吃一口暹罗国王赠赐的咸菜，村人勉强前往品尝，品尝的结果不出意料：和他们自家的咸菜一样咸涩，难以下咽。

等到最后一个人抓起最后一把咸菜后，却突然大喊：黄金啊！

没错。咸菜下面是黄金。

这坛咸菜像一个隐喻，也像所有潮汕贫苦人家的家史一样：咸涩难以下咽，唯艰辛拼搏，终将得到黄金一般的珍贵收获。

故事才开头。

话说当初郑氏族人派出代表，前往暹罗祝贺。郑信见到故乡的亲人，热情款待，自不必说。亲人启程回国时，郑信亲自叮嘱为家乡的村人赠送礼物，在船上装了满满十八只陶瓮。

好不容易，红头船进入七洲洋。族人急于想知道郑信所赠何物，便打开瓮口，只见瓮中装满咸菜。一一打开，瓮瓮如是。一怒之下，便把这些菜瓮推下海，只留下一瓮，食糜配咸。没想到，上面的咸菜吃完了，才发现下面原来都是金银财宝。

族人追悔莫及，可惜晚矣。一路商量，决定下船购置咸菜，在瓮里重新装好，让族人品尝，也给他们一个较为圆满的交代。

传说并非虚构。"十八瓮咸菜"的最后一个咸菜瓮至今仍由郑氏族人珍藏着。这是一只褐釉陶瓮，通体螺旋云雷纹，工艺精细，釉衣醇厚，珍藏了二百多年至今仍完好如初。

1782 年暹罗国内爆发政治危机，吞武里王朝被推翻，郑信在位十五年，卒年四十八岁。

郑信在位期间，积极发展中暹友好关系，曾多次派遣使团觐见乾隆皇帝。乾隆四十一年（1776），清政府正式承认吞武里王朝政府，清政府的文书中称郑信为郑昭（昭，泰语"王"的意思）。

郑信在位期间，中暹两国贸易往来畅通无阻，从而推动潮汕更大规模的移民潮，华人在泰国人口急剧增长。为进一步确立华人在暹罗的地位，郑信鼓励华人与泰人结婚，融洽民族关系，以此奠定了华人在泰国定居发展的基础。这一传统，至今沿袭，使泰国成为东南亚华人最多、华人社会最稳定的国家。

在中国华侨史上，东南亚各国涌现的著名侨领、富商巨贾、政要名流数不胜数，但没有谁能像郑信这样引起潮人长久不衰的怀念和敬仰；东南亚各国有很多文化遗址、名胜古迹，但没有哪一处能像郑王庙这样，让后人无限地崇敬，长久地膜拜。

泰国湄南河畔，吞武里大罗斗圈广场中央至今耸立着郑王达信纪念碑，屹立着郑王立马挥刀的铜像；达府的郑王大帝庙，吞武里规模浩大的郑王大帝宫殿，至今显示着皇家威仪、王者气象。

潮州的韩江、韩山、韩文公祠，皆为一人；而泰国的郑王大帝庙、郑王铜像、郑王宫殿，亦为一人。

一个人，能使山水地域为之改姓者有，而能改变时节名称，使时节以之为名者却属罕见。古有介子推宁可饿死深山不仕，始有寒食节；有不苟同于浊世的君子屈原，始有端午节；将一年中的一天献给一个人，这是中国人对特别人物的至高致敬。这种文化随着潮人下南洋的脚步，深植于东南亚诸国。而郑信在泰国便是这种荣誉的享有者。

1955 年泰国政府颁布法令，每年 12 月 28 日为"郑王节"。每逢节日，全国各地张灯结彩，郑王庙、郑王殿、大罗斗圈更是人山人海，香火鼎盛。

泰国，将一年中的一天献给了郑信。这一天人们尽享快乐，以此纪念他们的郑王。

在郑信的故乡澄海华富村的虎尾潭畔，有一座简朴静穆的陵园，这正是"暹罗郑皇达信大帝衣冠墓"。此处，可闻韩江的涛声，可见家乡的炊烟，是郑信魂归之所。

1998 年的一天，泰国诗琳通公主专程来到澄海，以泰国的皇家礼仪给郑王行祭拜大礼。对郑信父子的记忆重新被唤醒，一时，前来陵园拜谒的人多了起来，郑王的故事再次如当年一样，如南洋滔滔不息的浪潮，席卷而来。

20

一阕潮调解乡愁

当年当日，郑信王目送家乡的一众族人，驾着红头船，带着十八只咸菜坛，在遥遥的海面上渐行渐远，心中怅然若失：在他们到来的时候，家乡那么近；而在他们远逝在海面之时，家乡也被他们带走了，更远了。

思乡之情越发迫切的，不止他一个，还有众多的"过番客"，他们的眼神一直盯着北方的海面，直至空荡荡一片。

郑王想起族人的那些腔调，尤其是孩提时听过的潮剧，在他们哼哼哈哈的吟唱中，格外迷人。几天过去，那种心绪萦绕不断，他索性下令：请潮剧团来暹罗演出七七四十九天，满足他和所有"过番客"的思乡之苦。

潮剧，亦称潮音、潮调、白字戏、潮州戏，闽南语系剧种之一，流行于潮州方言地区，包括福建南部。

英国学者布赛尔的著作《东南亚的中国人》卷三《在暹罗的中国人》载，1685 年至 1688 年泰国宫廷宴会中，泰国国王多安排潮剧演出。1685年，"大城皇朝与法国王路易十四建

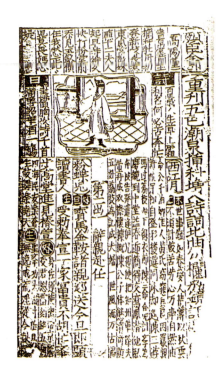

明嘉靖刻本《重刊五色潮泉插科增入诗词北曲勾栏荔镜记全集》（附刻《颜臣》）书影

立邦谊，彼此互派使节，法国使臣戴爽蒙的助理戴爽西教父，在其日记中记述有关'中国优'的事称：'公元1680年11月1日，丰肯，也即是昭拍耶威差然（获泰皇赐封爵位的西洋人），在其府邸中举行盛宴，祝贺葡萄牙国王……宴毕有各种娱乐表演。这些表演分批进行，计有各种杂耍、舞蹈，最后轮到'中国优'的表演'"。此处所谓的"中国优"，正是潮剧。法国使臣拉鲁贝尔，曾于1687年长驻大城皇都中，他的日记也详尽地记述了中国优戏，称它为"泽戏"。他说不单当时的中国人喜欢看，就是来到大城皇都的西洋人也看，尽管听不懂唱词。当时，暹罗大城已有潮剧演出，并受到朝野上下的欢迎。阿瑜陀耶王朝二十八世王那莱大帝在位期间，即中国清朝的顺治、康熙年间，正值潮剧鼎盛。泰国人称中国戏为"NGIU"，即"优"，称潮剧为"优白戏"。

最早到泰国演出的潮剧班有"老正和""老双喜""福来香""老万年春"等。

一开始，戏班到暹罗演出，事先要托人通函，与暹罗商号联络接洽，商号如果愿意，即订约聘请，为期四个月，每月聘金约2000—3000铢。戏班往返暹罗的船票由聘请商号负担。期满后，商号觉得有利可图，则续聘，不合，则回国内。其间顺便前往马来亚、新加坡、印尼、越南等地演出的也很多。

泰国佛寺壁画亦可见证潮剧在泰国的演出。阿瑜陀耶王朝（1350—1767）早期建筑帕纳买卢寺有一幅壁画，画的是演戏场

泰国九皇斋节酬神戏奉祀的"九皇爷"

湘子桥畔：多书 多音 多情

新加坡韭菜芭城隍庙酬神戏奉祀的"城隍爷"

面，露天戏台上正演中国古装戏，台下是一群梳长辫的华人观众，有的像士绅，有的似小贩，有的是水手，有的如挑夫，神态各异，呼之欲出，再现了当时的生活。虽未能确定此壁画作于何年，但可推断此戏即潮剧，因早期移民泰国的华侨大多来自福建漳州和广东潮汕地区，而福建移民多是直接到泰国南部或经马来亚北部转至泰南，与首府曼谷的联系不密切，且漳州的地方戏——芗剧兴起较晚。

郑王的邀请函发出去的时候，他的家乡潮州已经盛传"十八咸菜坛埋黄金"的故事，邀请函至，潮州四邑的潮剧团无不怦然心动，都想去见见这位家乡的传奇人物。各潮剧团坐在一起，反复斟酌商议，最后组成一个新的戏班子，带着全副的家什行头，乘坐红头船出发了。

一艘唱着咿咿呀呀的潮剧的大船，激动得涨红了脸颊，一路鼓乐喧天，声动大洋，向暹罗而去。

1780年夏秋之交，也就是雨季和凉季交接时，来自潮州的潮剧戏班一行正式抵达暹罗。郑王兴奋不已，他在王宫专门设宴为戏班人马接风洗尘，他一杯接一杯地喝着美酒，听他们在席间唱着潮剧，如身临故乡的戏院。

为玉佛举行的升殿仪式在吞武里寺殿内的御礼亭隆重进行。其间，潮剧成为吞武里和曼谷两地庆祝活动的重要节目，浩浩荡荡的游行队伍中，有潮剧戏班以潮曲潮乐与泰国哑剧、古典戏剧一路表演，两地街头景象俨然是在潮州的牌坊街，人山人海，欢腾不息。

此后，四个潮剧戏班被分别安排在吞武里和曼谷同时演出。"过番客"总算迎来了最为欢快的日子，看着潮剧，流着思乡之泪，却又满面喜悦地沉浸。

想必在宫廷演出完毕，剧团也要专门为漂泊暹罗的潮人义演几场，每逢此时，"过番客"扶老携幼前往观看，如同重大的年节一样，老人在一旁为孩子讲解，如痴如醉；孩子手里拿着喜爱的零食，享受着一家人团聚休闲的快乐，也享受着真正意义上的潮州生活。那唱念做打，如同家乡某一个亲人的暗谈说笑，夸张的动作，如同昔日街头的某一位老乡在手舞足蹈，有分忧解愁之效，昔日愁苦的脸上终究露出了难得的笑容。

　　彼时，潮剧不单是为"过番客"分忧解愁，分明已经携带着潮州文化的种子，将它播撒在了洋人的心中。可以想象那些洋人观赏潮剧的情景，那些咿咿呀呀含混不清的念白和唱词，那些离奇古怪的戏装，那些画得夸张的扮相，均使他们沉溺其中。

　　曼谷王朝拉玛一世（1782—1809 年在位），这位中国古典艺术的"铁粉"，时常请潮剧戏班到宫中演出。其间，《三国演义》被译为泰文。至五世王时代，中国的许多历史演义故事、章回小说相继被翻译出版，泰国掀起阅读中国稗官野史、通俗小说的热潮。这些中国传统文学译本被大量改编为剧本，用于戏班演出。据 2001 年出版的《潮剧百年史稿（1901—2000 年）》记载，"这股热潮延续至 20 世纪 20 年代"，"在这股热潮的推动下，中泰民间的潮剧热自然升温，这便出现了民间大演潮州戏，爱看潮州戏，贵族显宦也自建家族戏台，甚至皇宫也建有戏台，专供皇帝和皇族一班人享用的繁荣昌盛局面"。可见，潮剧在泰国成为主流艺术，由此确立了泰国潮剧的地位。

　　到拉玛二世（1809—1824 年在位）时，王室的庆典都有潮剧参加演出。在拉玛三世（1824—1851 年在位）所著的《坤田在坤平》中有《火葬娘汪通》一段，也有潮剧班参加演出。拉玛五世（1868—1910 年在位）时，据修朝《中国"优"在泰国的沿革》一文，"朱拉隆功大帝出游欧洲返回曼谷，在隆重的迎驾大典中，皇室特地安排潮剧戏班一连三天在凯旋门建台为泰皇御前演出，宫务处甚至还在母旺威猜仓皇宫兴建一座戏台，专门演出潮剧供泰皇御览，并招待来访的嘉宾。拉玛六世王（1910—1925 年在位）因

潮剧旦角妆相

爱好戏剧，在位时竭力开创泰国戏剧新局面，潮剧在泰国民间和皇宫戏台演出更趋频繁"。

据厦门大学文学博士张长虹所撰《从地方戏曲到国家艺术》一文，17世纪中叶至20世纪初，潮剧在泰国完全属于"进口"文化产品，泰国本土并没有潮剧团。此间潮剧的演出剧目、体制均为中国潮剧模式，戏班成员也都来自中国。20世纪初，随着中国潮剧班在泰国受到越来越多的欢迎，订戏不断，他们索性留驻泰国。这些戏班演出之余，也收徒授业，培养本土潮剧人才。

20 世纪 20 年代以来，潮剧剧目和演出形式逐渐本土化，由此，潮剧随潮人走出国门，逐渐从一种中国地方戏曲演变为移民族群艺术。

20 世纪初，有一位潮剧"铁粉"出现了，他也姓郑，就是那位支持孙中山革命的"二哥丰"郑智勇。"二哥丰"立了一个规矩，凡潮剧班子下南洋演出，只要乘他的轮船，无论是去新加坡、泰国、马来西亚还是越南，一概免票。当时一些潮剧名班如"老赛桃""福来香""老怡梨""老一天香"等，都受过其优待。而"二哥丰"的花会厂常年聘定的是"老三玉"和"新三玉"戏班。

20 世纪 20 年代至 30 年代初，在泰国曼谷演出的除"老赛桃""福来香""老怡梨""老一天香"戏班外，已知的还有"正天香""老正兴""老一枝香""中一枝香""老正顺""中正顺""三正顺""老宝顺香""中宝顺香""新宝顺香""老赛宝丰""新赛宝丰""赛永""怡梨""新赛桃源""老赛桃源""中赛桃源""老源和""新源和""一天彩""老万年""老梅正兴"等戏班。加上郑智勇常年聘定的"老三玉"和"新三玉"戏班，总计 30 个左右，按照每个戏班 30 人计，也有近千人在曼谷从事潮剧演出。

彼时，泰国潮剧可分为三类：传统潮剧、现代潮剧和泰化潮剧。传统潮剧坚持潮人唱潮调，剧目传统，包括以娱神为主、在广场演出的酬神潮剧，以及在剧院上演且保持潮剧精雅本色的古典剧。

酬神潮剧完全来自潮汕民间，观众以华裔商人、平民为主，包括山芭泰族人，演出场所流动，一般根据节令习俗，在庙会露天搭台演出，属于民间狂欢"嘉年华"。年底谢神的对象是某巷某街的土地神或土地爷，影响范围小，通常是由某巷某街的住户集资请戏班，规模小。酬神潮剧具有庆典性、仪式性、酬善性、教育性、社交性及娱乐性等特征，内核是潮汕民间传统感恩文化。

20世纪40年代初，日寇入侵，海路断绝，在泰国进行流动演出的潮剧班被困难返，只好改为永久居留，自租戏院，自行经营，但多数亏本，或解散，或合并，或出卖。重新洗牌之后的潮剧在泰国曼谷奇迹般地迅速发展。一时，戏院林立，乐声震天，在耀华力路、石龙军路等潮人聚集区，一时涌现了"乐天""真天""西湖""东湖""南星""月宫""天外天""杭州"等十多家戏院，有些戏院被潮剧戏班长期包演。

竞争逐渐激烈，一些编剧为了争夺观众，想方设法编写新剧目。20世纪中期，曼谷《国民日报》主笔陈铁汉联合"天外天"戏院经理等，成立了青年觉悟社，以适应时尚，编写新剧，改革潮剧。陈铁汉将莎士比亚的名剧《威尼斯商人》改编为潮剧《一磅肉》，但其不熟悉潮剧，改编的剧目念白太多，唱词太少，不受观众欢迎，因而宣告失败。他继而把秦腔《游龟山》改编为潮剧《可怜一渔翁》，一经演出，大受欢迎。

在中国传唱千年的经典人物和故事，被改编为潮剧，在异国他乡演出，勾起了潮人的故国情怀，文化力量凸显，戏院大发其财。为了长期赢得观众青睐，编剧将一个历史人物的故事分成若干集，每天晚上演出，票价极高，令观众欲罢不能。如《郭子仪》是10集，《汉高祖》是15集，《粉妆楼》5集，包公、赵匡胤、秦琼、海瑞、宋江等历史人物纷纷被编剧搬上了潮剧舞台，剧本长度从5集直至《秦琼出世》107集，这种"长连戏"正如21世纪初的电视剧一般，越长越糟，最终远离了观众。

20世纪70年代末以来，酬神潮剧逐渐泰化，泰语潮剧得以孕育，由此产生了两种新的本土化潮剧形式。酬神潮剧中佬族表演者占戏班演员的比重越来越大，虽然表演时有些楔子与旁白用泰语，但剧本使用汉字，演员们均以潮州方言演唱，演出的都是传统剧目。到80年代初，庄美隆任泰中潮剧团编剧期间，先后在《包公铡侄》《忠烈杨家将》等传统剧目中尝试运用泰语的音韵谱写曲调、唱念台词，剧目被当地观众称为"泰语潮剧"，这意味着潮剧落地本土。泰语潮剧的剧本与舞台唱词均用泰语，演员以华人为主。泰语潮剧的语言已变，亦不再以曲牌为唱腔的创作标准，但表演程式、行当、脸谱、声腔、器乐、剧目基本没变。语言与演员族群身份的改变是泰语潮剧上升为国家艺术的核心要素。

1982年，泰中潮剧团在杭州戏院演出首部泰语潮剧《包公铡侄》，诗琳通公主亲临剧场观看。20世纪90年代以来，《包公斩陈世美》《包公会李后》《乌盆案》等十多出泰语潮剧剧目陆续在泰国电视台第九频道播出，深受泰国百姓欢迎，掀起潮剧在泰国本土化的高潮。

潮剧在东南亚，不仅限于泰国，在新加坡和马来西亚同样有着旺盛的生命力，这都源于"过番客"观众众多，有深厚的文化情结。

有关新加坡潮剧演出的记载始于光绪十三年（1887）。李钟钰在其风土小说《新加坡风土记》中载："戏园有男班有女班，大坡共四五处，小坡一二处，皆演粤剧，间有演闽剧、潮剧者，惟彼个人往观之。戏价最贱，每人不过三四占，合银二三分，并无两等价目。"

进入 20 世纪，国内潮剧班到新加坡演出日渐增多。较早到新加坡演出的有"老赛永丰"班。据记载，该班最初在小坡二马路（即维多利亚街）与密驼路交界的一个草地（即今圣约翰瑟教堂所在地）搭篷帐演出。1910 年前后，"老荣和兴""老玉楼春""老万梨香""老赛桃源"以及"老一天香""老一枝香""老元和兴""新天彩""老三多"等班也先后到新加坡演出，使当地潮剧呈现繁荣的景象。

进入固定演出场所后，演出性质也从祭祀酬神变为娱乐欣赏。彼时，新加坡戏院有庆维新、庆新平、怡园、梨春园等。1942 年，新加坡沦陷于日寇铁蹄下，戏班相继歇业，所剩无几。二战结束至 20 世纪 60 年代，新加坡潮剧再次兴旺，总计有六个职业潮剧戏班。至今新加坡还有潮阳潮剧团、揭阳潮剧团、南华潮剧团等众多的潮剧机构。

潮剧在马来西亚首先落地于潮州村，位于槟州威省的大山脚和槟城的天德园，是潮剧的主阵地。1910 年以前，是潮剧在马来西亚的移植阶段，其间多是潮剧团漂洋过海而来，演出结束或留或走。1911 年至 1929 年，潮剧在马来西亚落地本土化。1930 年至 1942 年，潮剧在马来西亚处于流播高潮阶段。1942 年至 1965 年间，随着日寇入侵及反殖民主义斗争的发展，潮剧在马来西亚的发展动荡不安、起伏多变。1965 年至 1979 年，潮剧在马来西亚日渐衰落。

在众多的潮剧戏班经久不息、迭代新生的演艺过程中，涌现出了不少大红大紫的潮剧演员，最为出名的当属陈楚蕙。1958年，十五岁的她参加香港新天彩潮剧团，师从香港名教戏先生张木津，后又向京剧老师学习小生表演，向关天良、李少华学习北派武功，成为该团的担纲小生。1960年，她主演的《扫窗会》《后母心》《雌雄剑》拍成了潮剧电影，一举成名。20世纪70年代，陈楚蕙曾几度到泰国演出，倾倒观众无数，受到潮剧迷的疯狂追捧。80年代她再度到泰国演出，当地华文报纸记述了此间的盛况：

> 十余年前，陈楚蕙曾数度莅泰献艺，她随"新天彩"来到泰国，风靡十方，倾倒了千千万万的潮剧迷。
>
> 当年，每次陈楚蕙应邀莅泰演出，到机场欢迎之戏迷人山人海，主办当局还得租专车。车两旁悬挂"欢迎陈楚蕙"的大字布幅，把戏迷载到飞机场去。她到曼谷，一演就三几个月或半年不等。戏迷不分日夜，每天都到后台求见一面。在演期届满临别之前夕，更是热切。有的赠金，有的赠钱，有的千言万语、喁喁喃喃，有的依依不舍、牵衣顿足，此情此景，真可使陈楚蕙顾盼自豪，骄傲于她在艺术生涯中波澜壮阔的一生。

在东南亚，与陈楚蕙同时期的著名潮剧演员还有许云波、丁楚翘、丁敏、陈碧霞、陈丽丽、柳惜春、方桦，武师丁占元等。

　　潮剧携带着中国传统文化的精髓，锵锵而行，带着一腔潮音，来到异国他乡，一边抚慰他乡游子，一边传播中国文化，饱含深情，以文化之，构建了以中国文化为基石的东南亚各国文化基调。

五

星辰般 的文化脚印

却有那么一簇脚印，混杂在这影影幢幢的下南洋人群之中，那步履踉跄跌撞撞，形容枯槁，在泥淖扑地的如晦风雨中，像暗夜里的星辰一般，照耀着南下潮人的路径，温暖着华侨的灵魂，进而将湘子桥斑斓的文化星火播撒在了南洋，乃至世界各地。

21

一篇祭文定柔佛

潮汕民风淳朴，追远惜古，既坚守传统，也敢于创新，故潮汕遍地祠庙，村村户户，皆有宗祠。在众多的庙堂中，潮安区彩塘镇金砂村的从熙公祠是一个特殊的存在。

据载，从熙公祠只是该村"资政第"大型建筑群落的中心所在，整个建筑群的建成耗时十四年（1870—1884），耗资26万银圆，是潮汕特色的"四马拖车"建筑样式，配有南北龙虎门，石门匾额镌刻"资政第"。

"资政第"建筑群核心——从熙公祠

最吸引人的是镶嵌于从熙公祠门楼石壁上的四块镂空彩色石雕，精美绝伦，令人叹为观止。据说早年石雕曾被盗，后来被当地公安追回。此为国内独一无二之瑰宝。

据传，为了这精美的石雕，主人特意在石匠家乡潮州茶阳为他们建造房屋，以此令石匠安心雕刻。主人平日对石匠奉若上宾，好酒好肉伺候，在石匠吃好睡足后，才命其开始工作，稍有倦怠，便立即停下工作，令其歇息磨刀。据说，只"士农工商"石雕中的牛缰就换了三个石匠来雕。至今，潮汕民间仍有"一条牛索（缰绳）激（气）死三个师傅"的传说。这些石匠大概每天只干一两个时辰，其他时间均用于磨刀。据石匠后人说，这石雕不是凿出来的，而是剔出来的。

令人疑惑的是，一个马来华侨的府邸，如何得来"资政第"之称？难道这座建筑群的主人是朝廷

"花鸟鱼虫"石雕中，残荷叶面的枯洞栩栩如在眼前

石雕"士农工商"局部，可见牛缰悬握于牧童手中的细节

的二品大员？

这座建筑群的主人叫陈旭年，原名陈毓宜，生于 1827 年。其原籍是梅林湖北岸的上莆都金砂寨（今潮安区彩塘镇金砂乡）。因早年丧父，从小家境十分贫寒，备受豪绅欺凌，以挑油担下乡贩卖为生，生活窘困，度日如年。为了生存，年仅十七岁的陈旭年决定出洋谋生。清道光二十四年（1844），陈旭年身无分文，随身仅有一条水布、两件破衣，便冒险躲进开往马来半岛的红头船，只身来到柔佛国（现马来西亚的柔佛州）的彭亨州锡矿做苦工。他和同伴胼手胝足，饱尝了人间艰辛，才还清"卖猪仔"的债务。起初，他以出卖苦力为生，夜间栖身于沿街商铺骑楼下。后来，他改行贩布。勤劳肯干、声音洪亮的他，每天穿街过巷，挨家挨户叫卖布匹。他年少英俊，买卖公道，且谈吐幽默风趣，在直落布雅一带给人印象良好，特别是马来贵族天猛公阿武峇卡一家大小对他非常欢迎，喜欢和他做买卖。交往日久，阿武峇卡越来越喜欢他，尽管两人尊卑贵贱悬殊，还是结为兄弟。后来陈旭年又与阿武峇卡的表妹结婚，被潮人称为"番驸马"。

在 1855 年以前，柔佛州的统治者是东姑胡仙，他死后，由儿子继承王位，但实权控制在天猛公伊不拉欣（阿武峇卡之父）手里。由于有英国势力作后盾，伊不拉欣自 1855 年起，已成为柔佛实际的统治者。伊不拉欣雄才大略，有意把当时尚地荒人稀的柔佛州全都开发起来。于是，他开始鼓励华人迁入柔佛州，利用华人拓荒开发。同时，更推行"港主制"，有计划地开发柔佛州。

1853 年，陈旭年贸然应召，进入柔佛。

当时的柔佛荒山叠叠，峻岭重重，森林蔽日，虎豹成群，经常吞食人畜，周围数十里毒烟瘴气弥漫，渺无人迹，长期被人们视为天然"绝域"。据说此前去了几拨人马，都无功而返，有的甚至成了老虎的美餐。

开弓没有回头箭。既然来了，岂能打道回府？可是面对这毒瘴虎狼，如何是好？

陈旭年突然想起家乡的韩文公治江之策，他按照家乡的祭祀礼仪，备好三牲酒水，请人写了一篇祭文，着装肃然，来到山口，大行祭拜之礼。

三跪九叩，宣读祭文之后，引燃炮仗。

礼成。一股祥和的烟雾携带着硝烟的味道，弥散在荒凉野地四处。陈旭年带领人马，进山开工。

神奇的是，当年韩文公祭鳄所用的仪式，在马来半岛的柔佛同样应验：狼虫虎豹逃遁无迹，山魈鬼魅毫无踪影，毒烟瘴气消失殆尽。

陈旭年带着家乡文化，在此开工大吉，自此声名大振。

此后，陈旭年如法炮制，开辟了十个港口，成为当地最大的港主。烧山除草，一切走兽无处藏身；他带领乡人起早摸黑，烧山、砍柴、锄地、种植，进而全面规划，阡陌纵横，道路畅通，旧貌换新颜。他成为柔佛历史上的开埠创始人。

1862年，天猛公伊不拉欣逝世，儿子阿武峇卡成为新一代的天猛公。阿武峇卡通晓英文和马来文，同英国王室关系良好，自1863年起，天猛公阿武峇卡便倾力重组柔佛州政权，陈旭年毫无悬念地被封为柔佛州华侨侨长。

1864年，阿武峇卡把柔佛境内十个港口交给陈旭年管理。陈旭年三十九岁时，已成为马来半岛上最大的港主。柔佛苏丹出现经济危机时，陈旭年还发现新锡矿，成为柔佛王国财政、税收的主要来源之一，帮助柔佛渡过难关。1863 年 9 月 11 日，陈旭年被委任为依斯干达德利（现为新山市）税收负责人。

如日中天之际，陈旭年趁势将事业拓展到新加坡。1866 年，他在新加坡创设广丰公司。同时，他与人合作，在新、柔两地经营鸦片和酿酒生意。1863 年至 1866 年之间，陈旭年管辖柔佛州甘蜜和胡椒的出口，控制着马六甲海峡新山市以及鸦片的进口。

1868 年，陈旭年已成为誉满南洋的著名华侨、印度尼西亚商

未曾描金的"资政第"
门额

业领袖。1870 年，他被柔佛苏丹封为"甲必丹"（华侨领袖），授予"资政"头衔。1874 年，陈旭年又被州议会委任为议员。陈旭年还多次陪同阿武峇卡大君或其稚子进奉清朝。

正如韩愈改了潮州山水之姓一样，为表彰陈旭年对柔佛州开发做出的贡献，今新山市中心纱玉河附近的一条街被命名为"陈旭年街"。此外，柔佛河最大的一条港被命名为"砂陇港"（"砂陇"是陈旭年故乡金砂的俗称）。

陈旭年乐善好施，爱国爱乡。在祖国遭受严重自然灾害时，他积极响应清政府请求，为陕、甘等省饥民捐献巨资赈灾，贡献卓著。慈禧太后因此赐他二品顶戴，并在他的家乡潮安彩塘镇金砂村为他建"急公好义"牌坊，以示褒奖。

1875 年后，陈旭年逐步把事业重心南移至大规模开发中的新加坡。他从柔佛移居新加坡时，从潮州请去工匠并运去原材料，按从熙公祠的规格和样式，在克里门梭路和槟榔路间建成后来被该国列为国家第五古建筑的"资政第"。1984 年 6 月，新加坡以这座当地仅存的潮式古建筑为图案印发了邮票。该建筑物现为救世军公益设施，免费向公众开放。其后，陈旭年在新加坡住了七八年，常感郁郁不乐，便告老还乡，颐养天年，于 1902 年因患疟疾逝于故乡，享年七十五岁。

22

归去来兮，一个举人的汕头

在下南洋的各色人等中，澄海的高氏家族的确是一个另类。这个家族三代人兼具了四种特质：下南洋开工厂致富，此其一也；致富归来，造福家乡，此其二也；致富后致力于学业，父子双双中举，此其三也；积极参加早期革命，此其四也。

被称为"高半城"的家族，是一个下南洋的特殊范本。

高家三代人的代表人物就是著名的爱国华侨、民族资本家高绳芝。

和众多下南洋的潮汕人一样，高绳芝祖父高满华当年下南洋也是迫于生计，十五六岁那一年，他咬了咬牙关，乘着红头船离开了澄海上华镇玉窖村，去了暹罗。一开始，他投奔了同宗高元盛，做了佣工。由于他特别善于谋划，聪明过人，高元盛对他甚是倚重，遂助其经营商务。此后不久，高满华一面经营着小生意，积累资金，一面格外醉心于钻研机械，对火砻尤为沉迷。砻，就是碾米机，属于机械。当时，高满华在家乡、在暹罗见到的都是牛砻，就是靠牛拉动砻，以此分离糠米，这自然是很慢的活计。高满华整日琢磨，将传统的木砻改造成了铁质的砻，又将牲畜动力、炭火动力改为柴油作动力，这一改造，使碾米行业得到了飞速的发展，生产效率大大提高。

1871年，智慧超群的高满华，在暹罗创立了三家机械火砻公司，成为我国旅泰华侨经营机械火砻业之第一人。经数十年奋斗，他在暹罗、新加坡和中国香港、广州、汕头均有商号。

当其时，高满华还派儿子高学能赴日本开辟实业。

发迹之后的高满华在澄海城建了宅第，开了行铺，把家从玉窖村迁来，成为澄海新贵，有"高半城"之称。有了钱的高满华，热心公益事业，在广州创建八邑会馆，在香港创建东华医院，对赈济救灾、文化教育等，都乐于赞助。

1878年，比梁启超小五岁的高绳芝（原名高秉贞）出生了。和梁启超一样，他们都被祖父视为掌上明珠。高满华以最优渥的条件聘请私塾先生，同时教授儿子和孙子——他醉心的还是儿孙科考中举。

清末民初，内忧外患，高满华的儿子高学能和孙子高绳芝先后中举，在澄海名重一时。而高满华已于高绳芝四岁时离世，想必彼时也含笑九泉了。但高绳芝似乎对中举并不在意。他看得清楚，中举又能如何，大清早被列强瓜分得七零八落，如流水落花一般，即使进了这个官场，也扭转不了这个败局。他无意混迹官场，决心实业救国，"商兴实业以救国于危难，是其中一部分真为祖国的本弱被欺而深感痛心"。

高氏家族到了高绳芝这一代，早已富甲一方，是名冠东南亚及日本的华侨大家族了。从澄海人称其家族为"高半城"，足以见得其富裕程度。高氏除了拥有坐落在龙潭寺一侧的高府建筑群外，还有遍布澄海的商铺、工厂，就连水、电、电话等日常生活基础设施，都由高氏企业经营。

高氏实业规模庞大，在泰国、日本、新加坡和中国香港、广州、汕头均有商号，经营大米加工和进出口贸易，还有银庄、药材铺等，仅火砻厂就有 13 家，还印发纸币，在市面流通。高晖石是泰国中华总商会的发起人之一，曾连任三届会长。

高绳芝在潮汕地区创办的第一家企业叫振发布局，厂址设在澄海县城。尽管澄海有悠久的织布传统，但是技术已经落后，他花高价引进日本的先进织布机器和织布技术，聘用日本技师，振发布局以其先进的工艺技术和人才，一时引领了潮汕地区的纺织业。高绳芝利用侨资在潮汕创办民族工业，一定程度上抑制了洋货充斥潮汕城乡的局面，振发布局建成和投产，使在洋布冲击下奄奄一息的澄海织布业一度复苏。

谢雪影在其所著《潮梅现象》（1935 年版）中说："澄海全县，由振发布厂一家增至七十余家……其产品运销福建厦门，以至南洋各地。年产约一二百万元。"这些织布厂和家庭作坊，80%属华侨投资或有侨眷的股份。

潮汕的民族工业从一开始便输入侨资血液，侨资在潮汕地区经济发展、城市建设等方面功不可没。

创办振发布局后，高绳芝接着将商业目光投向汕头。

1860 年开埠之后，在内外双重驱动下，汕头的工商业大幅发展，但用水和电力、通信这些城市基本功能却不具备，这大大影响了汕头的城市化进程。

当时，普宁人方仰欧等人创办的昌华电灯公司因资金不足、严重亏损而停办，高绳芝顶着巨大压力，大胆从昌华电灯公司购买土地和机器，于 1903 年开始动工兴建，创办了"商办汕头开明电灯股份有限公司"。高绳芝除了自己投资之外，还公开向社会招股募集资金，创办之初共募得股额 20 万元。他用这些募来的资金购买了英国制造的最先进的锅炉和蒸汽机，电机容量 640 千瓦，1909 年 11 月开始发电，月发电量 55 万千瓦时。这样的设备，在当时可谓十分先进，发电量基本能满足市民日常生产生活所需。

汕头的夜晚突然亮如白昼，人们感念一个人。灯火璀璨的夜晚，人们的时间似乎被延长，人们的生计多了起来，小吃和小商品可以在夜晚兜售了，日子开始发光。

有电了，但用电虽好，却是一笔家庭额外开支；烛光虽弱，却也用了几千年。汕头人暂时只满足于欣赏这光明。因此，这家开明电灯公司创建之初，未能满负荷发电，公司收入少，投入公益照明的电力居多，营业亏损。

利民，是高绳芝经商的前提。他不是一般的商人，是读书人。也正是其长远的目光，造就了此后的商业繁荣。自从汕头有了电力，各行各业随之发展起来，埠市日益繁荣，用电户日益增多，开明电灯公司终于扭亏为盈。1918 年一年盈利 11000 多元，至 1935 年，年盈利已达 27000 多元。正是高绳芝以及印尼华侨张榕轩兄弟（潮汕铁路的创办者）等人的努力，为潮汕民族工业的发展奠定了基础，使汕头初具城市规模，于 1921 年与澄海分治，成立汕头市。

有了电，还要有水。将自来水引到家家户户，方便民生烟火，这是高绳芝的另一个实业理想。

　　高绳芝于 1907 年开始筹备兴办汕头自来水公司。公司采用招股方式集资经营，原计划集资 100 万元。起初招股还算顺利，所募款项基本到数，后因政局不稳、社会动荡等原因，实际收到股金仅有 68 万元。

　　天塌下来，百姓也要喝水。高绳芝没有动摇。水厂厂址选在距离汕头埠 10 公里的潮安大鉴乡，办事处设在汕头乌桥直街。1910 年水厂开始动工兴建，1914 年开始营业，水厂全套设备都是从美国引进。大街小巷的地下，铺设 1 至 12 英寸不等的镀锌管、生铁管和陶瓷管三种水管，源源不断地为市民提供清洁的自来水。

　　汕头从一个点着蜡烛、挑水过活的陈旧集镇一下蝶变为现代意义上的城市，向前跨了一大步。一个城市具备了基本的现代功能，水电无忧，市民便得到了解放，生产力投入了市场，市场自然繁荣起来。汕头在此时的中国城市当中，也算领先者。因为就连广州这样的省城，也是 1908 年才开始供自来水。而当初广州的三条水管仅供应西关、南关和惠爱路旧城区三个富人区，当时一户人家每月的水费可以买七八十斤大米，自来水属于富贵人家的消费。

　　彼时，在中国城市中，广州和汕头几乎是样本一样的存在。而汕头建设之功多归于高绳芝。

　　高绳芝等人投资汕头，让它变为城市。让城市像一个生命一样站立起来，而不是半睡半醒。水、电、交通、通信等基础设施得以解决，设施兴办者深得人心；加之投资逐渐获利，刺激和吸引了更多的华侨回国投资。继汕澄电话公司之后，有利银庄于 1918 年创办汕樟电话公司。1919 年潮阳人萧楚岩创办汕头电话公司，1921 年创办汕潮揭电话公司；轻便铁路、汕樟公路相继铺筑；澄海的陈

今天已经修复的汕头小公园老街街景

慈黉家族也在 20 世纪 20 年代后期成为汕头市的主要投资者，在汕头兴建房屋 200 余幢，形成 1949 年以前汕头市的商业中心——"四永一升平"（即永和街、永兴街、永泰街、永安街和升平路）；另一澄海籍华侨林贵园则主要从事填筑海堤的投资。至全民族抗战爆发前，汕头已是十分繁荣，1933 年汕头港货物吞吐量已高达 675 万吨，居全国第三位。

经过商业巨子联手打造，汕头终究站立在了时代潮头。

清末的败相令高绳芝失望至极，实业救国只是治标，而治本之道乃武装革命。辛亥革命爆发，高绳芝与高晖石一同加入孙中山的民主革命阵营，参与并赞助黄冈起义和惠州起义。

辛亥革命推翻清王朝，建立了中华民国。高绳芝满以为自己的政治理想从此可以实现，能够专心致志兴办实业。事实却令他大失所望，光复后的汕头接着陷入一片混乱之中。原本他给这个城市带来的光明，此刻一片黯淡。十三支自称革命党人的军队，在汕头开始明抢暗算，互相争夺地盘，"号令分歧，政见不合"，火并在即。当时英国驻汕头领事馆的一位官员曾这样写道："但汕头上演的一幕插曲证明新制度下的民政当局完全缺乏团结和统一，而且后来引起了更严重的骚乱。"

一向无意仕途的高绳芝不得不临危受命，出任全潮民政财政长。放下繁忙的商务，撂下赚钱的商机，他委曲周旋于各军之间。由于"高绳芝素著义声"，又"出私财十余万以充军实"，在他的规劝下，部分军队退出汕头，汕头才免于一场火并。

乱局终于得到调停。高绳芝却因操劳过度致病，不得不回澄海医治。他的心情是舒畅的，总算为家乡太平出了一分力。孰料，一波才平一波又起。1912 年 2 月 14 日，惠潮梅镇守使林激真率领1500 人的军队，租用英国"江州号"轮船前来汕头。驻守汕头的治安局长陈宏蓴集中了一支约4000 人的军队阻止林部在汕头登陆。林激真又改道从陆丰碣石登陆，进军汕头，与陈宏蓴展开激战，结果陈被击败。林率军进入汕头，四处勒索钱财，汕头再陷乱局。

商店关门，市场凋敝，百姓纷纷到乡下避难，精心打造的城市雏形眼看着将要毁于一旦，这意味着曾经付出的心血即将付诸东流，老百姓再次坠入黑暗的深渊。高绳芝闻讯，抱病赶回汕头调停。所谓调停，不过还是自己掏腰包，给林以大量军费。

地方秩序甫定，潮梅绥靖处督办吴祥达又于 1912 年 3 月 30 日带兵前来潮汕。吴、林两军又在汕头对峙，市面再起恐慌。这次军事行动明显有外国人插手（吴祥达军队是由英国军舰送到潮汕的），高绳芝生恐战事一起，"非唯生灵涂炭，尤虑国际干涉。乃不避艰险，再度进行调停。计输财不下四十万"。林自觉无力与吴为敌，带着向高绳芝勒索的20万元悄悄溜往香港，"留下他那些未付饷的士兵，汕头商会又一次募集款项，将船票和钱发给士兵，把他们送往广州。但大多数士兵把船票换成钱，不知去向"。

高绳芝耗费大量资金和精力周旋于各派军阀之间，待秩序稍为安定，他便失望地辞去全潮民政财政长一职。新上台的吴祥达，本是清廷鹰犬，对革命派怀有刻骨仇恨。他掌握了汕头政局之后，即下令解散民军和商团，率军袭击汕头同盟会本部，焚毁革命派报纸《新中华报》报社，杀害许雪秋、陈芸生、陈涌波、余永泰等人。许雪秋等人是高绳芝参加丁未黄冈起义时的战友，革命成功却遭杀害，一时在社会上引起极大震动，也再次给高绳芝以精神上的沉重打击。他终因心力交瘁，病情恶化，不幸逝世，时年三十五岁。民国政府授予他"着红花烈士"称号。

始建于1930年的汕头中山公园，场地开阔，林木葱郁，湖水碧澄，曲桥卧波。公园大门的门楣上有孙中山手书的"天下为公"四字巨匾。公园中有一座建筑风格独特的纪念亭。这就是高绳芝纪念亭。

一个人，心怀天下，以庇护家乡生民为己任，必得民心；得民心者得天下。正如高绳芝，他以一己之力，为汕头这座城市付出了虽然短暂却价值连城的一生，市民岂能相忘？

潮子桥畔：多书 多音 多情

23

一个形散神聚的家族

在长达两百多年的时光里，潮人像一股潮水，涌出去，又归来。归来的潮人，重启家园建设；远漂的潮人，虽则远在彼岸，但他们的灵魂却在一次又一次地归来。

潮人走到哪里，便将潮汕文化带到哪里，将中国传统文化带到哪里，落地生根，开枝散叶，馥香弥散全球各地，浸染了全球的文明，使中华文明和海外文明不断融合，进而形成人类命运共同体。

潮人一定记得曾经开过 45 家批局的潮阳人陈云腾。

1956 年 6 月 16 日，八十四岁的陈云腾寿终正寝。在此前的批斗会上，乡里老者总是提醒青年农民："四合是老实人。"意在告诫他们：批斗此人不可过头。

且看陈云腾丧事的安排：陈家向政府借用空置的陈四合批局大楼，特意在此接待宾客；在那极端贫困的年代，陈家将海内外送来的奠礼帛金全部用于丧事；对前来吊唁者无论远近亲疏，一律一视同仁回礼。如此的接待和回礼，对于当时普遍困顿的中国农人而言，意味着被接济；陈家以陈云腾的病逝为契机，以巨大的善意来接济左邻右舍，让他们以体面的方式，得到周济。

那是一个贫困交加的时代，也是一个"民以食为天"的时代，物质普遍匮乏，果腹生存是头等大事。陈家人感念乡人前呼后拥、披麻戴孝之恩，出殡归来，在陈云腾住所的外埕，按照潮汕最高丧礼规格，举行"拜十缘"仪式。与其说"拜十缘"是当地佛家每十日一次的祭拜活动，不如说是在这一百天内，每十日宴客一场。

百天之中，陈氏一门每隔十天，便邀请村内的男女老少做一些简单的佛教法事，此后，便是以流水席招待全体村人。村人们无声地来，心事重重却无限感激地认真做完法事，然后开始大吃二喝。

百日过去，陈氏一门全体下跪致谢。村人也全体下跪。这种无言的彼此酬谢，暗含着多少文化心语：患难与共，不弃不离。

这些村人回到家，在粗茶淡饭后，开始谈论陈云腾和他的后人，长辈开始教导后生：有钱不骄，没钱不馁，做人就应该这样。

看似超度亡人，实则是度化生者。陈氏一门早就深谙陈云腾的人生真谛，正如韩江之上的那座湘子桥，似断暗连，他们在渡人，也在渡己；他们将善意借助丧礼隐形地表达，周济乡邻，一切皆在无言中。百天的"拜十缘"，是瓯坑寨全村得以保全生存的一百天，也是陈氏一门将家族、村寨的传统文化完美葆有和继承的展现。

没有人阻挠这在当时普遍被视为"封建迷信"的丧礼；瓯坑寨内外的潮人扶携相助，唇齿相依，没有人比他们更深谙且珍惜这种隐形的善美文化。

善意的种子一旦埋下，开花结果是迟早的事。陈云腾死后，"拜十缘"已然结束，却不断有侨批从不同的国家送来，都是海外寄来的礼金。其中有一些汇款者，陈家人根本不认识，从来没有听说过，陈云腾活着的时候也从来未曾提起过。陈家后人在想，先人究竟是以怎样的厚德获得了如此诚挚的厚爱和遥远的感念？他当初帮助一些人的时候，从没想要得到回报，他只是如家乡的那座桥、那个码头，如那红头船一样，以渡人为己任。

渡人者，必被渡。上善若水。

奇怪的是，陈云腾的丧事之后，陈家人做好准备，从已经被政府收购的四合批局大楼中迁出去，但左等右等，等不来政府收回大楼；"拜十缘"百天过去之后，当地政府也没再派人来收回四合批局大楼。陈家这才明白，政府将大楼无声地还给了他们，一家上上下下几十口人重新住进了这座大楼。

"拜十缘"虽然结束了，在这百天当中，尽享陈云腾家族美食款待的瓯坑寨内外的老老少少，心里无不感念着这个家族的善意。天朗气清的清晨或黄昏，瓯坑寨的老人坐在外埕的榕树下，逢人便讲当年的陈云腾怎样被扮作女孩，怎样被送给了利叔，利叔去世后，陈云腾怎样给利叔做"拜十缘"的宏大场面。老人说："转眼一个甲子过去了，这是瓯坑寨做的第二个'拜十缘'，这是他自己修来的福啊！"

故事并未从此画上句号。这些故事像潮州土壤生发出的一朵文化蒲公英，陈云腾用最后一口气，将那种子吹散开来，附着着他高山景行的精神内核，漫天播撒，开枝散叶，将这些美好而善意的文

陈四合批局大楼（图片来自"南方Plus"）

化流布到了遥远的大洋彼岸。

1959年全国物资紧缺，侨眷可凭侨汇券到华侨商店买一些受限制的物品，比如糖、油、酒水等，但数量极为有限。一些成分较高的侨眷，如果收到海外侨汇，可能被视作地主、富农，意味着部分财产或全部财产被没收。南洋华侨听闻，就不敢寄钱回家，以免累及家人。

陈四合批局的批脚陈顺荣老人后来回忆说：

我知道公私合营后，一开始是侨批每100元就发42.7元给侨户，剩下的给批局、银行和批脚发工资用，这价钱持续有十几年了，就是在"文革"时最低降到36.8元。所以，后来有些华侨就改寄糖、油、盐、米了。

在斗地主的那时候，如果寄太多钱了，侨眷也会被当做地主。后来收到大批时，我们就秘密让他们写成两张，一张小批 10 元、20 元的拿给农会看。外一张大批一两百块就秘密发给他们。就是怕寄太多，被没收了，怕人家饿死啊。

这是救命的侨批，这是救命钱。当地政府很快发现问题的严重性，迅速纠正了克扣或没收侨汇的错误行为，一方面动员侨属给国外亲人写信，说明情况，争取侨汇；一方面吸收原批局东家在批局任职，鼓励他们向海外华侨做解释工作，以吸收更多的侨汇。在此情况下，陈云腾次子陈钦江被请回来参加陈四合批局的工作，月薪 34 元；长子梅溪被安排在峡山陈四合批局工作，月薪 28 元。

很快，陈钦江被派往香港，协助香港陈四合批局的工作，但局面并未因此而得以扭转，很多海外华侨还是担心寄回家的侨汇多被克扣或被没收。华侨们转变思路，把现金在香港或所在国兑换成国内紧缺的商品寄回家乡，如面粉、猪油和干制食品，甚至化肥、菜籽等。

没有了现金流动，所有的侨批局都难以生存。虽然陈钦江与三弟陈振荣全力维持，最终也难以逆转陈四合批局经营的颓势。1961 年，批局被迫停业。

正如湘子桥，正因为肩负有如此重担，才有了其灵动多姿的形象，譬如白天合拢，夜晚断开；譬如可做市场，亦可渡人；可做风景，也可度化人心。

陈四合批局并未因为败落而放弃了其他的使命。

香港陈四合批局业务虽然败落了，又正如和光同尘、与时舒卷的湘子桥，似断还连。看似无用的批局，成为陈家与众多同乡前往海外的落脚点。在此期间，陈钦江和陈振荣将批局变成了"接待点"，不期而至的乡人在此被接待，食宿和诸多困顿在此一一得到接济，多数人继而留在香港工作生活，而他们的住处又成为新的接待点。

渡人。潮人所在处，皆是桥，皆是码头，皆是红头船。

香港批局停业，并没有打垮陈氏兄弟。陈振荣把资金放在了新兴的塑胶行业，在九龙和香港岛先后开设了万通塑胶厂和荣光塑胶制品厂，两个工厂利润微薄，只能勉强维持一家的生活。

彼时的陈钦江更是令人感慨，这个曾经的银行家放下身段，在香港岛和九龙之间贩卖猪肉，后来又去同乡族人的工厂打工。他拥有自由出入香港的通行证，靠着两周一次往来香港的便利，从香港收购一些旧衣物回家乡贩卖，随身也带一些猪油、面粉、鱼干、糖等，他的样子看起来正如早年做"水客"时的父亲陈云腾。不管多么艰难，一大家子的日子，总是要维持的。

如何困顿，都不能丢弃善良，这是潮人的底线。1957年，陈钦江回老家时，给每家所送的只是一条毛巾和一块香皂。这是前所未有的寒碜，此前可不是这样啊。乡人们从他手中接过这两样东西的时候，眼里都蓄满了感动的泪水，只是强忍着，没有流出来。一些老太别过头去，久久不愿意再看他一眼：可见他在香港的日子多么困顿。谁也不知道，他此时只是一个打工仔，只是一个小商小贩。即便如此，他也没有忘记接济瓯坑寨比他更穷困的乡邻，哪怕只是这小小的两样东西。

香港成为陈氏家族向海外开枝散叶的据点。1955年，陈振荣之子陈运扬到了香港，入读香港培英中学。1961年，他获得了美国一所大学的入学资格。1975年，一面打工、一面求学的陈运扬从杨百翰大学（Brigham Young University）获得了物理学博士学位，就职于著名的汉福德核工厂。1977年，陈运扬要将全家迁到美国。陈振荣向儿子提出了唯一一个条件：有工作，我才去。陈运扬答应了。他爸爸陈振荣和妈妈庄花蕊到了美国后，一直干体力活，七十多岁还不退休。

陈运扬是核物理专家，是美国高新技术人员，然而，他却为了妻子放弃了自己得来不易的学术地位。陈运扬的妻子马淑瑜来到美国后，开了一家叫"诺拉中国厨房"的中餐馆，生意很好，很受欢迎，人们常常会开车数小时来到这家餐馆用餐。然而好景不长，马淑瑜因为长期劳作，患上了背痛病。多次的治疗都没有减少妻子的病痛，陈运扬十分焦虑。面对亲人患病之痛，不能伸出援手，对妻子心疼有加的陈运扬决定改弦易辙，放弃核工厂的优厚待遇，去上脊医学校，为自己的妻子治病。1985年，陈运扬转向医学行业，在帕默脊医学院西校区（Palmer College of Chiropractic, West Campus）获得脊椎医生学位，后来在美国华盛顿州大西雅图地区先后创立七家脊椎治疗诊所，担任过华盛顿州脊椎治疗中心董事长，成为华盛顿州西雅图名医。

陈运扬像他祖父一样，以爱的名义，在美国创造了一个奇迹。

运扬的弟弟运厚，1944年生于潮阳县。1957年5月中旬，在家乡读小学五年级的运厚，随母亲庄花蕊及大妹妹迁居香港，进入了香港潮州商会所办的潮商小学继续读书，接着又进入增英中学读了半个学期。1959 年 8 月，因为家族生意不景气，经济困难，运厚不得不辍学，到陈四兴批局厨房做工，以节省批局的人工费，使兄长运扬能不受经济所累而完成高中学业。1963 年年初，十九岁的运厚决定重返学校，可是校长说他已错过了读书的时光，应该去找工作做和读夜校。1964 年 6 月 3 日，运厚孤身一人到了美国，是陈家第二个赴美者。那时，他只懂几个英文单词，就在美国中学与高中生一起上课，接着又进入大学学习。1969 年，他返回香港工作，这一年，他结识了祖籍顺德的陈颜芳，两年后两人在美国犹他州盐湖城结婚，随后留在美国。1980 年 6 月，运厚在美国艾奥瓦州达文波特市获得脊医生学位，并在华盛顿州肯纳威克创建了陈氏脊椎治疗诊所。他曾任华盛顿州脊椎委员会委员、肯纳威克城市规划专员、华盛顿州脊椎协会董事，以及其他有关公众事业的多项领导职位。2005 年，他把诊所交给两个儿子去管理，自己与妻子专职做公益。

赴美之路走得最坎坷的是钦江幼子（第四子）陈运泽。运泽天资聪慧，自小博览群书，长于诗文，读书成绩更是优异。如果早生几年，他就可以与几位哥哥姐姐一样有机会考大学；如果晚生几年，也有可能赶上 1977 年的恢复高考。运泽偏偏遇上"大跃进"时期，作为"黑五类"的后代，他只能在高中毕业后回家务农。在紧忙的务农之余，他凭着熟读几本古医书，自学成才，成为一名乡村的"土医生"。后来他还自嘲说："连赤脚医生都不是，赤脚医生是有牌照的。我没有牌照，至多只能是个黑脚医生。"

20 世纪六七十年代，知识青年上山下乡运动毫无例外地在潮汕地区开展起来。潮汕下乡青年的去向主要有海南、惠阳、英德、怀集、清远以及潮汕各地农村，其中很大一部分到海南岛垦荒种植、开矿。运泽在这一时期也携带家眷前往海南。

1977年，由于有香港的关系，运泽全家得以移居澳门。他在澳门开了一间中医诊所，生活过得虽艰难，但总算比在乡下好。1987年，在大哥运雄的担保下，他一家人从香港移居美国，定居华盛顿州西雅图。经历几年的辛苦拼搏后，1993年，运泽在西雅图唐人街创办华州中医针灸联合诊所（Washington State Acupuncture and Medicine Center），事业发展颇为畅顺，声名鹊起，成为西雅图知名的中医。自从步入杏林，他潜心钻研，总结学术经验，参加各类学术交流，不断更新知识。1993年他被上海、台湾、香港三地共建的跨地区性的当代中医学技术中心聘为中医药特约研究员。1998年他接受西雅图第四电视台（KOMO channel TV.4）的采访，并在《中华中医妇科杂志》发表多篇文章；2000年4月他在世界卫生组织（World Health Organization）主办的国际传统医学代表大会（International Congresson on Traditional Medicine）做过专题演讲。

从一个来自中国农村的无牌黑医，到登上了世界性学术论坛讲课，陈运泽医生收获了丰富的人生经历。而中医所蕴含的多为中国传统文化之精髓。从这个意义上说，陈氏家族每一位从事中医学的人都是中国传统文化在海外的传播者。功莫大焉。

运泽的两个女儿自幼随其自潮阳到海南、澳门、香港乃至美国，一路颠沛流离，接受过多种不同体制的教育，在父亲的影响下，两人都相继从医。大女儿现在华盛顿某大学医学院从事教学科研工作，大女婿是一位内科专家。小女儿在北京某中医药大学获得中医学博士学位，回到美国后从事中医，她的丈夫是一位来自中国台湾的癌症专科医生。

他半开玩笑地说："我一生带出四位医师，家庭这五张医生的名片，也算是对社会做出了贡献。"传承中医，其本质是传播中国传统文化。

陈钦江长子陈运雄，1940 年生于潮阳瓯坑寨，天资聪慧。1953 年统考升初中时，他是两英区第二名。但因家庭出身原因，被分配到离家很远的创大中学。一年后他转学到潮阳三中读书，与惠芳、运扬三人结伴走读。当时的校长陈华说："我一生发现两个天才。一个是杜式英，一个是陈运雄。"运雄学习成绩好，为人处世脑瓜子也很活。他小时候在家乡干农活，就懂得巧干、活干，一天能评得八分工，比他大几岁的姐姐再卖力气也只能评得三四分工。1959 年，运雄在潮阳参加高考，虽然成绩很好，但又因为家庭成分问题，最后被分配到广东省一所新办学校——广州水利电力学院。1961 年暑假，运雄前往香港陪护祖母叶秀雁后"被追"滞留香港，开始半工半读，从零开始学习英文。一年后他直接进入珠海书院（Chu Hai College）二年级读书。其间以优异的成绩获得陈伯南奖学金，免去了全部学费。经过三年时间学习，他以第二名成绩从土木工程系毕业，同时获得美国加州大学戴维斯分校（University of California, Davis）的录取通知书。该校是全美最顶尖的公立大学之一，也是代表北美学术最高水平的美国大学协会成员之一。由于家庭无法提供经济来源及赴美经济担保，运雄不得不请求保留学位，暂时留在珠海书院土木工程系做助教攒学费。1966 年秋，加州大学戴维斯分校给他来信："由于你的成绩优异，学校很乐意给你一个研究助理（research assistantship）职位，帮教授做研究工作，每星期二十小时。"

有了这一份助学金为保证，堂兄陈运扬在美国储蓄银行（Credit Union）为他贷款 500 元美金，父亲陈钦江在港又筹借到 500 元美金，运雄由此得以到美国加州大学戴维斯分校，入读工程学院，主修理论及应用力学。经过五年勤学，分别于 1968 年、1971 年获得硕士及博士学位。接着，他又前往康奈尔大学（Cornell University）从事博士后研究工作，专攻结构力学及空气动力学。

康奈尔大学位于纽约州伊萨卡，是一所全球顶级的私立研究型大学，为国人所熟悉的近现代中国学人施肇基（中国首任驻美大使）、胡适（新文化运动领袖）、茅以升（桥梁专家）、吕直（中山陵总设计师）、任胡模（水电专家、"中国连拱坝之父"）、赵元任（语言学家）、秉志（"中国现代生物学之父"）以及梁思成、林徽因、冰心、徐志摩等人都曾在此学习和生活过。这所学校因校园所在的伊萨卡小镇自然环境优美，在北美大学里堪称独一无二。

在康奈尔大学完成两年的博士后研究工作之后，运雄已全然洞悉了那些爱国华人前辈的精神内核，他先后在洛奇飞弹和太空公司（Lockheed Missile and Space Co.）、马丁 – 玛丽埃塔公司（Martin Marietta Co.）两家航天科技公司获得研究性职位，继续从事相关研究。自 1978 年 5 月起，他受聘于美国能源部加州劳伦斯利弗摩国家实验室（Lawrence Livermore National Laboratory），从事大气物理以及能源方面的科研工作将近三十年，直至 2007 年 6 月退休。

陈运雄秉承了潮汕人和家族的性格特征，文静雅致、为人谦和、做事极为低调，在计算流体动力学方面，特别是用大型电脑系统及设计复杂电脑程式解决重要流体动力学的问题上，颇有建树。

开枝散叶，枝叶关情，繁衍不息，传承不止。至 21 世纪 20 年代，在美国居住的陈云腾子孙，共有 100 多人。他们在异国他乡不辞劳苦，顽强拼搏，培养后代，传承家国之学。其中具有硕士、博士学位的有 20 多人，从事的职业主要分布在医疗、科技、餐饮等行业，其中有 10 多人从事医生这一职业。他们中没有大富大贵的人，均以自强不息、坚忍不拔的意志去开创中医事业，以积极心态面对各种社会浪潮，投身社区服务，在大洋彼岸演绎新一代陈家人治病救人、与人为善的故事。

陈氏家族像一个海外华侨的标本。

《广东华侨史文库》[1] 总序写道：

> 广东是我国第一大侨乡，广东人移民海外历史久远、人数众多、分布广泛，目前海外粤籍华侨华人有 3000 多万，约占全国的 2/3，遍及五大洲 160 多个国家和地区。

> 长期以来，粤籍华侨华人紧密追随世界发展潮流，积极融入住在国的建设发展。他们吃苦耐劳、勇于开拓，无论是东南亚地区的产业发展，还是横跨北美大陆的铁路修建，抑或古巴民族独立解放战争以及世界反法西斯战争，都凝聚着粤籍侨

---

[1] 广东人民出版社自 2014 年开始陆续出版的一套华侨史研究丛书。

胞的辛勤努力、智慧汗水甚至流血牺牲。时至今日，越来越多的粤籍华侨华人政治上有地位、社会上有影响、经济上有实力、学术上有成就，成为住在国发展进步的重要力量。

长期以来，粤籍华侨华人无论身处何方，都始终情系祖国兴衰、民族复兴、家乡建设。他们献计献策、出资出力，无论是辛亥革命之时，还是革命战争年代，特别是改革开放时期，都不遗余力地支持、投身于中国革命和家乡的建设与发展。全省实际利用外资中近七成是侨、港、澳资金，外资企业中六成是侨资企业，华侨华人在广东兴办慈善公益项目超过3.3 万宗、捐赠资金总额超过 470 亿元，为家乡的建设发挥了独特而巨大的作用。

长期以来，粤籍华侨华人充分发挥桥梁纽带作用，致力于促进中外友好交流。他们在自身的奋斗发展中，既将优秀的中华文化、岭南文化传播到五大洲，又将海外的先进经验、文化艺术带回家乡，促进广东成为中外交流最频繁、多元文化融合发展的先行地，推动中外友好交流不断深入、互利合作，不断开拓，成为世界和平与发展的友好使者。

陈云腾家族的迁徙史，正是潮汕华侨迁徙的缩影。

六

天空 在上，祖国在上

你血中那份特质是什么？家邦如天。

那一腔潮音，就是家园的声音；家邦有难，他们长歌当哭，发出第一声红色召唤！

一个苏醒的灵魂点燃了另一个灵魂，一众潮音点燃了家邦的灵魂，正如一艘船横陈韩江，唤来另一艘船并肩而渡，船船相拥，便是桥，肩扛抗战大旗，归国，回家。祖国在上，天空在上，奔赴延安，同生共死。

湘子桥畔……多书　多音　多情

24

一腔潮音打五折

1866 年 2 月，暹罗湾湄南河码头外的乱礁中，一艘三桅红头船停了三天，抛锚不动，不能靠岸。这艘船没有任何关凭。未经当地洪门照会，不管什么船都不能靠岸。

于岸上与之对峙的是当地洪门的一众人物，他们戒备森严，一股杀气弥漫在码头。

剑拔弩张，一场血雨腥风即将来临之际，一个少年驾着一艘小舢板驶来。在无数双眼睛的凝视下，少年从容登上了这艘远从中国樟林驶来的大船。难以预料，这少年登船后将发生什么。

这位少年名叫郑义丰，两年前从家乡澄海下南洋来到暹罗。

数日前，太平天国最后的部队康王汪海洋部十多万人在潮州府大埔县遭清兵围歼。部分太平军由揭阳人林莽率领突围，在汕头海面劫夺一艘红头船逃到曼谷。船在湄南河码头被困三天三夜，船上太平军与当地洪门会

本章部分史料来自陈半原、林伦伦主编的《韩江两岸》（未刊）。

党僵持不下，最终这位少年单刀赴会，居中调停，两家握手言和，一场恶斗烟消云散。

全船数百流亡的太平军悉数加入洪门，曼谷洪门声势大振。

十八年后，郑义丰当上洪门老大林莽的副手，改称"二哥丰"。

又过了八年，大哥林莽去世，洪门由"二哥丰"执掌。

彼时，暹罗政府财政十分吃紧，为了开掘税源，居然准开赌馆，准办花会。博彩业突然合法化，赌风便如决堤之水，急速漫延开来。起初，曼谷的花会由一姓胡的澄海人操办，因经营不得法，加上众多帮派势力捣乱，办不下去了。暹罗皇室中有人举荐，要办好花会，非"二哥丰"莫属。于是，在皇室宗亲的支持下，借助会党势力，"二哥丰"左手承包赌税，右手承办花会，每年除了向政府缴纳大量的税金外，自己也从中得到丰厚的盈利。据说，全盛时期，日进项竟达白银三十担。

灯红酒绿，众声喧哗。白花花的银子滚滚如潮，"二哥丰"终究陷入孤独：这钱要赚到何时？这条道要走向何处？

"二哥丰"虽读书不多，但懂得搜刮民脂民膏非长久之计，不能一条道走到黑。他审时度势，利用自己雄厚的资力，在曼谷创办了"郑谦和号"总商行，经营航运、火砻、钱庄、当押、报社、印务局等商务。一时，日本、新加坡和中国香港、上海、厦门、汕头等都有他的商号。

赚钱要心安理得，昧心钱不能赚。短短几年，"二哥丰"一跃成为南洋首富。

在其创办的诸多商号中，华暹轮船公司最为显眼。1905 年，大批的西方大火轮纵横海上，中国的红头船已经逐渐式微。"二哥丰"牵头，拉了几位股东入股，创办了华暹轮船公司，果断地购置了八艘新轮船，分别航行于暹罗、印尼、越南、柬埔寨、新加坡、马来、日本，以及国内的香港、汕头、厦门等地的海域。

钱可以少赚，民族的脊梁不可稍弯。大义面前，"二哥丰"挺身抗争。此前，经营轮船海运商务的都是洋人公司。洋老板一向蔑视中国人，不是随意抬高运费票价，就是侮辱华人乘客。一开始，洋人的轮船公司根本不把华暹轮船放在眼里，压低运价，这是搞垮对手的基本手段。"二哥丰"顶住压力，你压价，我也压价，而且压得比你还低，不惜亏本。

终于，洋人轮船公司撑不住了，派员前来谈判，遭到"二哥丰"的拒绝，不久洋人轮船公司破产。华暹轮船公司终于掌握了南洋海运权。

一腔潮音就是一股洪水。为了答谢乡亲们的支持，"二哥丰"规定：凡说一口潮音的潮汕籍乡亲，无论是谁，运费、票价一律五折优惠。

打败了洋人轮船公司后，"二哥丰"转而专注于商业。彼时，暹米誉满全球，但加工技术落后。"二哥丰"看准商机，引进新技术设备，创办火砻，实现大米加工机械化，大大提高了生产效率。

实业锦上添花，"二哥丰"意识到宣传的重要性，着手创办《华暹日报》。短短时间，《华暹日报》就成为南洋一带颇有影响力的一份报纸。办报的同时，印刷业也发展起来。这些文化商务活动，不但扩大了"郑谦和号"总商行的知名度，同时也促进了中泰两国文化事业的交流与发展。

"二哥丰"出生在泰国，曾随父母回到故乡潮安县淇园乡生活。他家乡度过的日子不长，记忆里的家乡荒凉而贫穷。清光绪年间，闽粤一带发生大灾，他捐十万两银子赈灾，得到二品顶戴、"荣禄大夫"封号。当时，他在居住地曼谷拍抛猜路豆芽廊，建有豪华"大夫第"一座，在家乡潮安风塘淇园乡也建了同样的一座"荣禄第"，主体为"四马拖车"式建筑。

1907 年 5 月，由孙中山发动的潮州黄冈起义，惨遭清军镇压，牺牲二百多人。组织这次起义的若干首领，都是"二哥丰"的洪门会党兄弟。1908 年 11 月，孙中山来到曼谷。这时的"二哥丰"正沉溺在痛失一批兄弟的悲伤中。当孙中山的代表胡汉民到曼谷与"二哥丰"联系时，他没有马上答应合作。他放下手里的茶杯，走到大堂前，哗然一声巨响，把光绪所赐的匾额砸了个稀烂。

这个衰朝廷，早就该砸烂！他对胡汉民说，他愿意见孙中山，他愿意加入同盟会，他要为在丁未黄冈起义中牺牲的兄弟做一点事！

11 月 20 日，曼谷中华会馆，人山人海，鼓乐喧腾。孙中山在胡汉民和胡毅生的陪同下，步入了大堂，受到热烈欢迎。洪门会党数千人参加了这一隆重的欢迎仪式。当晚，孙中山又来到大夫第，见到已经剪辫易服的"二哥丰"，激动得上前紧紧地拥抱他："郑二哥，中国革命有你，有你们洪门同志的支持，一定能成功！"看到被砸烂的光绪所赐牌匾，孙中山即席挥毫，先题了"博爱"二字，又感叹"二哥丰"有智有勇，落款时在郑字后面停顿了一下，果断地写下了"智勇先生嘱"。"二哥丰"站立一旁，高兴地说："好！好！我就叫郑智勇，不再叫'二哥丰'了。"笑声中，孙中山又专门题了"智勇"二字相赠。共同的目标，相互的尊重，孙中山遂与郑智勇以兄弟相称。郑智勇不仅自己加入了同盟会，还当即表示，在曼谷成立同盟会支部，并建议由门下萧佛成担任会长，《华暹日报》主编马兴顺任宣传部长。

关于郑智勇的出生，民间有一个神奇的传说：郑智勇是他父亲向"三宝公"郑和求来的。有一夜，他父亲梦见"三宝公"给了一粒钻石。接过来时太急，失手坠地，郑父骇极，从地上捡起来，放在手掌里摆弄，幸未毁坏。"三宝公"说，好了，好了，不用怕。说罢吹了一口气，郑父就醒来了。后来，听说溪边来了一条大鳄鱼，头在溪这边，尾巴却架过溪那边，出没无常。郑智勇出生后，这条鳄鱼就不见了。乡间传闻，那鳄鱼是"三宝公"的坐骑，是专门驮郑智勇来人世的。

出生的故事只是戏说，他死之后，葬礼的确十分隆重。

1937 年 3 月 5 日，郑智勇逝世，享年八十七岁。《中华民报》刊登了暹罗侨领联名发布的讣告，众人在"大夫第"为他举行了盛大的洗水礼。前往送别的人除了侨界和亲朋，更有成千上万洪门弟子。胡汉民代表政府专程赴暹罗吊唁。

他的灵柩随后运回故乡潮安县凤塘淇园乡安葬。

25

持守一簇革命薪火

溽热的新加坡像一屉蒸笼。小桃源俱乐部中，几个年轻人围成一圈，脸挂汗珠，衣衫湿透，却只顾埋头朗诵刚刚收到的新书。他们似乎找到一缕爽快的气息。

"今日，今日，我皇汉人民，永脱满洲之羁绊，尽复所失之权利，而介于地球强国之间，盖欲全我天赋平等自由之位置，不得不革命而保我独立之权……"《革命军》中的每一个字都如星火一般，燎燃起一个叫林义顺的年轻人心中对清政府腐败无能、外国列强肆意横行的怒火。

时间是1901年。林义顺与张永福、陈楚楠、林受之等一众潮汕人，在小桃源俱乐部聚会读书，讨论时局，成立"小桃源"俱乐部。宣传维新、革命的书刊，如《革命军》《黄帝魂》《扬州十日记》《苏报》等，为他们开启了一扇窗，透进了一线亮色。

1903年6月，上海发生《苏报》案，邹容与章太炎被英租界当局逮捕入狱，准备引渡给清政府。身在异乡的林义顺与张永福、陈楚楠闻讯，极为牵心：他们心中的志士仁人面临着才离狼穴，又入虎口的危局，使各人心急如焚。经过几次商议和精心谋划，他们决定以小桃源俱乐部的名义致电英国驻上海领事，提出援引第三国有权保护政治犯的国际条例，拒绝清朝的引渡要求。通过斡旋，邹、章得以赴新加坡避难。这是南洋华侨公开反抗清廷的第一次成功行动。

在小桃源俱乐部，除了和神圣的理论家在一起讨论学习之外，林义顺还认识了黄乃裳、尤列等著名的反清志士。在他们的影响带动下，小桃源的年轻人从原来的读书、谈论革命走上了开展革命实践的道路。

琅琅书声中，《革命军》改变了旅新中国人，他们要以此改变更多的人。他们集资翻印邹容的《革命军》两万多册，只是在他们手里印出来的书，名字变成了《图存篇》。新书出版，一部分由新加坡唯一的华文书店孔明斋代售，一部分以赠阅的形式，寄赠中国国内各重要机关部门，甚至寄给了清朝的翰林院和总理衙门。黄乃裳和林义顺又利用回国之机，加印一万册，在粤东和闽南一带广为传播。

一本书不够，需要持续不断地发声，才能撼动这死而未僵的清王朝。再次集资，他们创办了《图南日报》，公开宣传民主革命，鼓吹推翻清政府。

《图南日报》的变革精神吸引了远在檀香山的孙中山，他读到《图南日报》时极为兴奋，除了汇出 20 美元购买《图南日报》外，还致函尤列询问出版者情况，希望能得一晤。1905 年 6 月，孙中山赴日本创立同盟会，中途取道新加坡，特意约见了《图南日报》的诸位报人。

似有天然的血缘关系一般，翌年 8 月，中国同盟会在日本东京正式成立，孙中山随后来到新加坡，革命"家人"终得相聚在他乡。他在张永福的别墅晚晴园，亲自主持了陈楚楠、张永福、李竹痴、林义顺加入同盟会的监誓仪式。不久，林受之、李晓生、李幼樵、谢心准以及陈嘉庚、许雪秋等人也相继加入，中国同盟会新加坡分会便宣告成立。一时，新加坡分会势如薪火，会员不断增多，很快成为南洋同盟会的总部，成为孙中山向南洋华侨宣传革命道理、组织革命党和筹资集款、策划武装起义的重要基地。

一场前所未有的风暴在新加坡同盟会内部酝酿。

1907 年 5 月 22 日前，林义顺、黄乃裳借回乡祭祖之名，会同许雪秋酝酿有关事宜。许雪秋又专程赴香港，约见萧竹漪、余既成、陈涌波、曾杏村、许唯心等人，进一步磋商。从设立秘密据点，到拟定起义方案，林义顺始终深度参与，并返回新加坡负责筹措起义经费。

这就是著名的潮州黄冈起义。起义失败后，一部分革命志士逃亡新加坡，林义顺与其舅父奔走联系，既捐献红石矿地，又募集资金，创办"中兴矿山公司"，安置逃亡志士。

火种既已点燃，注定必将燎原。

接二连三，同盟会在粤、桂、滇三省频频发动武装起义，但相继失败。林义顺到处奔走疾呼，继续募资筹款。

1911 年 10 月，武昌举义终于成功。消息传到新加坡，华侨一片欢腾雀跃。11 月，孙中山回国就职，途经新加坡，林义顺、陈嘉庚等侨领便组织募捐，为南京临时政府筹得了一笔巨款。广东随之光复，林义顺在新加坡参与组织广东保安会，募集救济款给予支持。

袁世凯窃取革命果实后，革命党人发动"二次革命"，却以失败告终。革命党人悲观失望。林义顺在逆流中仍坚定支持孙中山，为重建民主共和再度筹资捐款。1913 年 12 月，云南反袁独立，林义顺被任命为南洋筹饷员，前后共募集了 60 余万元军饷，为"倒袁"又立一大功。

在护法运动、北伐等诸次战役中，林义顺始终站在孙中山一边，从经费上给予支持。援闽粤军受孙中山之命回师驱逐桂系军阀，他为其募饷 30 万元。

孙中山以临时大总统名义给林义顺、张永福等人颁发旌义状。孙中山任命林义顺为大元帅府参议，授予其拥护共和一等奖章。林义顺被冠上参议、顾问、委员、执事等一连串头衔，他独把"南洋筹饷员"记在心上。

林义顺在为民主革命奔波的同时，并没有放下经营实业的担子。尤其是中华民国建立后，他把更多的精力放在发展实业、扩大生产规模上。1908 年，林文庆创办"三巴旺树胶有限公司"，请林义顺出任总经理。在林义顺的主持经营之下，三年之间，公司橡胶林从原来的数百英亩扩大至数千英亩，获取了巨大的利润和增值空间。与此同时，他在三巴旺也办起了自己的农场。当初的动因只是安置数百名逃亡新加坡的丁未起义将士，农场也放手由余通、陈涌波、余御言等起义军首领去管理。当时市场对橡胶需求量并不大，他与陈嘉庚却看准了这一商机，大力投资收购老农场，广植橡胶林。农场分布在新加坡和柔佛两地，仅三巴旺便开辟了 2 万英亩。在收购来的农场中，不少是菠萝园，当时菠萝价格极为低贱，连上市的运费都不敷，谈收购时，所种植的菠萝几乎是分文不计。他却胸有成竹，巧妙地在菠萝林中间种橡胶树，这样一来，便有了日后的双倍获利。

辛亥革命爆发这一年，刚好林义顺农场的菠萝获得大丰收。这时菠萝的市价突然猛涨，由每个三四分升至每个二三角，一下子便盈利十几万元。有了足够的资金，林义顺的公司挂牌成立。

中华民国成立时，林义顺没有答应孙中山回国从政。他抱定不做官的宗旨，仍埋头于种植业。这一年，他农场的菠萝产量居全马来亚第一位，工人达数万人，菠萝价格又涨，获利更丰厚。他因此被冠以"菠萝大王"称号。到了橡胶的收割期，橡胶又迎来了"牛市"，他和陈嘉庚同被称为"橡胶大王"。他将所得盈利又投入新创办的"通美""通益"公司，在经营橡胶加工业与进出口贸易的同时，又投资于火砻业、保险业和银行业等。1921年，他身家已达数百万元，声名鹊起。

1921年，林义顺当选新加坡中华总商会第十三届会长，同时出任醉花林俱乐部和怡和轩俱乐部的主席。总商会和俱乐部都是新、马华侨社会的核心组织，囊括了新、马最有权势和威望的华侨著名人士，陈嘉庚、胡文虎、林推迁、林文庆等都齐集旗下。在林义顺、陈嘉庚等爱国侨领的领导下，这些组织成为保障华侨权益、支持中国革命、发起抗日救亡运动、兴办慈善事业的中坚力量。

1918年的天津水灾，1927年的华北七省大旱，1931年百年罕见的长江大水……他一直在带头募捐，赈济受灾同胞。

1922年，潮汕遭遇"八二风潮"巨灾，惨讯传到新加坡，林义顺亲任新加坡筹赈潮汕风灾会总理，带头捐款，推动募捐，竭力为家乡人民纾难解困。

九一八事变，日本悍然侵略我国东北三省，我国面临严重的国难，民族危机日益加深，林义顺又一次披挂上阵。抗日救亡，匹夫有责。哪里有集会，哪里有募捐，哪里有游行，哪里就有林义顺的身影。

1932年4月，国民党政府在洛阳召开"国难会议"。林义顺、陈嘉庚、林文庆都以华侨领袖代表的身份出任大会委员。这时，林义顺正患病需要静养，但他毅然扶病应邀前往洛阳参会。谁知，到了上海，却因为淞沪抗战爆发后国民政府签下了"城下之盟"，仓皇"迁都"洛阳，"国难会议"三次改期，两次改址。好不容易来到洛阳，好不容易迎来开幕，他又一次大失所望。原定与会的五百多人，只来了不足半数；会上当局衮衮诸公，也只是高谈阔论，却无任何抗敌卫国的决心。会议完全否定了全国人民的抗战要求，决议还表示要实行对日妥协的政策，不准人民起来抗日。会议开了七天，却没有取得任何实质性的成果。他痛心疾首，怏怏地回到南洋，大病了一场。

时逢世界经济危机，橡胶业一蹶不振。加之国难当头，自己却无能为力，他更是忧心如焚，病情加剧。

1935年8月，华北又告危急，病榻上的他闻讯大恸，伤感过度，咯血不止。病中的他，仍致电国民政府，敦促抗日图存。次年3月，林义顺抱病执意回国。抵达上海数日，病情突然恶化，不幸于3月19日逝世，享年五十八岁。

国民政府派员到沪致祭，明令褒扬其功绩，公葬于南京。

除了林义顺，许秋雪、陈芸生、陈涌波、林受之、陈笑生、郑智勇、高绳芝、陈梧宾、谢松南、张化成，这些潮籍华人的名字，都应在此郑重罗列。

新加坡潮籍华侨许雪秋（1875—1912），在孙中山革命思想影响下，他与陈芸生、黄乃裳等人联袂回国，经过周密部署，立坛开会，招揽同志，筹措饷项，招募团丁，组建民军，约定1905年3月15日起事。后因消息泄露，起义计划未能实现，许雪秋返回南洋募集经费，意图再举。1906年，由张永福引荐，在晚晴园谒见孙中山，加入同盟会，孙中山委任许雪秋为中华革命军东军都督，在潮、惠等地伺机发动起义。1907年5月，许雪秋、陈芸生组织发起了丁未黄冈起义，由于起事仓促，坚持六天便告失败。许雪秋又秘密策划汕尾与惠州两地接械起义，但终告失败。1911年武昌首义成功，许雪秋、陈芸生、陈涌波等人旋即返潮，相继光复潮汕。1912年5月28日，清军残部入汕头城区，搜得革命党人名册，按册抓捕屠戮革命党人，死者二百余人，焚祠宇十余栋，肆行抢掠，满地血腥，昔日岭东繁华商埠，三天断了炊烟，成了一座死城。张顺在汕头被杀，许雪秋、陈芸生在汕头被潮梅绥靖督办吴祥达捕杀。6月，陈涌波、余永泰也被捕杀。何香凝为许雪秋题写了"先烈之血，主义之花"。

潮侨林受之（1873—1925），祖籍潮安，担任革命机关"中华公司"总理及革命报纸《中兴日报》董事，1907年捐款14000叻币支援丁未起义的革命活动。起义失败后，安置许雪秋、陈芸生、陈涌波等流亡志士及其亲属百余人，出巨款营救起义首领之一余既成出狱。1908 年，开办中兴石山，安置数百退役的革命将士。辛亥革命后，变卖所有产业，筹备巨资，到广州接受都督胡汉民"华侨北伐义勇军标统"的委任，为了革命用尽全部家产，以致子女不得不去当雇工。1925 年 3 月 12 日，因忧愤国事，与孙中山同日逝世，被称赞为"慷慨毁家，匡助国难"。

越南的华侨谢松南，祖籍潮安，利用经营的客栈接济海外革命志士，加入同盟会后担任筹饷局长，不遗余力筹款捐钱，支持孙中山的革命事业。

祖籍潮州的张化成经营染坊，孙中山特委任他为越南筹饷员，他带头捐巨款支持革命活动。

如一簇薪火，他们凝聚、持守、变革、抗争。他们身在异国，心系韩江，如魂牵梦萦的湘子桥般，与故土似断实连，暗渡家国于危难之际，一腔奔涌的鲜血在一次次祭洒之后，又有新的力量载负着故土家园的新生使命，寻求更为光明、更有力量的未来。

26

召唤：士不可以不弘毅

"龙溪多士"。龙溪是原海阳县一个寻常的村落，何以"多士"？

《说文》曰："士，事也。数始于一，终于十，从一从十。"大意为从一而终，认定目标，坚守信仰，直至实现愿景。

《论语》载，曾子曰："士不可以不弘毅，任重而道远。仁以为己任，不亦重乎？死而后已，不亦远乎？"士，不能不坚守信念，尽管任重道远；所谓的"重"，就是以"仁"为己任，所谓"远"，乃是直至生命结束。

载道者，士也；为人类大美而奉献终生者，士也。

原海阳县龙溪都是潮汕平原的一个侨乡重镇，现为潮州庵埠镇。庵埠居水陆要冲，历来为粤东政治、兵防要地。庵埠镇的得名来自旧庵埠寨，建寨前因地处集市，旁有庵寺而以"庵埠"称之。清嘉庆间，庵埠仙溪人王钦、王丰顺经营商船首达新加坡，成为开发该地的潮人先驱。由此，龙溪人纷纷下南洋，分布于东南亚的暹罗、安南、马来半岛、印尼一带。据 1985 年潮州政府

湘子桥畔：乡书 乡音 乡情

部门粗略调查，是年旅居海外的庵埠籍侨民约占本镇人口的 60%，此地成了名副其实的侨乡。

在庵埠镇亨利路西南侧碑园内，矗立着一座革命烈士纪念碑，这是 1957 年秋，为纪念庵埠和彩塘等地在新民主主义革命时期和新中国成立之初牺牲的 40 位革命烈士而建立的，并于 1979 年重修。纪念碑高 9 米，占地面积 335 平方米，正面刻着"革命烈士纪念碑"七个嵌瓷大字，背面碑刻"浩气长存"，右面碑刻"革命烈士纪念碑"，左面碑刻"人民功臣"的名单，镌刻着 40 位烈士的姓名和牺牲时间。"许甦魂"这三个字排在第一位。

甦魂，此名看来突兀，含有让灵魂苏生，再造灵魂之意。这样的名字，一般不是长辈给一个新生儿的名字，哪个父母要让自己刚刚来到这个世界的孩子去再造灵魂呢？

事实也是如此。他原名许统绪，小名炎松，更名为甦魂背后有着惊心动魄的故事。1896 年农历十月十八，许统绪出生于庵埠凤岐村的一个贫穷家庭。该村许姓占多数。其父靠佃耕农田兼当菜贩，养活九个儿女。他排行第三，家贫，没钱上学，常常在屋后的学堂旁听，可以流利背诵不少四书五经中的章句；十岁那年，他再三恳求家里送他上学，父母才将他送进澄源学校。他不仅成绩优异，而且思想进步，大胆叛逆。辛亥革命胜利后，他十分钦佩和仰慕孙中山，把他当作自己的楷模，带动学校师生剪掉辫子，还劝说两个妹妹不要裹脚。读书和革命的种子已经植入他的灵魂深处。

1912 年夏天，其父染疫去世，家庭陷入极度困境；接着，最小的弟弟夭折，三妹被卖到南洋当童养媳，另外两个弟弟也下南洋当童工病亡，一家之中有五人相继死的死，散的散。眼看着一个家庭正在分崩离析，他在痛苦万状之中辍学，在村里的香和百货店当店员。其间，他读书不辍，省吃俭用，把钱用来买书买报。他崇拜陈天华这样的革命志士，把《猛回头》中这首诗抄贴在床头："瓜分豆剖逼人来，同种沉沦剧可哀。太息神州今去矣，劝君猛省莫徘徊。"1915年，新文化运动的浪潮波及潮汕，《新青年》杂志和其他进步书刊相继在青年中迅速传播，他如痴如醉阅读，深受新思想的影响，认为"中国需要德先生和赛女士，尤如植物需要阳光雨露那样"。

他的灵魂突如苏醒一般，他要告别昏聩、愚昧和麻木。于是他改名"许甦魂"，以示自勉自醒，和旧我决裂，立志为家国和民族的解放而生，"甦醒别旧我，投身铸国魂"，他要创造一个崭新的自我。

践行更名之志，寻求救国之道。1916年秋天，许甦魂离开百货店，只身"过番"，来到新加坡。在一家百货商店当店员时，他结识了彭泽民、包惠僧、董方成等一批有志的爱国青年，也常常在《新国民日报》上发表爱国文章。他在1917年2月的《新国民日报》上发表了《潮汕独立讨袁运动有感》，为革命党人的讨袁行动欢欣鼓舞，诗中写道：

> "今天"已在消逝，必将永远消逝；
> "明天"已在到来，定会迅速到来。
> 月转星移，是宇宙的自然现象。
> 这黑暗社会的今天啊，要人们来赶跑！
> 用血和汗，创造美好的明天！

用欢笑和热泪，迎接胜利的明天！

一簇潮音，远从南洋而来，潮州青年手持那份《新国民日报》，在潮州街头高声宣读，周围的青年学子越聚越多，他们听到一个身在海外的同龄人的泣号和呐喊。

这首诗成为革命的火种，在潮州大地和新加坡熊熊燃烧。

魂牵梦萦者必是故国故土。许甦魂深入华侨民众了解侨情，经过一段时间后，他发现了侨民的一个共性：华侨虽然身在异邦，却心系故园，他们时刻牵挂着水深火热中的家乡。这是一股不可低估的革命力量，他在此中看到了铺天盖地的未来焰火。

教化，鼓动。以士多店为原点，他毫不犹豫地投身华侨教育当中，宣传爱国思想，培养革命人才，阐述救国之途。仅靠在士多店的宣传只是杯水车薪，远远不够，他要把此事办得郑重而光明正大，他决心为华侨办一所学堂。1917 年 8 月，许甦魂用自己的大部分工资和报社的稿酬做启动资金，在新加坡大坡马车街创办了一所华侨工人免费夜校，他自任校长，主持校务，并聘请了三位兼职教员，第一批学员有 30 多人。夜校开设了"初级白话文""中国历史""中国时事政治""民族、民权、民生问题讲座""南洋群岛之革命运动""华侨与祖国"等课程。从设置的这些课程足以见得，这所夜校就是一个阵地，是家乡文化的阵地，是家国救亡的阵地，更是面向未来世界的阵地。

呼号，奔走。潮州庵埠镇凤岐村的老归侨许贵深，便是这所夜校的学员之一。在 20 世纪 80 年代，这位老归侨曾经讲述当年他在夜校学习的情景，他听过许甦魂讲课，在"华侨与祖国"专题课上，许甦魂分析了华侨身份、地位和处境，号召华侨团结起来，为中华民族的独立和解放、为提高华侨的社会地位而斗争。从 1917 年到 1920 年，先后有四批学员近 200 名华侨在夜校受到义务教育，许甦魂亲自播下了革命的火种，其中有不少人成了新加坡地区华侨爱国运动的革命骨干。1918 年 1 月，新加坡华侨店员工会成立，许甦魂被聘为工会名誉主席。1918 年 5 月 1 日，为纪念"五七"国耻三周年，他在新加坡组织开展了持续一周的抵制日货运动，数千华侨、华工走上街头，高举"五七国耻纪念""抵制日货""不忘国仇"等标语，声势浩大的爱国游行活动产生了深远的国际影响。

1919 年初，许甦魂被聘为《新国民日报》编辑，以笔为刀，以纸为城。当他得知巴黎和会上中国青岛被转交给日本时，许甦魂发表署名文章《还我河山》，大声疾呼："外有强权，吞我河山；内有国贼，卖我民族，山东焉存？民族焉存？""海外同人，你可知晓？当母亲受到凌辱，是凉血动物当无动于衷，是热血儿女当举起拳头，拼他个你死我活，爱我中华，乃爱我母亲。海外同人，是吾人雪耻的时候了，是吾人救国的时候了。"他号召广大海外侨胞为祖国和民族的生存而斗争，新加坡华侨的爱国热情像火焰一样被他点燃。

轰轰烈烈的五四爱国运动在国内爆发，许甦魂在新加坡成立了"旅新华侨反帝救国后援会"，响应北京和全国各地的示威活动，带领华侨在新加坡开展游行示威。这爱国的声浪波及国内，有力地声援和助推了国内的爱国运动。

新加坡华侨革命力量的日益壮大，引起了英殖民政府的恐慌，血腥镇压接踵而至。华侨免费夜校一夜之间被取缔，华侨组织被解散，革命机关被关闭，进步华侨被监禁和驱逐，爱国风潮遭到了摧残和打击。1920年秋，许甦魂遭到通缉，被迫秘密返回家乡庵埠。

从南洋回到阔别四年的故乡，一腔思乡热情化为一把点燃故园灵魂的火焰。许甦魂没有迟疑：他坚定认为教育和唤醒民众才是救国兴邦的长久之道。他耐心说服乡里的进步绅士，把母校澄源小学改名为凤岐小学，从学校体制、师资队伍到教育内容和教学方法等各方面对学校进行大刀阔斧的改革，采取大力推行白话文、倡导师生平等、聘请新思想教员、降低学费标准等一系列措施。改革后的凤岐小学焕然一新，在当地开新学堂风气之先，新思想、新文化在家乡得到了传播，邻乡适龄学童纷纷慕名前来就读，办学水平大大提高，在社会上产生了很大的影响。同时，他还倡导天赋人权、男女平权的思想，筹资创办了凤岐女子夜校。但因为受到潮汕本地传统思想的禁锢，报名者寥寥。他先动员妻子陈宝英和六个家族里的姊妹入学，再去各村沿门劝学，鼓励青年女子走出闺阁，做有文化的新女性。在他的发动下，夜校人数增至40多人。他在开学典礼上宣讲妇女解放的新思想，认为女子享有与男子一样的权利。男子应该受教育，女子也有权进学堂，为做一个新女性而读书，为做一个新国民而读书。他极力反对封建礼教，反对女子缠足，动员女子放脚和妇女剪髻。他妻子陈宝英曾经回忆道："当时甦魂动员我和几个姐妹剪辫剪髻参加夜校，开始大家都怕羞不愿剪，有一天天亮起床时，我发觉自己的髻没有了，原来是当夜甦魂趁我熟睡时偷偷剪掉。"

真理之火一旦被点燃，便会呼应燎原。从新加坡到故国，从故乡再到泰国，火苗猛蹿，光焰冲天。

1921 年春天，许甦魂重返南洋，被聘为吉隆坡《益群日报》编辑，并加入了国民党。他与彭泽民、董方成等爱国志士一起大力改革，把《益群日报》变成了宣传新文化、新思想和爱国主义教育的重要阵地，团结广大华侨的纽带和桥梁，使《益群日报》成为真正的"华侨之声"。报纸改革后销量大增，在南洋华侨中影响深远。1923 年秋天，许甦魂以《益群日报》特派记者的身份回国展开了为期四个月的深度采访，他走访了潮汕、北京、上海、汉口、广州等地，看到了在中国共产党领导下如火如荼的工农运动，从林伯渠、吴玉章、李大钊、谭平山等优秀共产党人身上看到了祖国强大的希望，他坚定地认识到"布尔什维克底真谛，为吾人救世之药方也"。1924 年初，经林伯渠、吴玉章介绍，许甦魂加入了中国共产党，自此至 1927 年国共合作时期，他很好地发挥了在侨务工作上的先进引领作用。

因其具有南洋华侨的特殊身份，许甦魂被派遣重返南洋，担任国民党缅甸总支部执行部主任，并兼任仰光《觉民日报》总编辑。一年多时间内，他充分发挥出杰出的领导才能，把《觉民日报》和《缅甸新报》改造为宣传国共合作及团结广大华侨的阵地，并创办仰光模范学校，培养了一批华侨革命骨干。1925 年 5 月，他发动了广大海外侨胞，大力声援和赞助国内的五卅运动和省港大罢工运动。这很快使他受到广大华侨的尊重和高度认可，被聘请为旅缅潮州会馆名誉总理。

1925 年 10 月，许甦魂离开仰光到达广州，次年 1 月，以英属九龙华侨国民党员代表的身份，出席了在广州召开的国民党第二次全国代表大会，会上当选为国民党中央候补执行委员，并被任命为国民党中央海外部部长彭泽民的秘书长，自此由海外转回国内，协助开展侨务工作。为了进一步发动海外华侨支持国内的革命运动，1926 年 1 月 24 日，在彭泽民和许甦魂等人的组织下，在广州成立了全国华侨协会，他们二人都当选为中央执委和常务委员，驻广州的 16 个海外华侨团体集体加入华侨协会。到 1926 年年底，华侨协会已拥有 15 万左右会员，成为一股重要的革命力量。这是新民主主义革命时期，在中国共产党直接影响下建立的第一个全国性的华侨群体，凝聚了广大海外华侨的力量，支持和配合国内的革命运动，输财出力，做出了很大的贡献。据统计，从 1926 年 2 月至 10 月 15 日，仅华侨捐助省港罢工的款项就达 200 余万元。

1926 年 3 月 21 日，由许甦魂创办的《海外周刊》正式发刊，他自任主编并撰写了不少文章宣传反帝反封建的革命道理、宣传北伐的重要意义。《海外周刊》在广州期间出版了 35 期，成为华侨了解国内时政的重要窗口，也成为向海外华侨宣传革命思想的重要途径，受到了广大华侨的欢迎。

革命还是需要青年，需要滚烫的热血。许甦魂充分利用广州的各种潮人同乡会及学生会，诸如"潮州留省学会""国立广东大学潮州学生会"等，吸收和发展有志青年，组建了潮州旅穗学生革命同志会，吸收了一批青年骨干到国民党海外部工作，发展了一批中国共产党党员，引导他们参加革命工作，或编辑宣传《海外周刊》杂志和《华侨与北伐》专刊，或派遣到东南亚各地宣传革命思想和爱国募捐。其中，杰出的潮籍青年革命者有洪灵菲、戴平万和秦孟芳等。

1927年南昌起义之后，许甦魂随军南下，担任前委秘书，并一路协助做好部队及群众的政治思想工作。9月23日，起义部队进入潮汕地区，建立了红色政权，虽然只有短短的七天时间，却书写了浓墨重彩的"潮汕七日红"重大历史。起义军遭到重创撤离潮汕的时候，许甦魂与郭沫若、彭泽民、吴玉章、陈府洲等一起辗转脱离危险到达香港。他化名黄子卿，主办《香港小报》，陈府洲也担任编辑和撰稿工作，继续开展革命宣传活动。报纸发行量增加，影响日益扩大，引起了英殖民当局的注意。1929年8月，报纸被查封，许甦魂被抓进监狱，后经保释被驱逐出境。8月上旬，许甦魂接受党中央的安排前往广西参加武装斗争。临行前，他向彭泽民告别，把在狱中写的一首诗赠给他，抒发在大革命失败后的两年里转战南北的艰苦，表达在未来扫除反动群魔的道路上矢志不渝的革命信念：

> 转眼二寒暑，
> 憔悴自支持，
> 苦况问心知。
> 群魔未泯日，
> 志不移。

此次告别便成永别，三年后，许甦魂在江西永新为革命事业献出了自己的生命。

　　潮州市博物馆"潮州红色革命史展"的展厅内，陈列着许甦魂生前留下的几件珍贵物品。也许是灵魂的某种感召，1927 年"潮州七日红"期间，许甦魂顺路回家看望老母，将随身携带的一个小藤箧交给家人保管。藤箧内藏有四件物品：一封缅甸潮州会馆公函，一枚中国国民党驻南洋英属特别执行委员会石印，一张中国国民党第二届三中全会部分中央执委、候补执委的合影和一条他本人冬季御寒的羊毛纺织围巾。

　　许甦魂当年是和老母做最后的告别。不知道他握着母亲的手，多少想要说的话终究没有说出来，多少生离死别的叮嘱也不能吐出一个字，多少异乡他国之辛酸苦难和对未来的期许，都在他那深邃而久久凝视着母亲的目光中，深藏在母亲额头的一道又一道皱纹中。他反复抚摸着母亲粗糙的双手，做人生的最后告别。那是久别重逢后的永别，那是将要为家邦献出血肉的最后一眼……哪个母亲不懂自己的儿子，母亲从他的眼神和手上传来的触感中获得了儿子的信息，母亲肝肠寸断，泪水涟涟，久久不愿意松手。这是她的骨血，是她身体的一部分，而今又要远行，即将永别。然而，当她决然抹去泪水，继而放手的那一刻，她心中豁然开朗：人总有一死，吾儿能为家国献上热身子，我愿意！

27

长歌当哭，文字唤醒

文学的使命是什么？彼时，便是以文字唤醒灵魂，点燃灵魂。

洪灵菲（1902—1933）和戴平万（1903—1945）是潮安籍同乡同学，也是最亲密的战友，被称为潮籍左联作家的"双子星座"。早在潮州金山中学读书时，他们受到革命导师李春涛的思想启蒙，在心中埋下革命的火种。1922年，两人同时考入国立广东高等师范学校英语部，后转入广东大学外国文学系本科。其间，两人积极参加了省港大罢工反帝斗争的宣传和组织工作，政治觉悟不断提高。

1926年上半年，洪灵菲在许甦魂介绍下加入中国共产党，随后，戴平万和刘煜椽也加入了中国共产党。在许甦魂的推荐下，洪灵菲、戴平万和刘煜椽都进入国民党中央海外部工作，月薪100元。洪灵菲分别担任组织科、文书科、编辑科和交际科的干事，参编《海外周刊》杂志和《华侨与北伐》专刊，撰写评论及摘译外文。海外部成立中共特别支部之后，洪灵菲任组织委员，许超循（许甦魂的堂叔）任宣传委员。但是，他们的公开身份是国民党党员，这样就成了国民党右派痛恨的"跨党分子"。戴平万毕业后于 1926 年 11 月外派到国民党暹罗总支部，以教师身份作掩护，担任特派员。洪、戴二人还负责潮州旅穗学生革命同志会的具体工作，不断发展和壮大同志会规模。秦孟芳（1907—1985）也是潮安籍同乡，1926 年 6 月中旬，她从韩山师范学校毕业后到广州考学，借住在许甦魂家里，由此与洪灵菲相识相恋。1927 年 3 月 16 日，秦孟芳从党立妇女运动讲习所毕业，同期同学有庵埠的陈新宇、戴平万的二妹戴若萱、共产党员谭澹如和许珉仇等。毕业后，秦孟芳也由许甦魂介绍进入海外部工作。这年春天，秦孟芳在洪灵菲和许珉仇的介绍下加入了中国共产党，秦、洪二人也在革命狂潮中结为患难夫妻。

1926 年 12 月底，由于国民党中央和国民政府北迁武汉，彭泽民和许甦魂率领海外部随迁汉口，许甦魂继续担任国民党中央海外部秘书长，并担任中共国民政府特别支部书记，管理国民政府机关内党员 30 多人，王学文、向警予等都是这个支部的成员。1927 年春，国民党内部发生了激烈的党变，蒋介石发动"四一二"反革命政变，国共合作破裂之后，开始了血腥的"清党"镇压，大批国民党左派和共产党员惨遭杀害。许甦魂遭到通缉之后，化装为伙夫逃过追捕，到达江西南昌，被任命为前敌委员会秘书，参加了八一南昌起义，与吴玉章等一起负责宣传和政治思想工作。

洪灵菲和秦孟芳等继续留守广州，并成立了广州海外部后方留守处，许超循任主任，洪灵菲任秘书并代理海外部工作人员训练班的主任。反革命政变发生后，他们旋即也遭到了通缉。《中央日报》和《广州民国日报》刊登了洪灵菲的通缉令，他开始了七八个月的海内外革命流亡生活。1927年4月，洪灵菲、秦孟芳与许超循一起从广州秘密逃到香港，躲藏在一个吴姓潮商的批发商店里，被警察搜捕后驱逐回潮汕，隐匿在潮安红砂村家中。6月，潮汕陷入白色恐怖之中。洪灵菲的老师李春涛也被残酷杀害，抛入汕头炮台海中。

日后，洪灵菲在小说《家信》中通过与父母书信对话的方式讲述了这个悲剧，表达对李春涛先生的悼念之情。

家乡也无法藏身了，洪灵菲只身辗转流亡新加坡和暹罗，一路颠沛流离，备遭欺侮。此时，在曼谷的戴平万也遭到了追捕，四处躲藏，与洪灵菲相遇后两人相约回国，意欲前往武汉追随南昌起义部队。8月，两人抵达上海后又听闻起义部队到达潮汕建立了红色政权。9月底，两人迅疾乘船追赶到汕头时，起义部队已于前一天撤出潮汕。环境更加险恶，他们只好一同回洪灵菲的家乡红砂村潜藏。10月，他们再度乔装出走，赶往海陆丰参加农民运动。11月，因农民起义失败，二人又辗转流亡到上海。

自此到1933年春，他们暂时落脚上海，恢复了党组织关系，参加闸北区第三街道支部党组织活动，与同样流亡至此的潮汕籍同乡杜国庠、柯柏年、杨邨人、冯铿、许美勋、陈波儿等一起加入左联，形成颇有影响力的上海潮汕作家群。他们写作、教书、演讲、办杂志、办夜校、发动工人、组织爱国游行，以笔为枪，投身到滚滚的革命洪流中，成为革命战线上"头一列的好战士"！

洪灵菲在《流亡》中写道：

> 在革命的战线上，
> 我们都是头一列的好战士！
> 在生命的途程中，
> 我们都是不断的创造者！
> 让我们永远地团结着吧！
> 永远地前进着吧！
> 牺牲着我们的生命！
> 去为着人类寻求着永远的光明！

戴平万在《出路》中写道：

> 我虽不能算是战场中的头一行战士，可是，在革命澎湃的潮流中，我却是一颗比较忠实的沙粒。在水深火热的环境中间，我已为革命所陶醉，忘记一切，忘记家庭，连我自己的死生的问题，亦都忘记了！

在短短几年间，洪灵菲创作了"流亡三部曲"——《流亡》《前线》《转变》等近200万字的无产阶级革命文学，赢得了"新兴文学中的特出者"的赞誉。戴平万创作了短篇小说集《出路》《都市之夜》《陆阿六》等，被誉为"新兴文学的花蕊"。洪、戴二人是南粤左联韩江文学青年作家群中最耀眼的星星，他们用生命谱写了无产阶级革命文学最灿烂的青春序章。

洪、戴二人的作品有着很鲜明的自传色彩，许甦魂在革命道路上对他们的引领作用以及在东南亚革命流亡的经历都成为丰富的创作素材，他们的作品奔涌着大革命时代火热的青春激情，成为最真实的历史写照。洪灵菲的小说《流亡》和戴平万的小说《在旅馆中》《流氓馆》《出路》都真实记录了他们的革命流亡经历和心路历程，潮汕—海丰—广州—香港—新加坡—泰国—上海，循环往复，辗转流亡，逐浪前行。戴平万在《出路》中写道：

> 去年岭上木棉落尽的时候，亦是江头杨柳飞花的时候，自那时起，棉絮柳花，吹满大地，酿成一个白色的世界，把灿朗的春光，遮蔽无余！在那没有春光的当儿，我就东飘西泊，南奔北走，偌大的一个亚细亚洲，敢给我走了一大半！我亦曾误碰着阻碍潮流的暗礁，我亦曾在反动的漩涡里挣扎。我亦曾作过椰叶街头的卖报者，我亦曾扮作戴笠披蓑的撑船夫。若没有一些同情的朋友们的经济帮助，我早已饿死在异域穷荒之外了！

洪灵菲《前线》中的叙述基本上就如实录一样地回顾了许甦魂介绍他加入中国共产党的经过，对几个主要人物形象，如霍之远（洪灵菲）、张平民（彭泽民）、黄克业（许甦魂）、林妙婵（秦孟芳）、林小悍（戴平万）的描写惟妙惟肖，故事情节也如同历史影像。

一个苏醒的灵魂点燃了另一个灵魂，一个苏醒的灵魂点燃了一个民族和家邦的一群灵魂，正如一艘船横在韩江，唤来另一艘船并横在身边，很多的船联横在一起，这便是桥。

正如这一群灵魂舍生忘死地拥抱在一起，才唤醒了家邦氏族的苏醒。灵魂，说它存在它就存在，真实地存在，正如湘子桥，夜幕降临，船去桥断，谁又能说，这桥不存在呢？

28

微若草芥，肩扛抗战大旗

微而不卑，弱却有光，人要有道。这道，就是一个人持守的方向。

这道，往往在同胞、家乡、家国最危急的时刻显现而出。那些曾经的契约华工也好，那些曾经被贩卖的"猪仔"也罢，当年他们跨过韩江时，是多么不舍，因为那座桥给予了他们生存下去的勇气，以及传承美好和温暖的力量。然而，当有人要毁了这座桥，要毁了与这座桥息息相关的家园时，他们必将挺身而出，以自己血肉身躯来捍卫之，哪怕他们在洋人眼里微如蝼蚁。

卢沟桥一声炮响，血性的中国人忍无可忍，全面抗战爆发。1937 年 8 月 15 日，新加坡、马来亚的潮籍华侨闻风成立了南洋筹赈总会。当年，新加坡潮州八邑会馆筹募国币 35 万元，发售公债国币 65 万元，另购公债 5000 元，演剧筹赈国币 43000 余元，1938 年寄交汕头存心善堂代为施赈饭干 260 包，1939 年募集救济潮汕灾民叻币 47 万余元。

从 1936 年至 1940 年，新加坡潮汕华侨为抗日捐资 50 余万元叻币，加

湘子桥畔：多书 多音 乡情

上马来亚各地潮汕华侨的捐资，总数超过 100 万元叻币。

暹罗各华侨社团成立了暹罗各界抗日救国联合会，在暹罗中华总商会主席蚁光炎及侨领陈景川、廖公圃、郑子彬、余子亮等领导下，积极发动广大侨胞输财救国，从全民族抗战开始到 1939 年，泰国华侨捐款达 600 余万铢。

在潮籍侨领中，蚁光炎被后人冠之以"抗日侨领"称号。

和千千万万从湘子桥畔、樟林港口走出来的潮人一样，蚁光炎只身漂洋过海，历尽磨难，最终在暹罗缔造了拥有 10 余万员工的商业帝国；继而兴办教育和慈善机构，服务侨众。1936 年，蚁光炎出任暹罗中华总商会第十五届主席后，带领侨众投入抗日救亡运动，奔走疾呼，置生死于度外。1937 年抗日战争全面爆发以后，蚁光炎领导暹罗中华总商会，号召侨商、侨贩抵制日货，曼谷以往的日货集散地力察旺大马路，成了零落的"死市"。由此在暹罗遍地掀起抵制日货之风，北起清迈，南至合艾，华侨商店和华侨摊贩一律不进日货，粤港潮货取而代之。

作为彼时在曼谷和湄南河口拥有最多驳船的船主，蚁光炎带头发动驳运拒卸日货，罢运日货；吃水 12 英尺以上的日本船，都不能在曼谷码头卸货。中国人的驳船罢运，拒卸日货，日本船只可装卸轻的货物。灵动轻盈的一招，造成日本与暹罗的贸易额从 1937 年 9 月的 630 万日元降为 1938 年 4 月的 270 万日元。

1938 年，奔波在国内抗战一线的蚁光炎，发现物资难以运输到抗战前线，国内不仅奇缺轻型卡车，而且奇缺技术娴熟的机工。他带头捐献汽车，并发动华侨司机到祖国西南运输抗日物资，支援祖国抗战。大批南侨机工（汽车驾驶人员和维修人员）响应召唤，奔赴至蜿蜒曲折的滇缅公路，大批外援军需物资从这条公路抢运回国。这条中国抗战中对外唯一通行的"生命线"，长达1146公里。他们高唱着《运输救国歌》启程回国：

> 同学，别忘了我们的口号，
>
> 运输救国，安全第一条。
>
> 车辆的生命，同样地重要，
>
> 好好保养，好好驾驶，
>
> 快把运输任务达到，
>
> 再把新的中国来建造。
>
> 同学们，别忘了我们的口号，
>
> 生活要简朴，人格要高超，
>
> 不许赌钱不许嫖，快把烟酒齐戒掉。
>
> 听呵！哪怕到处敌机大炮，
>
> 宁愿死，不屈挠，
>
> 努力保家，忍苦要耐劳，要耐劳。
>
> 同学们，别忘了我们的口号，
>
> 唤醒着同胞，团结着华侨，
>
> 不怕山高，不怕路遥，
>
> 收复失地，赶走强盗，
>
> 把民族的敌人快打倒，快打倒！

1939年2月7日，南侨总会主席陈嘉庚先生收到救援请求，立即发布"南洋华侨筹赈祖国难民总会第六号通告"——《征募汽车修机驶机人员回国服务》，号召华侨机工回国效力："本总会顷接祖国电委征募汽车之修机人员及司机人员回国服务，凡吾侨具有此技能之一，志愿回国以尽其国民天职者，可向各处华侨筹赈会或分支各会接洽。"这一通告，获得华侨机工的热烈响应。2月18日，首批80名华侨机工经越南海防前往云南昆明。各地的华侨青年成群结队地涌向报名点，超过原计划近六倍，大约有3200多名南洋机工自愿放弃彼时尚算优越的生活，回国支持抗战。

抗日前线缺救护设备，缺医少药。蚁光炎捐赠两部救护车和大批药品到八路军驻香港办事处，并多次汇款到香港华北银行给宋庆龄、廖承志转交八路军、新四军。

唤醒，就像一只蚂蚁唤醒另一只蚂蚁，继而唤醒整个蚁群，看似弱小的东南亚侨民正被唤醒，他们将汇聚成中华民族的一支强大洪流。唤醒的办法之一是带头捐款捐物。这还远远不够，要以最切近的声音告知他们，让更多人加入这个行列，让他们知道湘子桥畔的家园在当时，究竟是何等模样。

——办报，发声。

东南亚华侨远离祖国，社会环境错综复杂，"抗日救国，非宣传不能成功"。1938年秋，蚁光炎会同陈景川、郑子彬、余子亮、廖公圃等，筹建报馆，创办《中国报》，继而又创办了《中原报》。《中国报》自创刊始，宣传报道祖国抗日情况，为正义而振臂疾呼，发动引导广大华侨支持抗战，同仇敌忾。1938年8月，《中国报》和其他八家华文报刊被暹罗当局查封，蚁光炎一番斡旋，《中原报》得以继续出版，发出抗战的声音，拥有越来越多的读者。暹罗华侨青年纷纷成立救亡队伍，有的直接上前线打仗，有的担任战地救护工作，有的投考军校，有的参加华侨回国服务团，一队去了，再去一队。除了暹罗中华总商会给他们出具证明，协助国内机构接收，蚁光炎还为他们提供船票，送路费，有时还亲自上船送行，殷殷慰勉。

蚁光炎知道，中国的出路和方向在哪里。彼时，通过他创办的报纸，东南亚华侨对中国共产党已经深有了解，一些有志青年想投奔延安，却投奔无门。蚁光炎以暹罗中华总商会主席的名义，发公函介绍这些侨生到"陕北公学"学习。

一个心怀韩山韩水的人，就是一座湘子桥。

蚁光炎正如一座暹罗的湘子桥，将暹罗境内的华侨和物资渡回国内，又将来自祖国各地到暹罗开展抗日宣传和进行募捐的爱国人员渡至彼岸。蚁光炎对前往暹罗的爱国人士均热情接待和协助。如黄兴夫人到暹罗看望华侨和鼓动抗日，蚁光炎就亲自接她到家中居住，并一再陪她到各地开座谈会，组织演讲。1938 年春夏间，广东省军政长官余汉谋一行到东南亚各地向华侨宣传广东抗日情况，鼓动侨胞捐资购买飞机，得到蚁光炎的大力支持。余汉谋一行离开暹罗时，蚁光炎再次表达他的心声："希望祖国各方力量团结抗战，不能对敌妥协投降。"

1939 年 5 月 13 日，他已年逾花甲。蚁光炎应邀赴韶关参加广东省参议员第一次会议。会上，他除了向大会报告暹罗华人抗日救亡运动情况、传达侨情外，还特别强调"保护归侨、救济民食"，提请政府特别注意。6 月 21 日，汕头及潮汕其他部分地区沦陷，他不顾日机轰炸，为救济灾民继续在广东各地奔走。当他冒险转道惠阳出香港之际，还为潮汕沦陷、侨汇不通而忧心忡忡。他一方面与香港银行界商洽今后侨汇的驳汇问题，另一方面电请当时的广东省政府主席李汉魂，提出由广东省银行在尚未沦陷的东江等县设立办事处以解决侨批侨汇问题，请其协助解决此事。在得到李汉魂的复电"已令省行办理"后，他才放心地离港。

离港赴渝。蚁光炎眼见祖国河山破碎，生灵涂炭，不顾一路险阻重重。他先从香港乘船到达越南海防港，再由河内乘火车绕道昆明，到了昆明再搭乘飞机到达"陪都"重庆。他以抗日华侨领袖的身份与国民政府政要——会晤，他反映侨情，提出"坚持抗战，开发西南，增强实力"的积极建议；他接受采访，进行演说，表达海外华侨支持祖国抗日的决心；他亲赴川滇考察，为引导海外侨胞回国投资开发甘当开路先锋；他带头在云南边境的佛海投资10万元作为第一个垦殖场的首期费用。他与于右任有过一番长谈，于右任问他：这般年纪、这般身家跋山涉水不怕累？重庆每天不分昼夜敌机狂轰滥炸、危机四伏不惧怕？蚁光炎坚定地回答：要抗日救国哪有不危险？要是人人都顾忌自身安危，又何谈救国呢！

蚁光炎回到泰国，不顾路途劳顿、身疲体虚，旋即投入领导"反抗侵略，全力救亡"的运动中。他演讲自己在香港、重庆会晤廖承志、何香凝、董必武的感受，演讲自己在重庆的轰炸声中得出的坚定信念；他拿出此行在峨眉山报国寺"精忠报国"碑刻前的留影与家人分享。此时此刻，日寇正加紧对泰国的进攻步伐，图谋把泰国作为"南进"的根据地。日本特务活动猖獗，把蚁光炎视作"南进"的障碍。于是，先放出谣言，以蚁氏因抗日被泰国法庭判令出境一年来挑拨他与当地政府的关系，动摇蚁光炎的抗日立场。

接着，汪精卫伪政权派汉奸陈春木与蚁光炎谈条件，要他放弃抗日的主张及行动，许以重利未果，又发出后果自负的通牒。蚁光炎正气浩然，痛斥陈春木，将其赶走。

"我一生只做合理的事、正义的事。"蚁光炎义正词严，忠贞不二。

威逼利诱不成，日本特务机关加紧策划杀害蚁光炎的行动。风声越来越紧，形势险恶，这时，有友人劝告蚁光炎："坚决带头抗日，得提防敌特下毒手，往后尽量少出门，特别是晚间，可免的活动尽量免了。"他回答："职责所在，何能辞卸！"又说："若为国家侨社之事，则何处非险地，大义所在，余岂敢以性命自私乎？"这一腔献身抗日"虽九死其犹未悔"的凛然正气，令人肃然起敬。

1939年11月21日晚间10时半，蚁光炎和他的夫人刘若英到曼谷耀华力路看望朋友，正准备在杭州戏院前登上小汽车时，潜伏在附近的凶手突然从右侧窜出，向蚁光炎的右腋下开了一枪，接着又对准他的背部连开三枪。蚁光炎身中四弹，扑倒在地。在送往中央医院途中，蚁光炎由于伤势过重，流血过多，呼吸越来越短促，弥留之际，以微弱的声音告诉夫人："我虽死，尔等免用痛心，中国必定胜利！"

蚁光炎以最后一息坚定了整个潮籍华侨团体对祖国光明未来的信心。

蚁光炎遇害的消息震惊中泰，震惊东南亚。消息经11月22日《中原报》披露，侨社各界，无不震动："由晨起侨众至中央医院瞻仰遗体者达数千人，可见先生之得侨众所爱戴也。"22日下午，在曼谷素里翁路蚁宅举行洒水礼及大殓，侨界各团体等数千人参加悼念。

蚁光炎惨遭刺杀的噩耗传至国内，四川、云南、贵州、广东等地均举行盛大追悼会，尤以昆明、重庆各界举行的追悼会最为隆重。12月26日，重庆《扫荡报》发表社论《华侨继续支持抗战》以彰其志。国民政府明令褒扬爱国侨领蚁光炎，国民政府主席林森在褒扬蚁光炎的旌匾上题下"爱国忘身"四个大字。

香港各界同胞和南洋各大都市的侨胞也先后为蚁光炎举行隆重的追悼会。

泰国中华总商会在光华堂为蚁光炎举行公祭典礼。"参加侨众妇孺老幼者有之，由内地各府跋涉而来者有之"，人数达6000人之多。公祭当天，从入口至礼堂的中间，铺一道白布，上面涂绘斑斑血迹，寓意广大侨胞要踏着逝者的血迹前进，完成其未竟的抗日救国事业。

抗日战争胜利后，每逢蚁光炎先生殉难纪念日，泰华各界人士，必往蚁光炎纪念堂致祭，一直循例至今。由吴敬恒撰文、于右任手书的《蚁光炎先生墓表》，于1994年10月由西安碑林博物馆镌刻，列入展藏，系该馆首例为现代爱国人士竖立的碑石。手写原件后来则由蚁光炎的后人捐赠予中国国家博物馆收藏。

微若草芥，家邦危难时刻，却堪负家国民族大义。

29

天空在上，祖国在上

重庆空军抗战纪念园，人称空军坟，是一座实葬墓园，安葬了 240 余名中外抗日牺牲空军勇士。一块块方形墓碑上镌刻着圆形花环和一行行极简的烈士简介，丁寿康的墓碑也安卧其中。

南京抗日航空烈士纪念馆，苍松翠柏，天高地迥，树下呈扇形排列着阵列式的纪念碑群，如一个巨型翅膀。其上分别镌刻着 4296 名中外航空烈士的英名。在"中国烈士 B"座碑上的中央位置，刻着一行极简的文字：丁寿康，广东潮安，1915.1.12—1940.7.16。

历史远远不止这两块墓碑和墓碑上的一行文字。

韩江涌动，至潮州，分为北溪、东溪和西溪。北溪流经的磷溪镇有一个叫仙田的村落，因南宋时期贬谪到潮州任知府的名宦丁允元而声名远扬。仙田村的大多数人家为丁氏后裔，华侨众多，人才辈出，如洋务重臣丁日昌、潮汕名医丁盛发、泰国石油巨子丁家骏等。

仙田三村有一座丁宦大宗祠，始

建于明万历十年（1582），坐西北向东南，占地面积约为650平方米，至今已有四百多年。1923年，这座古祠堂被改成仙田高等小学。出生在仙田，后随父母"过番"到暹罗的丁身祜，后来返乡，就读的正是这所学校。此地既是他名宦班列的祖先的归宿，也是一个个刚刚启蒙的丁氏孩童腾飞的起点。

和所有"过番"的潮人一样，情非得已，谁也不愿离开美丽的故乡。丁章道与刘乳妹结婚生下了丁身祜姐弟之后，为生活所迫，步入了唉声叹气的"过番客"的行列。丁章道挈妇将雏，小小的丁身祜抓着姐姐的手，在一片汪洋大海的波澜涌动中，来到了暹罗，他睁着一双炯炯之目，好奇地打量着眼前的异国。

幸运的是，至上学年龄，丁身祜又被送回老家读书。1927年高小毕业后，丁身祜考入广东省立第二师范学校（简称"省二师"，今韩山师范学院），1930年以甲等的优异成绩毕业，1935年入读燕塘军校（即广东军事政治学校），改名为丁寿康。自此，这位英俊少年就离开潮州家乡，开启军旅生涯，此后再未回过仙田故里。

翻开韩山师范学院尘封已久的档案，丁寿康学籍表和毕业成绩表上记录了他的入学年份、籍贯、年岁，以及在省二师学习的三年间各科目的成绩、毕业总学分、操行成绩，其中数学、英文成绩特别优秀。

1933年春节刚过，丁寿康与自幼交好的叔父丁季平来到湘子桥畔，深情地看了又看那美丽迷人的韩江夜色，在湘子桥上徘徊良久，难以割舍。次日便一起离开家乡，叔父南下去暹罗曼谷创业，而他则西行到广州求学。临别之际，叔侄相约从此无论身处何地，一定坚持通信，相互关心鼓励。直到他1940年牺牲前，七年间叔侄二人从未中断家书往来。叔叔珍藏了这些家书，交给丁寿康的弟弟丁身尊及其义子丁涵。其中的63封家书于2021年结集为《抗日空战烈士丁寿康家书》一书出版。这些家书既是叔侄情谊的见证，也是一个少年英雄的成长历程，更是抗日航空之战的珍贵史料。

1933年4月，丁寿康随许世芳处长（广东潮州人，曾留学日本，时任第七战区总监部卫生处少将军医兼处长）来到广东韶关南雄，在粤军独立第三师政训处谋一份差使，从此走上了军旅之路。丁寿康作为家中长子，家境贫寒，父亲抱病，弟妹年幼，困顿之状可想而知。他每月将微薄的薪水尽数寄回家中，为家庭分忧。当年10月，父亲病逝，丁寿康却没有路费回乡奔丧。

1935年3月29日，丁寿康以第一名的成绩考入燕塘军校。这于他而言，是最佳的选择，既能圆求学之梦，又有收入寄回陷于困顿的家里。身为长子，父亲去世后，家庭重担落在他肩上，他多次在家书中表达尽孝的责任："侄亦当极力节俭，尽所存以寄家用。"好在还有丁季平不间断的资助，叔父是他最大的经济与精神支柱。考入军校，是丁寿康命运的一个重要转折点，他的爱国情绪越发高涨，逐渐成长为一名爱国军人。1935年11月17日，他在家书中写道："暴日侵略夺地未已，复干我内政，国且不国。迩来精诚团结，共御外侮，已成事实，真国家前途之幸也。"国事家事相连，抗日爱国之情溢于笔端。

1936年3月1日，丁寿康考入录取要求十分严格的广东航空学校第八期，从陆军转入空军。七七事变爆发，中华民族进入全面抗战阶段。时局的变化唤醒了丁寿康流淌在血液中和内心深处的家国情怀。在 1937 年 7 月 21 日的家书中，他慷慨激昂地写道："国家之生存，应高于一切个人之生存。应不计较当此时期决非偷生就可望生，应从死中求生。"

一粒以身报国的种子，自此深埋在他的心底。

1937 年 8 月 1 日，抗战形势越来越严峻，航空学校迁出杭州。[1] 师生一路舟车劳顿，途经多地，抵达湖北孝感，又因敌机轰炸，被迫转道南下广西柳州，利用原广西航空学校的校址进行训练，10 月 28 日到达云南昆明。在西迁过程中，丁寿康目睹了日机轰炸的暴行，山河破碎，民众流离失所，饿殍遍野。他壮怀悲愤，恨不得立即飞上祖国的蓝天，痛击敌人。

1937 年 9 月 19 日他在信中写道："现在，战事已蔓延到华南，敌人的军舰横行于广东海面，厦门、汕头、广州已在敌人的炮火与炸弹威胁之下。遍地弹片纷飞，何处是安全（之）土？逃亦无可逃，唯有抗战才是（我）们的生路。""当此国家民族生死存亡的关头，有钱的毁家纾难，有力的献身报国，义不容辞。可是，回顾家庭，又辄忧心如捣。虽然义愤所激，他之一切，亦惟有暂置不顾！"在 1937 年 12 月 31 日的信中他写道："凡我军人皆悲壮激昂，准备一死报国，不辞所望。凡我同胞群起作全民之抗争，国事庶未有豸？"

连天烽火燃烧着中国大地，青春的热血在他周身激荡。

1938 年 10 月，因战事日益严峻，丁寿康等航校第八期学员，

---

[1] 1935 年 6 月，因"两广事变"，陈济棠下台离粤，广东航空学校被南京政府航空委员会接管，第七、八期未毕业学生并入杭州笕桥中央航空学校。

还未毕业就要奔赴前线作战。先是抵达重庆的空军基地——广阳坝机场待命。接着又经过长途跋涉，在 11 月到达兰州，接受飞行训练。当得知广州失守的消息时，丁寿康极为悲愤。他在 1938 年 11 月 20 日的信中写道："广州失守，凡是粤人，莫不悲愤。敌人奸淫掳掠，为所欲为，这是我们的奇耻大辱，不共戴天之仇。这笔血债，总要与彼恶算个清楚！""武汉、广州之退出，并不是胜负的决定，此后抗战已到了最紧急的关头，凡我同胞，更应咬牙努力，海外侨胞，想皆深明此义。"

1938 年 12 月 1 日，丁寿康参加了在兰州中国空军第一军区司令部举行的毕业典礼，后进入半年的见习期。

1939 年 6 月 1 日，丁寿康半年见习期满，晋升为中国空军第四大队第二十一中队少尉。队里有一个叫洪奇伟的同学，祖籍为广东揭阳，又同样是泰国华侨，两人关系特别密切。自 5 月起，日军航空部队大规模轰炸重庆，前线告急，丁寿康接到调令于 6 月 27 日出发，7 月 4 日到达重庆广阳坝机场，担任警戒任务。日寇横行，空袭频频，重庆成为中国被日军空袭最惨重的城市，无数的百姓葬身火海，房屋化为焦土，一片哀伤死亡的气息弥漫在重庆的天空和大地。

人生中的最后一个中秋节来临，丁寿康和战友们开了一个小小的赏月会，欢歌笑语，尽欢而散。他在 1939 年 10 月 6 日的家书中写道："想起家乡在烽火中以及叔在异国，战区同胞的痛苦，前线战士的辛苦，我们是不该欢乐的。可是，长期的战争把我们的愤恨之火锻炼成愉乐之光，我们握着必胜的信念，抱着死生如一的意志，高歌杀敌，含笑应战。"

　　1939 年 12 月，空军主力部队南下支援桂南作战，丁寿康留守在重庆。战事越发吃紧，日寇敌机轰炸愈加频繁、猛烈。丁寿康在 1940 年 4 月 10 日的家书中写道："当此国族存亡绝续之秋，个人生死且早已置之度外，更何遑计及其他一切。"

　　1940 年 5 月 19 日，丁寿康第一次执行夜间警戒，可敌机却转而去向成都，没有进入重庆上空，渴望杀敌的他心中好生失望，可飞行方面还算顺利，增加了他夜间飞行的信心。5 月 22 日，丁寿康驾驶一架编号为 7220 的 E-15 战斗机，参加了保卫白市驿机场的空战。6 月 11 日当天 6 点 29 分，丁寿康奉命随第四大队第二十一中队分队长武振华从广阳坝机场升空，捕捉并拦截敌侦察机。他率先发现敌机，并对其猛烈射击。灵动翻飞的身姿，壮怀激烈的子弹，在空中灼灼如怒火，射向犯我侵我践踏我的敌机。他下定战死沙场的决心，在英勇赴死的多场战役中，先后击落五架敌机，取得了卓著的战功。

　　7 月 16 日，日本海军航空部队出动第十三航空队 27 架、第十五航空队 26 架、鹿屋航空队 6 架九六式陆上攻击机，以及 4 架陆上侦察机轰炸重庆。10 时 10 分，重庆防空司令部发出空袭警报。丁寿康刚在宿舍给叔父写完家书，还没来得及装进信封，听到警报声，立即紧急集合赶赴机场驾机迎战。在大队长郑少愚的率领下，全大队主力共 31 架战机升空迎敌。丁寿康驾驶编号为 2112 的 E-15 战斗机，洪奇伟驾驶编号为 2115 的 E-15 战斗机，两人一左一右升空，如一对兄弟，并肩作战。丁寿康不顾自身安危，对敌机猛打穷追，很快引起了敌机群的围攻，陷入了敌机的火网中。十余分钟后，其他战机油耗将尽，分批降落白市驿机场加油。此时第二批敌机已经临近，丁寿康所驾的飞机不幸中弹，他跳伞降落在江北罗家老房子附近，因腿部中弹，失血过多，以身殉国，年仅二十五岁。

"笔墨未干即上战场"成了他生命的最后写照。时《新华日报》《中央时报》《国民公报》《新蜀报》等各大媒体都报道了他的英雄事迹，称之为"飞将军"，重庆社会各界举行了悼念活动。

照片上的丁寿康浓眉大眼，相貌堂堂，英俊帅气。他平时寡言少谈，性格内向，但他的书信有着飞扬的文采，行云流水般的表达，飘逸洒脱的书法，非凡的才华和热情在他的家书中表现得酣畅淋漓。按照家书的时间序列来看，一位中国飞行战士逐步增强的爱国情怀和报效祖国时刻准备牺牲的凛然气概跃然纸上。

1940 年 7 月 16 日，他在给叔父的最后一封信中写道：

叔父：

这些日子来，只要天气好，敌机还是继续着大举来袭。可是，敌机自以为大编队组成的防御火网足以阻碍我们少数机攻击的夸大迷梦，给我们"六一〇""六一一""六一二""六一六"几次光荣的胜利打破后，夸大狂妄一变而为卑怯畏缩。十七日那天，马上就改为黄昏进入，继以夜间，对我机场大肆轰炸。可见其对于我空军衔恨之深，只是炸毁一部分民房而已。此后，敌人又或接或续的来了十一次，但却爬得很高及偷偷摸摸的进来，极力避免与我机接触。我方虽屡有攻击，终因未能集中全力，没有奏到肤功。天气是这么热，故我们生活的紧张辛苦，是自入队后所仅有。重庆虽叠遭轰炸，但因为防空洞设备周全，疏散消防得力，故损失甚微。有一次我在空中见敌机投弹后，见仅冒几缕烟尘，给风一刮，不一会就烟消云散了。市面情形，较去年初次遭炸好得多了。警报响了，人员从容趋避，解除了，照常工作活动，中国人民确已在轰炸中坚强老练起来了。

十七日那天，我轮值警戒时，下地时不幸因为断了尾橇，打转改正无效，以致翻覆，人幸无伤。不过已够令人悔恨，那夜在附近趋避，敌人胡乱投弹，离目标远甚，好多落在我们附近百米内，算微受了场小惊。连叠有好几次奖赏及慰劳，在我有劳无功，实增汗颜，然上峰与各界祈望爱护之切，能不感奋？

我们已于上月廿六日搬来这边，通讯处："四川省巴县函谷场函谷村一号"。

蜀省天气酷热，汗涔涔终日。

敬祝康安！

侄寿康谨上

七月十六日

丁寿康最亲密的战友洪奇伟，在整理他的遗物时，把这封信寄给他远在泰国的叔父丁季平，并附信写道："我和丁寿康是同期同学，而且是华侨及同乡同队。这种机缘可说是十分难得的。航空队里潮人是少的，所以，我们能在异乡说潮语是一件快慰的事。所以平素我俩均在一起工作及娱乐，现今已二缺其一，我能不悲痛好友光荣的牺牲？"洪奇伟在悲愤中发誓为丁寿康复仇："寿康虽死，而其精神不死，其杀敌救国之精神均寄托于我等身上，继续奋斗，为寿康同志复仇，我等均立此誓言。"

在丁寿康翱翔过的祖国长空，他的战友们如雄鹰般与来犯的敌机奋勇作战。从1938年2月到1943年8月，在日军对重庆长达五年半的大轰炸中，中国空军在渝出动上千架次战机与敌人血拼，200多位勇士血洒长空，击落击伤敌机300余架。洪奇伟在数次战斗中屡建功勋，成为著名的飞行队"雷公队"的副队长。

和丁寿康一样，抗战爆发后，众多华侨青年告别亲人，回到祖国，投身中国空军，华侨飞行员成为中国空军的作战主力军，他们在祖国的蓝天上英勇杀敌，血洒长空。据统计，仅来自美国的华侨航空人员就有200人左右，全国歼击机飞行员中华侨占四分之三，在陈纳德率领的美国空军志愿队"飞虎队"中，就有不少华侨队员和工作人员。

南京抗日航空烈士纪念馆的航空烈士纪念碑上，镌刻着884位中国烈士的名字，广东籍的烈士有217位，其中，潮汕籍抗日航空烈士有16位：丁寿康（1915—1940，潮安，中尉）、杨应求（1919—1944，潮安，中尉）、陈民（1912—1938，揭阳，中尉）、林木镇（1909—1942，揭阳，通信长）、黄居谷（1914—1937，揭阳，上尉）、何德祥（1917—1942，揭阳，中尉）、蔡志昌（1913—1937，揭阳，中尉）、许晓民（1916—1943，揭阳，中尉）、谢中石（1917—1941，揭阳，机械佐）、方汝南（1915—1939，普宁，少尉）、黄维旋（1913—1941，普宁，中尉）、庄痕（？—1944，普宁，通信士）、李鹏翔（1913—1938，澄海，上尉）、刘盛芳（1912—1939，惠来，上尉）、彭成干（1916—

1943，陆丰，少尉）、罗谦德（？—1937，海丰，少尉）。

潮籍华侨不仅在家国危难之际以命相许，更是将血汗换来的家财悉数奉献出去。从淞沪抗战开始，华人华侨的"献机运动"热潮一直持续到抗战胜利前夕。早在 1932 年，祖籍福建晋江的菲律宾爱国侨领李清泉受到祖籍广东惠来的十九路军著名将领翁照垣的感召，成立"中国航空建设协会马尼拉分会"，发起航空购机募捐活动。李清泉以身垂范，慨然独捐侦察机一架。至 1933 年，旅菲华侨购机 30 架，到 1941 年底捐赠款项约 500 万美元，可购机 50 架，支援祖国抗战。李清泉抱病奔波，殚精竭虑，不幸病逝，年仅 52 岁。他临终嘱托家属将 10 万美元遗产全部捐献给祖国作抚养难童之用，被誉为"临终不忘救国之人"。

据统计，从 1937 年至 1942 年，海外华侨共捐献各种飞机 217 架。自 1944 年到抗战胜利，何少汉等旅美粤籍爱国华侨在美国旧金山成立的中国飞机公司，共生产出 1000 架轰炸机的后段机身捐献给祖国，装备空军机队。

长空万里，关山重重，潮籍华侨写下了义薄云天的爱国诗行。

30

新四军中的华侨诗人

> 渔民悲，渔民苦，凄风恶雨何时住？
>
> 寒禽啼空山，海神擂大鼓。
>
> 薪桂与米珠，谋朝不谋午。
>
> 衣衫典当尽，儿郎卖富户。
>
> 渔民悲，渔民苦，凄风恶雨何时住？

这凄凉悲怆的歌声，从韩江口外的海面上飘来时，正是1918年正月初三。彼时，韩江口外的南澳岛尚且沉浸在春节的喜庆氛围中，一场7.2级超大地震遽然而至。一时，天昏地暗，海鸟哀鸣，尘埃遍野，大海陡然掀起巨澜，房屋塌陷，悲嚎遍野，家破人亡者不计其数。

原本准备将正月的喜庆进行到底的一个春节，没过三天就化为乌有，穿着新衣服的孩童、端在手中的时鲜瓜果、储藏在柜中的点心干货、尚未燃放的烟花，均在此刻被残忍地画上了句号。

紧接着又是一场前所未有的风暴袭来，刚刚搭起来的寮棚被飓风再次掀翻，那些点燃的冥纸被浇灭，哭声被迫终止，所有的蔬菜和粮食被风掠去了禾头，岛上

潮子桥畔：多书 多音 多情

渔民流离失所，家破人亡。

没有了食物，中断了航线，没挺过几日，孩子已经饿得奄奄一息，泪已哭干，只好卖儿鬻女，至少给孩子留一条活路。

长歌当哭，哭声充满无助，活路在何方？

南澳岛，孤零零地漂荡在海面，像一个孱弱无助的孩子，不时回望母亲。因为特殊的地理位置，从明代开始，南澳岛就成了影响很大的"海上互市"，是闽粤咽喉、潮汕屏障，自古乃兵家必争之地。

彼时，南澳县永兴村是一个纯渔业村，到处是石头和盐滩，赤贫的渔民和盐民密居其间。穿过狭窄的巷道，来到咸水井脚直巷4-2号，有一座改建后的三层楼房，这便是曾经为新四军筹得捐款26万元国币的新四军传奇人物陈子谷的出生地。

在接连不断的灾难后，陈子谷和哥哥，还有两个弟弟，先后都被卖掉。1935年，陈子谷在东京留学时曾在《诗歌月报》上发表过一首题为《捕鱼》的诗。这首诗，正是对彼时困顿无助生活的描摹，抒发了反抗的精神：

　　　我们生来就住在水边，

　　　眼里荡着汪洋；

　　　沙滩扶着我们的小屋，

　　　稻草盖住泥墙。

　　　木棚上撑着我们的鱼网，

　　　地面涂个腥秽一片；

　　　红头船是我们白日的家，

浮着的青山在黑棕榈的后面。

海水摇着我们，

饥饿下没了保障；

生命在浪头跳跃，

象鱼网里的鱼那样凄凉！

鱼担下赔去了儿子，

一生的辛劳换个骨枯腰弯；

网绳缠住我们的心，

船洞中透着刀尖；

舵桨是我们的掌，

裂痕被海水削遍。

赤裸的身躯剥去层皮，

我们，抬起了愤怒的头；

我们，将破网向大海抛去，

沉没了创伤，离开了渔舟。

　　三岁的陈子谷，价值五块银圆，被他父亲用一艘破败的渔船拉到澄海仙市村一个暹罗华侨富商陈峥嵘的家里。陈子谷眉清目秀，聪明乖巧。三岁的他，似乎没有觉得这是多么可怖的一件事，以为只是走亲戚，而亲戚家的食物丰富得惊人。

　　在家仆的陪伴下，陈子谷充满好奇地游玩，在美食诱惑下，不知不觉，发现自己已经是陈老太太喜爱的孙子，父亲早就不见了身影，而他被改名为陈瑞坤，过上了舒适的生活。两年后，陈老太太去世。1921 年春，陈瑞坤被带到暹罗曼谷养祖父家里，再一次改名为陈年裕。祖父陈峥嵘在暹罗曼谷三聘街和灯笼街各有一幢大楼，经营中药材和金铂生意，他一边读私塾，一边跟着祖父学做生意。忠厚踏实又肯干的他很受寡居的姑祖母的喜爱，她希望他能学好中医继承祖业。但是，他受到老师爱国思想的影响，一定要回祖国求学，将来长大成人，为救国救民出力。祖父自是不肯，好不容易买来了一个继承祖业的后人，养大成人又要离开，这哪能行？于是他只身逃回汕头，后来祖父虽然无奈，但还是理解了他的追求，全力支持他读书救国。1929 年春，陈子谷进入岩光中学就读，在这里他结识了进步青年郑德，郑德给他讲大南山红军的故事、农民运动大王彭湃的故事。郑德还目睹了彭湃的妻子许玉磬被杀的悲壮场景，她临刑前高呼："同胞们，永别了！打倒帝国主义！打倒国民党反动派！中国共产党万岁！工农革命万岁！"

陈子谷内心被深深震撼，决心寻找革命之路。

1932 年春，陈子谷来到上海，约见同学郑德。"一·二八"事变之后，中国的形势更加严峻，郑德已从广东航空学校转到十九路军，参加了保卫上海的淞沪战役。陈子谷继续北上，进入北平中国大学，接受了马克思主义理论和共产主义思想，并加入了共青团。

1934 年，陈子谷以学医为名，东渡日本，真实目的是寻求革命真理。他结识了从广州左联流亡到日本的林焕平、林为樑（林基路），并加入中国左翼作家联盟东京分会，成为左联成员。他承担东京左联主办的刊物《东流》《杂文》《诗歌》的编辑工作，经常与邱东平、蒲风、林林、雷石榆、林蒂、陈辛仁等左联作家们一起组织文艺聚会，所办的杂志得到鲁迅、郭沫若、茅盾、周扬等文学家的大力支持，在国内外产生了很大的影响力。他与邱东平建立了终身友谊，成为新四军里并肩战斗的无产阶级革命文学作家。这一时期陈子谷改名为陈子鹄，迸发出诗歌创作的激情，创作了许多白话短诗、长诗以及歌剧。他的诗集《宇宙之歌》作为"东流丛书"之一，1935 年 7 月 15 日由东京东流文艺社出版。诗集分为"狂歌""真理的探讨""圣诞前后""情怀"四辑，收录抒情诗 18 首，代表作有《序诗》《狂歌》《口供写在我们挣扎的脸上！！！》《论诗人》。这些诗歌充满暴风雨般的革命激情，抒写劳苦大众的苦难，鞭挞旧社会的黑暗，号召人民拿起钢枪或锄头参加战斗。他认为真正的诗人是在战场上："去呵！向战场去呵！去呵！走向真理的花圃！加强我们斗争的笔墨！"他用诗歌吹起了革命的号角，成为左翼无产阶级革命诗歌的代表诗人。

陈子谷与郭沫若通信交流新诗的创作体会，郭沫若在信中称赞道：

> ……尔有真挚的情绪，洗练的辞藻，明白的认识。尔所说的"希望诗歌能够象音乐一样给大众朗诵"，这也是我所怀抱的一种希望。……《口供写在我们挣扎的脸上！！！》"是一粒盐——这便是结晶"。单只这一句便是一首好诗，这力量我觉得比尔那将近一百行的全诗还要来得强……祝尔努力，在尔的诗的热情横溢的时候请多写诗。

1935 年秋，陈子谷因为参加东京左联的革命活动被驱逐出境。他回到香港，遇见了郑德，结识了对他一生影响很大的叶挺将军、宣侠父等同志，了解到以"联共、反蒋、抗日"为宗旨的中华民族革命同盟的抗日救亡活动形势，更加坚定北上寻求革命道路的志向。

1937年，陈子谷在西安的八路军办事处报考了陕北公学，主考官是胡乔木同志，第一期录取的40名学员名单中，陈子谷的名字赫然入列。他徒步十四天，行程约八百里，历经千辛万苦，终于到达革命圣地延安。在陕北公学的三个半月里，他们学习了马克思主义理论、统一战线、群众运动、游击战争等，还经常能听到毛泽东等革命领袖的报告。在举办的诗歌朗诵会上，陈子谷热情澎湃地朗诵了《宇宙之歌》的序诗：

> 我不晓得怎样来写我的序！
>
> 完了！
>
> 是笔墨象眼睛哭干了呢？
>
> 还是在纷乱中
>
> 找不出哪一点是最该写的情绪？
>
>
> 我是一个放浪生活的流浪者！
>
> 我晓得我的诗集没有多大的价值。
>
> 正如我徒对黑暗的现状愤怒！
>
> 我晓得这是万分的错了，
>
> 我该拿起钢枪或锄头，
>
> 代替这仅是痛哭、惨号的笔墨！

……

去呵！

向战场去呵！

去呵！

走向真理的花圃！

加强我们斗争的笔墨！

去呵！

去呵！

陈子谷急切盼望能够奔赴战场报效祖国。1938 年 1 月，他拿到陕北公学的结业证书，带着"回到各自的家乡去发动群众，组织游击战争"的使命，陈子谷先到武汉八路军办事处，经宣侠父同志的推荐，来到南昌新四军军部，被编入战地服务团。他先后进入军政宣传部和军政敌工部，从事新四军的宣传工作，曾在新四军政治部担任敌工科干事、团政治处敌工股股长等职，与邱东平、李子芳等战斗在一起。1939 年夏，陈子谷在陈毅领导下的新四军一支队政治部敌工科加入中国共产党。

1940 年初，陈子谷忽然接到泰国两个叔叔的联名来信，告知他祖父已经去世，留下遗嘱说有他的一份遗产，希望他立即回去。陈子谷觉得自己早已跟这个旧家庭决裂，而且参加新四军已有两年，生死都已置之度外，无意回去分割遗产。然而，彼时新四军的经费十分拮据，战士们过冬的棉衣还没着落，上级希望陈子谷借祖父在泰国去世分遗产之机为新四军募捐。叶挺军长也殷切期望他为战士们募捐棉衣，尽量多筹一些钱，他相信海外侨胞大多数都支持爱国抗战，支持打日本侵略者，鼓励陈子谷为新四军立功，还给了他一个军长秘书的身份，让他以这个身份到泰国、新加坡一带开展爱国宣传和募捐活动。陈子谷带着叶挺军长给曼谷中华华侨总商会主席的一封介绍信、三本募捐册以及一些新四军的抗战照片，踏上了泰国探亲及募捐之路。

经过一个多月的艰苦跋涉，突破重重关卡，陈子谷终于回到曼谷三聘街的陈家老宅，一方面与叔叔们商议处理遗产分割问题，把自己分得的动产和不动产全部折算成现款；另一方面是对广大华人华侨宣讲国内的抗战形势和新四军的情况，发动亲朋好友带头捐款。爱国华侨廖公圃在泰国《中原报》上刊登了《新四军在抗战》的新闻报道，在社会上产生了广泛的影响，很快就募捐到将近 1 万套棉衣的经费。陈子谷在泰国募得国币 6 万元，加上个人所得遗产折合国币 20 万元，共计 26 万元。他请泰国的广顺利汇兑行把钱汇到桂林八路军办事处，由李克农转给新四军。这笔巨款相当于国民政府拨给新四军的两个月军饷，还多出 1 万元。陈子谷还卖掉分得的戒指，给军部买了一架电动手摇两用油印机。

1940 年夏，陈子谷返回皖南云岭新四军中，军部给他提升一级。叶挺军长亲自写了通报稿刊登在《抗敌报》上，向全军表扬陈子谷，称赞他"富贵于我如浮云"，有一颗中华儿女的赤子之心。叶挺军长还在一次会上说，革命胜利后我们应该打一个金牌奖给陈子谷。从此，陈子谷的爱国传奇故事在新四军里传扬，他也成为千万爱国华侨的榜样。

陈子谷跟随部队转战南北，几次入狱，险遭不幸，而屡屡化险为夷，也是传奇。1941 年的皖南事变中，陈子谷被囚禁在上饶集中营，受尽酷刑却坚贞不屈，并在狱中写下反映国民党暴行的诗剧《千古奇冤》，可惜剧稿因战友牺牲而遗失。1942 年 5 月，陈子谷与战友们一起在茅家岭监狱发起暴动越狱成功，历经艰险返回新四军部队。

1956 年，陈子谷在泰国分得了最后一项近 4 万元遗产，将其作为党费全部上交给北京市委，自己仍过着拮据的生活。陈子谷出身贫寒，被富商收养，在青少年时代就立志自食其力，而且乐善好施，在汕头读书时经常接济贫困同学，在日本东京留学时，把绝大部分泰国寄来的钱，用于支持左联办刊物。他说："我那些钱，都是分外之财，大家用，革命用，理所当然。"

31

奔赴延安的『潮州小姐』

姿娘，潮州女子的雅称。可见潮州男人对女性的尊宠。这份尊宠不仅来自对潮州女性持家有道的赞赏，更是对其高贵不俗的精神境界的首肯。陈波儿便是潮州女子的一个典型样本。

1907 年 7 月 15 日，潮州市潮安县庵埠镇陈厝街魏厝池 17 号大院里传来一声女婴的啼哭，那哭声如歌如唱，格外响亮而悠长，划破了村子上空的暗夜，自带着一份豪迈和穿透力。谁也无法预料，如此嘹亮的声音将会给这片土地带来什么，也没有人敢想象这响亮的声音有朝一日会在上海滩掀起一波又一波的巨澜，进而会在革命圣地延安，乃至中国大地上一而再地回响。眼下，她的出生给这个富裕的华侨家庭增添了一抹格外的亮色，整个大家庭谁也没有因为她是女婴而有半点的轻视。从她父亲喜悦和欢欣的笑容足以看出，她的降生是亲人的期盼。

走南闯北、视野开阔的陈湘波，没有半点陈旧的重男轻女思想，他用自己名字中的一个"波"字给爱女取名，昵称她为"波儿"。

彼时，陈湘波经营的干果类批发业务生意正红，开设在香港的富珍商行日进斗金。事业顺畅，思想开明，他对这个爱女格外垂青。1921年香港潮州八邑商会成立，陈湘波积极参建，担任交际干事。他心系乡邦，乐善好施，积极参与赈灾、办学、捐助等公益活动，出钱出力，做了很多爱乡爱国的善事。

1917年，陈波儿跟随父母到香港，就读于振华女子学堂，接受了中西合璧的教育，能讲一口标准流畅的英语。1921年，因祖母去世，她回到故乡庵埠，就读于进步教育家——叔叔陈小豪创办的转坤女校。这所新式学堂由水天方书屋改办，由陈小豪的妹妹，毕业于南通师范学校的陈婉华主持，校风文明开化，远近闻名。陈波儿受到二哥陈树猷的新思想影响，效仿画报上的国民革命军女兵的短发英姿，把头发剪成"革命头"。1925年，就读于上海晏摩氏中学的她，因参加抗议"四一二"反革命政变的游行被学校开除回家。

粤东地区作为20世纪初期大革命的次中心，涌现了李春涛、彭湃等青年革命家，哺育了杜国庠、柯柏年、洪灵菲、戴平万、冯铿、梅益等一批韩江左翼文艺青年。他们赓续了敢于担当、勇于牺牲的韩江精神，传承了为民族解放而同声共振、同气相求的家国情怀。这些使陈波儿深受熏染，随后她再次走出庵埠镇，在上海参加左翼革命文艺阵营。这个从南粤大地走出去的潮州女子，带着一份独特的潮汕人的豪迈之气，走上革命道路。

1929年，陈波儿进入上海艺术大学就读，并加入上海艺术剧社。她参加进步话剧《炭坑夫》《梁上君子》等的公演活动，产生很大的社会反响，随之成为《良友画报》的封面人物，成为社会进步青年的形象代表。1930 年她加入中国左翼剧团联盟，积极参加各种爱国社会活动，成为活跃的左翼盟员。1934 年初，陈波儿结束了在香港三年多的隐居生活重返上海，先后主演了《青春线》《桃李劫》《生死同心》三部影片，宣扬爱国主题，一举成为左翼电影的耀眼女星，被称为沪上"潮州小姐"。《桃李劫》影片的主题曲《毕业歌》，一夜间红遍大江南北：

> 我们今天是桃李芬芳，
>
> 明天是社会的栋梁；
>
> 我们今天是弦歌在一堂，
>
> 明天要掀起民族自救的巨浪！
>
> 巨浪，巨浪，不断地增涨！
>
> 同学们！同学们！
>
> 快拿出力量，担负起天下的兴亡！

时评写道：中国影坛，演话剧的艺人，潮水似的卷进来，波儿就是其中的一个"波儿"。陈波儿的革命志向是"以电影为阵地，进行革命工作"，"当一个进步的、革命的电影明星"。她认为"电影只好是算为我的副业，以后是否再来一次客串，这对于我事业上的志趣并没有多大关系"。陈波儿成为电影明星之后仍然保持着朴素本色，不受上海滩明星光环之迷惑，并很快离开影坛，走向抗战前线。

1935 年，陈波儿结识了时任中国妇女慰劳总会上海分会主席的廖仲恺夫人何香凝，又在何家认识了孙中山夫人宋庆龄。在两位女界领袖的支持和带领下，陈波儿渐渐走上了从事妇女解放与大众文艺革命之路。1937 年，以陈波儿为团长的上海妇女儿童绥远慰劳团从上海出发，北上慰劳抗战将士，演出《放下你的鞭子》《张家店》等国防话剧。陈波儿此次北上之后，便再未重返上海影坛，而是走上另一条抗日救亡的大众文艺之路。全民族抗战爆发后，1937 年 8 月下旬，陈波儿在南京，由李克农和叶剑英介绍加入了中国共产党，实现了夙愿。到达武汉之后，她与袁牧之联合出演抗战电影《八百壮士》，饰演抗日女英雄童子军旗手杨惠敏，在枪林弹雨中凫水渡河，冒着生命危险爬上河岸，为抗日将士们送上一面国旗，怀着自豪与壮烈说："我是代表上海三百万民众，给你们送一份贵重礼物来的。"这一女性人物形象，是陈波儿饰演过的角色中最能与她现实经历相契合的。她在银幕上创造的巾帼英雄形象，与在自己人生道路上创造的自我新形象完美重合，艺术创造与自我命运创造合二为一，历史赋予女性的民族救亡重任被她扛起在天空，影响了一代人。

1938 年 11 月，陈波儿到达延安。1939 年 1 月，陈波儿带领华北敌后妇女儿童考察团，从重庆出发，前往陕北，在晋绥边区、晋察冀边区等敌后抗日根据地进行广泛的考察、宣传、采访，历时一年三个月。1940 年春，陈波儿率领考察团，行程万里回到重庆，向国统区群众汇报抗日根据地军民的英雄业绩和民族精神。在她的大力推动之下，我党组建了第一个电影厂——延安电影制片厂。1942 年，陈波儿调入中共中央党校，参加了 5 月 23 日党中央召开的延安文艺座谈会，聆听了毛主席的讲话，并与毛主席等一起合影，她与女画家张悟珍坐在第一排中央，她们的两旁分别是毛泽东主席和朱德总司令。陈波儿在延安文艺运动时期达到艺术的高峰，编创和导演了话剧《马门教授》《新木马计》《俄罗斯人》《同志，你走错了路》等，编创剧本《伤兵曲》《边区劳动英雄》《劳动的光辉》《光芒万丈》等，拍摄《保卫延安》等新闻纪录片。陈波儿由于在文艺上为革命做出了卓越的贡献，先后被评为边区甲等文教英雄、马列学院模范工作者、中央党校模范党员等。

1946 年，东北电影制片厂正式成立，陈波儿担任了厂党总支书记兼艺术处处长，负责电影艺术创作的领导工作。她先后策划创作了《民主东北》《桥》等第一批人民电影，开创了中国电影的红色经典时代。1949 年 10 月 1 日，陈波儿作为全国妇联代表登上天安门城楼，参加了庄严盛大的开国大典。新中国成立后，陈波儿担任电影局艺术委员会副主任委员兼艺术处处长，筹备成立了表演艺术研究所，即北京电影学院前身，开启了人民电影教育事业，是我国电影教育的一代宗师，新中国电影教育的奠基人。在她的组织领导下，先后拍成了《白毛女》《赵一曼》《中华女儿》《钢铁战士》《翠岗红旗》等一批社会主义革命电影，奠定了人民电影事业的坚实基础。1950 年，《中华女儿》获得国际电影节"自由斗争奖"，是新中国荣膺的第一个国际电影奖项。

国难当头，星火在延安。如陈波儿一样，南洋各侨居地的爱国青年，跨越千山万水和重重关卡奔赴革命圣地延安，他们舍弃安逸的生活，怀着对新生活的向往，义无反顾，络绎不绝地来到条件艰苦的陕甘宁边区参加革命。在前往延安的路途上发生了许多感人的故事。马来亚华侨工人彭士馨，带领华侨司机服务团一行 15 人运载两辆救护车及医药急救品，纵贯大江南北，行程 1.4 万多公里，历时三个月到达延安。菲律宾归侨白刃、林有声等 5 人从厦门集美中学来到西安，徒步八九天到达延安。暹罗华侨欧阳惠等 12 名男女青年，不辞千辛万苦，冲破重重阻挠，历时一年，行程万余里来到延安。暹罗华侨吴田夫、蔡兴为避免国民党军警的盘查阻挠，昼伏夜行，绕城攀山，徒步到达延安。

不少华侨女青年在陈波儿的感召下，丝毫没有"南洋小姐"的娇贵，跟男青年一样漂洋过海，翻山越岭来到延安。仅延安女子大学就有 20 多名来自新加坡、马来亚、印尼、暹罗、缅甸、越南等地的华侨女学生。据初步统计，战时来到延安的华侨青年近 700 人，有的随军到前线，有的奉命返回海外做侨运工作；长期生活在延安的约有 300 人。1939 年 7 月，归侨在延安成立南洋华侨回国服务团办事处，后来发展为延安华侨救国联合会（简称"延安侨联"），延安各机关、团体的归侨纷纷成立侨联分会，在各个岗位上充分发挥归侨的才干。

不少归侨，如梁传燊、庄儒邦、林烈、余自克、朱田、韩道良、刘振东、谭洪金等英烈，把宝贵的生命献给了抗日革命事业。又如印尼爪哇华侨女英雄李林，牺牲时年仅二十四岁。

1995 年元宵节，一尊长 1.2 米、宽 0.9 米、高 3 米的陈波儿汉白玉塑像，落成于潮州西湖公园广场的中央。塑像后临荷花池，前朝碧波粼粼的西湖，周围是春涛亭、涵碧楼、抗战阵亡将士纪念碑、潮州革命烈士纪念碑。这是潮州人民对这位巾帼英杰的无限敬意。

七

君子豹变，其文斐也

一把潮州的泥土，自有潮人的性格，更是蕴含着潮人创新灵动的精神内核。从一盏白玉令到高科技『大米』，令人不得不重返牌坊街。

湘子桥畔：多书 多音 多情

32

白玉令

如今，走在湘子桥畔的牌坊街，脚下是悠长深远的历史，身边是琳琅满目的文化。

白玉令便是其中之一。

令，作为曲调名，确乎再美不过。可以想象古代的潮剧咿咿呀呀一番，没有配乐，还要唱出一种韵味，多么有趣。作为词牌名的《十六字令》，也好得紧，因只区区十六字就是一首词而得名。其实，它的别名更有诗意，《苍梧谣》《归梧谣》《燕衔杯》《花轿女》，看，若将这些名字联系起来，本身就是十分美妙的意境了。苍梧，何地？秦人征南越的必经之地，如今的梧州。当年秦人正是沿着梧溪而下，一路攻下广州，以及更南的岭南大地。在此词牌中，最好的莫过于清代朱彝尊妙作，和此词牌最是恰意："寻，帘外无端堕玉簪。笼灯去，休待落花深。"

令，作为官职，最让人神往的就是王献之曾任的中书令。他被称为"大令"，在书法史上留下了《大令十三行》，也就是其以小楷专门写的《洛神赋》，令人心醉。

而令，作为一种器皿，恐怕闻所未闻。辞书中也难找到作为器皿的令，而潮州人就这么叫：白玉令。

在潮州，白玉令不是曲调名，也不是词牌名，而是茶盅。这种名叫白玉令的茶盅不大，叫杯就显得大了，最多也是小杯，和北方的酒杯差不多大。北方人说"酒七茶八"，是说酒不用斟得太满，七分正好，而茶要八分；也有说酒满心诚的，那就是十分满了，这只是劝酒的说辞罢了，酒还是不宜过满。白玉令作为茶盅，斟满刚好一口。

白玉令，又叫若琛杯。若琛，如玉的意思，像玉一样的瓷器。若琛其实是人名，据说是一位江西瓷器名匠之名。清代张心泰在《粤游小识》中说："若琛所制茶杯，高寸余，约三四器，匀斟之。"既然他是江西瓷器名匠，缘何潮州人将白玉令称为若琛杯呢？怕是这位名匠当初成名于潮州，因此白玉令得其名。按照张心泰的说法，若琛杯应该是公道杯。公道杯又是什么杯呢？是分茶的杯，茶在壶中冲出来，要倒在公道杯中，然后再分到每个人的小杯中，要公平、公道，不能浅了这杯，深了那杯，主人薄此厚彼，客人会见怪。

道在器中。

这不仅仅是茶道。潮州人的茶道便是待客之道，待客之道就是待人之道，待人之道当然是处世之道了，处世之道便是经商之道。

在潮州，沏茶分茶的人一般都是主人，叫茶公，坐在上座，像一个领导，客人不论高低贵贱，均要围绕着主人落座，然后开始将茶一一分下去。北方人喝茶，用的是大杯，如碗，叫盖碗茶，加了很多的配料，如枸杞、芝麻、冰糖、桂圆、红枣，喝来喝去，茶本身的味道被配料冲淡。甘肃人喝的是八宝茶，说的就是配料有八宝，茶叶一般是毛尖。广东人的饮食习惯追求原味，不加配料。广东的茶名目繁多，最出名是凤凰单丛，还有英德红茶、荔枝红茶、玫瑰红茶、岭头单丛、凤凰水仙、饶平色种、乐昌白毛茶、石古坪乌龙茶、大叶奇兰、仁化银毫、广北银尖、鹤山古劳茶、金毫尖、富丁茶，以及菊花普洱茶、广州茉莉花茶等，还有鸭屎香，类似单丛。北方人初来乍到，三杯单丛茶之后必"醉"。这"醉"不是去吐，而是去泄。

白玉令的颜色正如白玉，胎很薄，捏起来不敢使劲，生怕捏碎了；看起来就是玉，其实是瓷器。半透明，斟了茶，可以从侧面看出黄晕的茶色。还有一种叫通瓷，几乎如玻璃一般透明。潮州人喝茶，不叫喝，也不叫吃，叫食茶。北方人叫喝茶，苏杭叫吃茶，广州人叫饮茶，也有说叹茶的。所以，毛泽东在他的七律《和柳亚子先生》中写道，"饮茶粤海未能忘"，看来他对粤地风俗还是了然且尊重的。不过他说的饮茶，恐怕是饮早茶吧，因为早茶除了茶，还有几十种茶点，其实是早餐。

潮州人喝茶很讲究，茶杯只有三个，三个白玉令摆在前面，先是烧开水，冲洗茶壶，水温要高，若是凤凰单丛，好像以89摄氏度为宜，眼下的烧水器可显示水温，好控制温度，古人就不好说了。潮州人泡茶不叫泡，叫冲，你可以想象，泡的过程漫长，而冲的过程就短暂多了。中山大学教授、文学评论家谢有顺是福建汀州人，家乡紧邻潮州，他来广府多年，对茶道颇有研究，譬如什么茶的水温应为多少、泡茶时间应该在几分钟等均有说法。如果正值溽暑，满身的汗，擦了一把，主人开始冲茶，他冲你喝，数令之后，解了渴，人也凉快了，不知不觉，话题也聊透了。

看潮州人沏茶洗杯，像看一场茶艺秀。看上去貌似笨拙的大汉，用粗大的手指捏着寸许的白玉令，叮叮当当，使一个杯沿在另一个杯口中转动，像个乐师。三只白玉令在三个粗壮的手指之间被摆弄起来，简直似魔术一般，食指和拇指捏着杯沿两边，无名指抵着杯底，典型的兰花指法，丁零当啷，那茶盅侧身旋转在另一个茶盅里，茶盅沿儿便洗了个干净。这一套下来，仿佛让人明白敦煌壁画中很多画着胡髭的菩萨缘何能摆出兰花指来。一番玲珑作响，令人刮目；接着，持壶在手，先倒进公道杯，接着拿公道杯一溜儿倒下去，三个白玉令深深浅浅，公道杯里总会剩下那么一点点，回头再倒一遍，各杯均匀。你渴了，急于喝，少安毋躁。按照北京人的话说，甭急，定定神儿。头壶茶不喝，生，全部用于洗杯，不用可惜。渴的时候虽有点等不及，但这一过程是必需的，只好把话头咽下去。头壶茶冲洗浸润三个白玉令之后，被轻轻泼在茶宠身上，洗杯完成。茶杯干干净净摆在客人面前的杯垫上，接着再倒的茶，就可以喝了。第二泡开始喝，第三泡是茶中极品。按照谢有顺的理论，冲茶只有五秒，少于或者多于这个时间，茶味必然大减。好吧，按他说的来，第二泡开始喝，主人可能会提议碰一下杯，好，就是这白玉令，最适合碰一下，那声音清脆玲珑，道在器中。接着，也许会问你，回甘如何？回甘，甘就是甜，回甘，就是回味，或者回味其甜味吧。一开始，觉得无甘可回，茶本来就不是甜的，又没加冰糖，甘从何来？其实，回甘不是余味甘甜，是茶味留在齿间之余味浓否。嗯嗯，有，很厚。对了，厚就对了，茶味厚的茶就是好茶。

潮州人冲茶、品茶时，多是在琢磨事儿，也没错，更像参禅悟道，更符合中国文化中的事缓则圆的中庸之道，慢条斯理，不疾不徐，如清风徐来，吹皱一池春水，眉头一皱，计上心来。

潮州人喝茶，甚是认真，像做一场法事，就和他们做事一样，有板有眼，认真得很，细致得很，执着得很。他们怎么喝茶，就怎么做事，一丝不苟。正如将瓷器做成玉状，娇小薄俏，喝茶也不同于刘姥姥进了大观园喝酒，十个黄杨木套杯还没有尝完，她便如饮牛饮马，醉得倒在宝玉的锦榻上扯起呼噜来。

至于潮州人为什么把茶盅叫令，这恐和他们来自中原有关，也和"令"字的大篆写法有关。西周的《墙盘铭》，在一个洗脸铜盘中写了284个字，记录了周昭王率师伐楚全军覆没的过程，惊心动魄，其中就有一个"令"字。在我看来，这令字的形状，就像承载着一场战争的"墙盘"一般，上面是盖，下面是倾斜的碗，既如此，作为器皿，似是令的本意；即便三千年之后，丢了"盖"，也还是茶具，如此，令作为茶盅，当然是最本初的叫法了。

作为茶具的令，其称谓实在是雅。潮州人把女子尊称为"雅姿娘"，便是明证。所以潮州文化中"雅"是最明显的特征之一。这个雅来自哪里？肯定是中原。潮州人的来路主要有两个方向，一是从福建来，二是从五岭来。福建本来就是客家人聚居之地，这些人多是从中原来；从五岭来的更不用多说，自是从中原各地而来，越过五岭最后定居在海边。海边好吗？地狭人稠，面向大海，没有广阔无垠的土地，可谓寸土寸金。潮州有句俗语：耕田如绣花。可以揣想，不论是后期来自中原的居民，还是原居民，对泥土的敬重是十二分的。早在三千年前，潮州人便开始烧制陶器，这是让泥土以另外一种形式存活的方式。被称为"浮滨文化"的 21 座古墓，位于距离潮州 31 公里的饶平，其中就有石器和陶器，其中陶器有 169 件，尊、壶、豆、纺轮皆有，有 17 件陶器上刻着 17 个神秘的文字，至今也无人能破解。笔者曾在《潮州传》的作者黄国钦先生的陪同下，拜访过潮州的几位陶瓷工艺大师，他们都说，某种陈泥现在都没有了，都是存下来的，金贵；泥巴都要存起来，像粮食一样，价值甚至远胜粮食。他们说，只有这陈泥才可以烧制出精品的壶来，于是这种壶也就价值连城，竟然卖到 10 万元之高价的都有，令人咋舌。

潮州人玩的不是泥巴，是生意，手法高超，旁人无以比拟。至于那泥巴，看起来细腻、沉静、滋润，无他。缘何他们对泥巴如此深情？或许源于农耕文明。而眼前那白得透亮的白玉令，令人难以想象，就是以深褐色的泥巴烧出来的。

湘子桥畔 ：多书 多音 多情

33

陶瓷的文化魂魄

2023 年 5 月底，潮州牌坊街的一间档口，一位年轻的工匠正在悉心制作手拉壶

在潮汕地区，陶器最早发现于潮州市饶平县浮滨塔仔金山、联饶顶大埔山两个地点。1974 年，考古工作者在两地清理发掘了 21 座竖穴墓，出土陶器形制有长颈大口尊、圈足折腹豆、带流壶等，陶器多施褐色釉。器形朴拙而不失灵动，形制典雅而充满想象力。从 1974 年起，通过此后二十多年的考古发现和研究，"浮滨文化"逐步得到学术界的认同。1983 年，在饶平发现的这批墓葬在《文物资料丛刊》第八辑以《广东饶平县古墓发掘简报》公开发表，邱立诚、彭如策判断"其年代约相当于商代"。1983 年，考古学家何纪生发表《香港的考古发掘与需要探讨的几个问题》一文，首倡"浮滨文化"。

陶器在潮汕大地上存活了至少三千年。

潮州制陶技术兜兜转转，时隐时显地生存着，手拉朱泥壶制作技艺是其中的代表。到了 2000 年，一个叫吴锦全的人还在孜孜以求地用手工塑造着形制各异的泥壶，在潮州续写着陶器工艺的新篇。

"70后"的吴锦全，已经是高级工艺美术师、广东省陶瓷艺术大师、国家级非物质文化遗产手拉朱泥壶制作技艺省级代表性传承人，是有着三十多年制壶经验的大师傅。他自幼对泥巴情有独钟，加上父辈专精于制壶，他耳濡目染，对制作手拉壶有着浓厚的兴趣。小时候，父亲在作坊制壶，他便蹲在旁边细看，再后来，他便也玩起泥土，模仿父亲的手势与做法。父亲看他造出来的土坯虽然不能称作壶，却又略能看出壶的大致形状，很是诧异。这样的天赋，使得父亲萌发了栽培他的心思，但制壶一辈子，父亲深知其中的艰辛和不易，便语重心长地对他说："锦全啊，制壶辛苦，持之以恒更难，成就不是一朝一夕可见，功夫技巧无法速成，你若是无此毅力，就还是好好读书，别入这行！"吴锦全听了父亲的劝诫，稍稍犹豫一阵。他静思片刻，决定三天不碰壶。没想到三天期限一过，吴锦全心痒难忍，立刻又扎到泥土里。这三天，比三年还漫长！他冥冥中知道自己想要什么。他下定决心，一边求学，一边跟随父亲制壶。这一制，便是数十年。

吴锦全像被陶器附体一般，他的痴相深深打动了父亲。他深知，只有从灵魂深处萌发的热爱，才配得上这看似冷清的行业。他决定送儿子离开湘子桥，远赴北京，到清华大学学习壶艺。初来乍到，吴锦全很不适应。他来自"省尾国角"，知识匮乏，感到与这座城市和这座学府格格不入。加上因地域方言的差异，他说起普通话十分拗口，听课吃力，与教授、同学交流也吃力。

吴锦全知道，在潮州，他能学到的只是父亲的手艺；而手艺是皮毛，要得其精髓，须得低下头来，俯下身段，去细细体味。每日课余，他将听不清、弄不明的问题悉数列出，厚着脸皮缠着教授、同学请教。对人伙不友好的态度、冷冰冰的神情和不耐烦的语气，他并不介意。天赋和热爱，很快使吴锦全脱胎换骨。在一次校方举办的壶艺大赛中，他一举夺魁。这让之前对他不以为意的一些同学刮目相看。同学们开始很乐意与他交流壶艺，而教授也觉得他是可造之才，对他更加悉心栽培。但他没有自以为是，仍旧谦逊努力，每日课程外，他便浸泡在图书馆、研究室，经常误了饭点。为此，大伙还雅称他为"壶痴"。

吴锦全学成返乡，开始在制壶道路上一展身手。

停留在祖传独门手艺的层面上，等于没有超越。自己从湘子桥畔去到北京，他知道湘子桥是要将他渡向更加远大的世界。

先进的艺术理念，时尚的设计元素，加上自己创新的理念，归来的吴锦全今非昔比。当年在清华大学指导过他的几位教授，后来也都对吴锦全很是欣赏，多次与他合作设计制壶。他制壶手法严谨细致，运线流畅，作品造型典雅，古朴自然又推陈出新，众多爱壶人士对其作品给予高评，争相收藏。

他尤其钟情于那部家传的"香菇车"。"香菇车"是他的制壶间里的一部辘轳车，上有一个石磨大小的石制圆盘，圆盘中间处有一颗圆形盖帽，下面是一根支撑圆柱，造型确如香菇。他将一小坨泥土置于圆形盖帽处，然后抬起右脚，脚尖用力使石盘打转。他扎马步半蹲，在转盘凭惯性转动时迅速用手堆土制壶。石盘即将停止时，再踮起右脚转动石盘。整个制壶过程，行云流水，动静相间，人壶一体。一个制壶过程下来，他长吁一口气，大汗淋漓，如长跪归来。

吴锦全最为看重的是一把名为"红头船"的手拉壶，是他当年专为侨博会设计制作的作品，是设计得最为艰难，却最富意义的作品。他在此壶中注入了对潮汕先辈漂洋过海、艰苦创业精神的崇高敬意。为了这把《红头船》的设计，单单画图纸，他便耗费数月，耗去数不尽的纸张。这把壶最终设计出来的形状呈帆船形，整体硬朗，线条流畅，大气磅礴。壶身略方又稍带扁圆，壶嘴与壶柄处微微向上倾斜，似船头和船尾。壶盖顶部壶纽呈一军棋大小，如压舱石，稳居船中。整把壶外观似船，又似元宝。

《潮州日报》陈小丹撰文说：

> 我猜想，壶身硬朗，是代表旧时潮汕先辈刻苦耐劳的硬气；壶形似船，象征潮汕先辈漂洋过海搭乘的那艘"红头

吴锦全制造的手拉壶《红头船》

船"；壶身又似金元宝，意在表达在外奋斗的侨胞们带给潮汕丰厚财富。这把现代感十足却又不失传统风格的《红头船》，色泽红润匀称，光泽亮丽，闪耀着一种精神之光。

传承不息，吴锦全离不开象征着潮州精神的喻体：湘子桥、红头船、出海、归来。

创新不止，人外有人。

陶瓷在一位名叫张万镇的人手里历经半个世纪的华丽转身，走向了"黑科技"：他将陶瓷做成了电子材料界的"大米"。

1969 年，"大闹电子"。潮州二轻竹器厂顺应时代发展潮流，派遣张万镇等组员前往广州学习碳膜电阻器的制作。到了广州，他们才知道，碳膜电阻器就是采用高温真空镀膜技术，将碳紧密附在瓷棒表面形成碳膜……说白了，就是把瓷应用到电子领域。

瓷，对，这个好办，对付它，难不倒潮州人。对潮州人而言真是小儿科，他们玩了三千年的泥巴，得心应手。

张万镇等人通过"土法上马"的方式制造了 15 台电阻生产设备，成功试产碳膜电阻器，把陶瓷成功植入电阻器中。1970 年，潮州二轻竹器厂成立了无线电元件一厂（即三环集团的前身），负责碳膜电阻器的生产和销售。1971 年，元件一厂采用潮州的"飞天燕"矿瓷土，在省内率先试制电阻瓷基体成功，实现年产碳膜电阻器 95 万只、电阻瓷基体 1730 万只。1974 年，随着国内电子工业的兴起，元件一厂的销售有了起色，生产规模也逐步扩大，碳膜电阻器年产量从 95 万只增至 157 万只。一年后，为培育更多新产品，元件一厂的部分人员被分离出来，成立了地方国营潮州市无线电瓷件厂（简称"无线电瓷件厂"），并于 1977 年获批成为地方国营企业。1984 年，在时任厂长张万镇的带领下，无线电瓷件厂进入了高速发展的轨道，产量、质量、销售量及销售面均跃居国内前列。1991 年，为了更好地服务深圳和香港的用户，无线电瓷件厂在深圳设立中外合资公司——深圳三环电阻有限公司，主要负责碳膜电阻器的生产和销售。1992 年，无线电瓷件厂改制为股份制公司，并更名为潮州三环（集团）股份有限公司。1997 年，三环集团总部从南较路 45 号搬迁至凤塘镇三环工业城，正式进入了片式电子元件制造领域。

2018 年福布斯全球亿万富豪榜公布，潮州三环（集团）股份有限公司董事长张万镇名列其中，财富值为 14 亿美元。

这不是一个人的价值，也不是一座城的价值，更不是一把瓷土的价值，而是潮州千年文化的价值；这不是一位精算家能够用数学公式算得出来的价值，也不是大数据能够计算出来的价值。

翻开上市公司三环集团高管履历，董事长张万镇，初中学历，经历了潮州市副市长、潮州市政协副主席、潮州三江公司大股东、三环集团董事长、潮州首富等多重身份转换，可谓"亦官亦商"。

一时，人们对神秘的张万镇充满好奇。

与共和国同龄的张万镇，祖籍广东省潮州市湘桥区。自幼就在湘子桥边玩耍，玩累了，就坐在古老的桥边遐想：那大桥中断处，究竟意味着什么？回到家，他总是看着自家的张氏大宗祠的檐头上五彩缤纷的嵌瓷发呆，这里面似乎隐藏着一股神秘力量，吸附着他的灵魂，他想一探究竟：那精美的嵌瓷是怎样在祖先手里变成了如此辉煌的形制？一块木板是怎样被雕出了层层悬浮的祖上生活场景？

　　多年以后，他还时常到潮州市博物馆，仔细盯着当年拆除张氏大宗祠时唯一一块留存的浮雕花板发痴。他看着这件馆藏文物，

潮州老宅

追思着童年印象中的家祠，在他幼小的视野中，宗祠巍峨无比，雕工精湛，瓷塑煌煌，庭堂深深，冥冥中还在向他暗示着先祖的梦想。

先祖的梦想是什么呢？一座永不倒塌的文化祠堂，一座如湘子桥中断处隐藏的无形文化堂奥。

张万镇仅读到初中便辍学打工，成了国营工厂——潮州无线电元件一厂的一名普通工人，主要从事陶瓷基体及固定电阻器的制造和销售。张万镇怀揣祖先的梦想，将潮州最美的东西奉献给世界，奉献给人类。他的心思是纯真的，对这种走向电子元器件的陶瓷，他充满了难以言说的期待，故此，做事格外投入和用心。不久，他凭着自己的努力和才干，当上了车间主任，后来一路升迁当上了厂长、总经理。1984 年，工厂引进外国先进设备，电阻及瓷体已实现自动化生产。1988 年，张万镇被电子工业部授予"劳动模范"称号，并被全国总工会授予"优秀经营管理者"和"五一劳动奖章"等荣誉。

1992 年 12 月 10 日，地方国营潮州市无线电瓷件厂完成了股份制改造上市。据当年批复的粤股审［1992］25 号文件，公司是在无线电瓷件厂整体改组的基础上，由无线电瓷件厂、工行广东信托公司、金信房地产等公司共同发起，以定向募集方式设立的。1992 年，潮州三环（集团）股份有限公司的注册资金为 6000 万元，法定代表人为张万镇。

股改之后的三环集团，释放出了更强劲的内生动力，不作为，如何对得起股民的投资？到 1995 年底，三环集团产品以电阻瓷基体为主，涉及电阻元件、电子陶瓷、建筑外墙砖，年产值 3 亿多元。

市场迭代更新，产品不时有人超越，张万镇没有沉浸在旧日的辉煌中。创新，才是核心。那些摆在茶台前的手拉壶每每在提醒他，陶瓷的灵魂是阻隔，也是融合。阻隔意味着独立自主，融合意味着附着；这不仅仅是潮州陶瓷的灵魂，也是潮州人的精神内核。

把潮人的灵魂和陶瓷的灵魂深掘出来，将其附着在高科技的身上，令其三魂七魄，注入高科技，这是张万镇作为一个潮州企业家的使命，也是他作为一个普通潮州人的理想，正如他幼年时日日关注的那座湘子桥，它是断桥，而其灵魂是连通的，这灵魂要怎么附着在高科技的"肉体"上，需要研究，需要人才。1998年，张万镇成立了广东省电子陶瓷工程技术研究中心，专门研发光通信用陶瓷部件。继而，三环集团产品开始由电子应用领域向光通信领域拓展。2013年，三环研究院成立，为企业技术创新注入了更大的能量；2015年，三环集团博士后科研工作站挂牌成立。

陶瓷开始蝶变，灵肉开始分离，张万镇想要一种无形，这种无形要以有形的形式，渐次呈现。

陶瓷的灵魂开始说话，它走进了通信领域，它辅助人们开始了远隔千里的对话。这一切，来自科研团队的人才对陶瓷灵魂的深度研究，企业发展的内生动力由此铸就。

发现了文化的内生动力，企业必将弯道超车；驾驶着这一艘巨轮的船主必然为时代所瞩目。潮州需要这样的企业，更需要这样的领导。1998年，张万镇因其出色的企业领导力，被提拔为潮州市副市长，分管工业、交通等工作。一年后的1999年，在"国退民进"风潮里，三环进行了管理层收购即 MBO 改制，去国有化，事实上也就是民企化。2001 年，张万镇由副市长一职转任潮州市政协副主席，直到 2007 年 1 月，再次任政协副主席，不过同年，他"飞速"去职，再也没有担任任何公职后，他个人出资 6000 多万元，入股三江投资。三江投资是后来上市公司三环集团的大股东，当时股东成员主要是三环时任高管或者退休的高管。从三环当时的十大自然人股东关系上看，张万镇与谢灿生、徐瑞英等，均是在公司任职的同事或上下级，彼此间不存在其他关联关系，体现了管理层收购的特点。因对于控股股东三江投资，张万镇出资比例为 59.21%，加上个人直接持股比例为 3.5%，三环集团上市发行股票后，张万镇仍为公司实际控制人。

2014 年，三环已踏入中国电子元件"十强"之列，同一年，三环集团在深交所创业板挂牌上市。三环集团董事长张万镇参加上市路演。2016 年 1 月 3 日，潮州实业兴市民营企业家大会上，潮州市委领导为三环集团董事长张万镇颁发"凤凰瓶"奖杯。三环集团是 2015 年度潮州民企第一纳税大户，年销售额达 25 亿元，利润 10.2 亿元，纳税 4.3 亿元。这个"凤凰瓶"的颁发，颇有深意。潮州市委领导在会上说，"政府和企业有交集、无交易、有交情，推动经济发展、促进社会进步，是我们的共同家国情怀、共同目标任务"。

乳白色的瓷浆在汩汩流淌，注入一个个另一种形态的容器，它是另一种韩江奔涌的姿态，承载着潮州海纳百川的胸襟。

如看似中断的湘子桥，张万镇为人低调，不为形所役，除一些特殊场合外，很少出席公开场合的活动，沉潜在企业的水底。如果某一天张万镇浮出水面，那他一定是代表着复活的古老陶瓷。2017年12月15日，三环集团"浴火涅槃，陶瓷新生"新材料发布会在深圳EPC文化中心举办。会上最为亮眼的是三环手机陶瓷材料发布，张万镇与来自小米、OPPO、vivo的三位嘉宾一同登台。由三环生产的手机陶瓷外观件，已被小米等手机厂商所使用。

陶瓷已然涅槃，化有形为无形，如一缕缕灵魂气息，难以辨析却又难以剥离地附着在了现代人的日常中。

产品有了三魂七魄，高科技产品的肉体焕发光彩。如形断意连的湘子桥，三环暗渡了新时代的潮州文化。

君子豹变，其文斐也。从1970年至今的半个世纪，存在三千年的陶瓷已然豹变，三环将陶瓷变成了高科技材料界的"大米"，滋养人们日常所需的高科技产品：手机、电脑、汽车、电视……与其说三环聚焦"材料"基因，不如说三环聚焦"陶瓷"的文化基因，也就是潮州文化基因。这种基因让陶瓷的魂魄蝶变成为一种声音，一种呼唤，一种风潮。

尾声：将他们的名字如火焰般高高擎起

潮人崇尚文化，其方式质朴，唯将一些人名錾刻于石坊，高高擎起，如火炬一般，置于头顶；潮人心存感恩，这些人名便如星辰一般，被供奉在其心灵天空，照耀着潮州大地，引领他们的未来路径。

尾声

湘子桥畔：多书 多音 多情

湘子桥形断意连，牌坊街天人合一。

在中国，有一个城市——潮州，将文化高举。

这是人间最妙处。湘子桥畔，有一条牌坊街，走进街道，仿佛进入历史和现实的交叉路口，脚下是渗透着千年古韵的泥土，身边是活脱脱的喧哗叫卖和杂陈美味，头顶却是潮州百姓以肩膀扛起来的石牌坊。这些牌坊高高在上，器宇轩昂，像一个个文化巨人的身影，缄默不语，却又如当头棒喝；牌坊有序布开，如一个历史矩阵，自东至西，自古至今，井然有序；那镌刻在石上的一串串名字，仿若星辰，又如城市的路灯，昼夜不息地照耀着潮州大地。

此处，将人间烟火和高蹈文化恰意结合。

潮州牌坊，传说可上溯唐宋，初以木建，形似"乌凹肚门"。古代将有节义、有功德、科第成就突出者的"嘉德懿行"，书刻坊上旌表，称为"表闾"，故牌坊具表彰和纪念作用。明时改用石砌，加叠层楼，饰以花纹，多为二柱一门或四柱三门，唯嘉靖时建多柱多门牌坊。

　　据乾隆《潮州府志》、乾隆《嘉应州志》、民国《潮州志·古迹志·坊表》等载，昔日潮州府古牌坊共有 570 座（含今梅州市境内历史上出现过的 27 座古牌坊[1]），长仅 1.6 公里的繁华太平路上，就有 43 座牌坊依次毗邻，平均每 35 米就立有一座牌坊。若将太平路两旁街巷所立的牌坊计算在内，则有 62 座之多。其数量之多、分布之密，令太平路成为全国绝无仅有的石坊林、牌坊街。每一座牌坊后面都蕴含着一段尘封的历史。

　　清末民初，具有南洋建筑风格的骑楼引入广东，其间，潮州太平路、东门街也渐次改造成骑楼式商业街，与明清石牌坊共存，形成了国内独特的、具有浓郁地方特色的历史文化街区。

　　1951 年，牌坊街尚存的 19 座石牌坊被悉数拆除，理由是年久失修，危及行人。尽管有当地文化人多次阻挠，但均未果。所幸拆除前人们为牌坊均留下照片并对坊刻文字做了实录。

　　这是潮州历史上的一个罕见的伤疤，很少有人忘记。2006 年，潮州市启动修复工程，将古牌坊 22 座（其中太平路 20 座，东门街 2 座）及沿街历史建筑，同时修复。修复后的牌坊街，外接广济门城楼、广济桥、韩文公祠、笔架山潮州窑遗址，内连开元寺、己略黄公祠、许驸马府及以甲第巷为代表的古民居群落，形成了一个集潮州历史风貌、人文环境和经济生活于一体的古城文化旅游中心区。

---

[1]　梅州下辖的丰顺、大埔属潮州九邑，而梅县、蕉岭和平远虽系嘉应五属，但在雍正年间嘉应州设立前亦属潮州府。

这 22 座牌坊中，明代所建的有 18 座（1517 年至 1637 年），清代所建的有 4 座（1736 年至 1785 年），前后历经 268 年。牌坊的内容有状元坊、榜眼坊、尚书坊、柱史坊、大总制坊、四进士坊、七俊坊以及八十八岁中进士的木天人瑞坊、父子兄弟俱中进士的科甲济美坊、金榜联芳坊等。牌坊的结构有十二柱、八柱、四柱。

这 22 座牌坊分别是：

"四进士坊"位于四进士亭巷口。右镌：为翰林院修撰萧与

旧时的潮州牌坊街

成、陕西道御史苏信、河南道御史陈大器、行人司正薛侃立。左镌：潮州知府丘其仁，通判黄洪、范惟恭，推官秦撰建。

萧与成，明朝正德丁丑科（1517）进士，字宗乐，号铁峰，潮阳人，授翰林院国史检讨，至孝，秉性高洁。他为潮人做了两件大好事：一是曾经身先士卒，带乡勇打击入侵倭寇，保住了棉城。二是棉城护城河壅塞时，他带头疏通以利运输和防御，后来经费不足，又变卖家财以还清疏浚工程费用。他也是文学家，多有著述，收录于《铁峰先生遗稿》。

陈大器、薛侃、苏信三人与萧与成同为明正德丁丑科进士。陈大器，字国成，号石塘，潮阳人，为官以政绩卓著升御史。薛侃，字尚谦，号中离先生，揭阳龙溪（今潮安庵埠）人，性至孝，授行人司（掌朝觐聘问）行人。因母逝守孝，结庐于梅林湖中离山，讲学不辍，人称中离先生。他师承王阳明，公开批评朱熹理学，影响全国。苏信，字宗玉，号确轩，饶平人，中进士后，官监察御史，决狱明断，施政公平，百姓称颂。

"文宗方伯·皇命三锡"坊位于军厅巷口。"文宗方伯"坊是为明代福建左布政使黄琮而建。黄琮，号玉田，明饶平宣化都大埕（今饶平大埕镇黄村）人。明万历二十六年（1598）进士。授大理院评事，掌司法，治狱有方，平反不少冤案，对犯罪施之以法，深得民心。告老返乡后，修筑东津堤、江东急水塔，做了不少利民善事。黄琮曾任云南督学，故称"文宗"；方伯，是一方之长之意，黄琮曾任福建左布政使，故尊为"方伯"。坊的北额镌"皇命三锡"。"锡"通"赐"，义为赐予；黄琮曾任福建左布政使，其祖允德，父凤兴，亦得赐赠布政使，故称"三锡"。北额言其官职，南额言其荣耀。

至抗战时，此坊又附着了另一层纪念英烈的含义。1939 年，此坊西北处为日寇驻军司令部。当年 7 月 15 日，国民党军独九旅六二五团在团长伍少武指挥下攻入潮州城，与日军巷战。包围日军司令部及各据点，激战三昼夜，伤亡 400 多人，该团三营营长黄修身先士卒，冲锋时不幸被敌人击中，横尸坊下。后因日寇援兵赶到，攻城部队来不及收尸，只好撤退。人们怀念英烈，便到坊下拜祭，日寇便把此坊拆除，但抗战阵亡将士永远活在潮州人民心中。

"状元"坊位于铺巷口。"状元"坊与其他坊的最大区别是它的第一层承载全亭的坊梁是整条的，有"国家栋梁"的象征，该坊

旧时的状元坊

是为明嘉靖壬辰科状元林大钦而建。

林大钦，字敬夫，海阳东莆都（今潮安金石）人，自号东莆子，十八岁丧父，家贫如洗，是后世潮州寒门读书人的典范。明嘉靖十一年（1532），林大钦赴京参加会试，在礼部会试上考取第十二名贡士，取得殿试资格。殿试那天，"天子临轩赐对。一时待问之士，集于大廷者凡三百余人"，虚龄二十二岁的林大钦"咄嗟数千言，风飙电烁，尽治安之猷，极文章之态"，被明世宗"御擢第一"，成为状元，授翰林院修撰（从六品），参与编修《武宗实录》。如此年轻，夺得三年一科的状元桂冠，在中国科举史上实属罕见。林大钦在翰林院当了约三年修撰（修史），即以"母病"为由，疏请归养，回到家乡潮州府的华岩山宗山书院（今属潮州市潮安区塔下村）讲学，回潮后，朝廷多次召唤，林大钦却"屡促不就"，始终"视富贵如浮云，温饱非平生之志；以名教为乐地，庭闱实精魄之依"。林大钦终年三十四岁，可谓英年早逝。其学术思想主要是当时盛行的王阳明学说。后人集其生前作品编成《东莆先生文集》，潮学学者黄挺补充整理为《林大钦集》（六卷）。

乾隆《潮州府志·坊表》云："状元坊，在大街。为嘉靖壬辰科状元林大钦建。"

"圣朝使相·覃恩三锡"坊，位于英聚巷口北面。该坊是为"进士、太子太保、直隶总督郑大进"所建。"圣朝"，是封建时代对本朝的尊称；"使相"用来称呼兼大学士的总督。"覃恩"是旧时帝王对臣民的封赏（或赦免）；"三锡"即"三赐"，指郑大进自其曾祖得赠三代大夫。

郑大进，字誉捷，号谦基，又号退谷，广东潮州府揭阳县梅冈都山美村（今属揭阳市揭东区玉滘镇山美村）人。出身书香人家，有神童之誉。雍正十三年（1735）中举人，翌年乾隆元年（1736）登进士，郑大进高科中第后，八年间并未授官，乾隆九年（1744）始被召进京谒选。初授直隶肥乡县令，历任大名府、河间府同知，正定知府，两淮盐运使，浙江按察使，贵州布政使，河南、湖北巡抚，兼署湖广总督，官至直隶总督。后加授太子少傅衔。乾隆四十七年（1782）十月十九日因病卒于任上，年七十四。乾隆帝御制墓碑，亲撰碑文，赐祭赐葬，追谥"勤恪"。

郑大进是乾隆时期有才华，有经济头脑，也有改革精神的实干家，深得乾隆皇帝倚重。他改革盐价及收蜡征粮办法，又兴修水利，赈灾救灾，体恤民情，惩治邪恶势力，功绩卓著。更难得的是，他胸怀开阔，宽容博爱。"两度修书只为墙，让人三尺又何妨？万里长城今犹在，不见当年秦始皇"这四句至今为后人所传诵的诗，即出自郑大进之手。

"理学儒宗·铨曹冰鉴"坊，位于羊玉巷口，也叫"四狮亭"，建于明万历四十五年（1617），是为吏部郎中唐伯元而建。该坊原在太平路羊玉巷口。"理学儒宗"左坊眼镌"赐环礼部主事"，右坊眼镌"钦差主试湖广"；坊北镌"铨曹冰鉴"，左坊眼镌"特起文选郎中"，右坊眼镌"简右尚宝司丞"。下横梁两面同镌有"万历甲戌科进士崇祀名宦乡贤唐伯元"。"理学儒宗"指他的学术成就。唐伯元师吕怀、湛若水，精通天理良知之学，践履笃实，为文士所崇敬，故被誉为儒家的宗师。其中，"儒宗"即儒者的宗师；"铨曹"即主管选拔官员的部门；"冰鉴"即喻明察。该坊系四柱三间三楼石坊，下层梁坊间并按排嵌砌着两幅通雕麒麟，中间是梅花鹿、双狮和锦鸡，寓意是高官厚禄、公正无私和衣锦回乡。因正中两柱前后各立一对石狮子，此坊俗称"四狮亭"，这在潮州牌坊中是绝无仅有的。

唐伯元，字仁卿，号曙台，澄海县苏湾都人。他的一生以清节知名，在治政和治学上都很出色，《明史》称唐伯元"清苦淡薄，人所不堪，甘之自如，为岭海士大夫仪表"，"治行天下第一"，堪称"理学儒宗"。乾隆《潮州府志·坊表》云："理学儒宗坊，在大街。为吏部郎中唐伯元建。"

其实，唐伯元生前就建有两个生祠。一个是唐伯元任江西万年县知县时，万年百姓为其所立的生祠。据陈一松撰写的《送唐曙台令万年序》，万年县方圆仅数十里，建置才五十年，一直"未有制科往令兹土者"，以正式制科进士为万年县令，还是从唐伯元开始的。唐伯元当初也很不乐意，在京"同乡诸君子合钱于郊"时，陈一松以此序勉励他"勤恤民隐，不小视万年"，要"不遗余力"地做好生产、治安、礼教等工作。唐伯元未负所托，因此一年后调离时，百姓为他立了生祠。明万历八年（1580），唐伯元调任南京户部主事，百姓也为他在南京立了生祠。

"柱史"坊，位于今太平路柳衙巷口。该坊是为明御史许洪宥而建。在太平路中段有一条"分司后巷"，原名"许厝巷"，相传因许洪宥有宅第在此而得名。许洪宥，字舜仁，海阳隆津都塘湖（今潮安区龙湖镇）人，孝顺谦让，以直言仗义著称。明弘治十四年（1501）中举。明正德初，授广西临桂县（今桂林市临桂区）儒学教谕，在任时投入了大量精力兴教育，启民智，登堂讲学，在教学上对生员一视同仁，对学子因贫穷而无法入学者，以俸禄相助，使该县学子中举人数名列广西前茅。正德五年（1510）三月，许洪宥以学行优秀考选为南京山东道御史。因敢于直言，得罪了不少当政者。正德六年（1511）十月，刑科给事中窦明上疏言"弭盗、备边、择将、安民"四事而违抗旨意，下锦衣卫狱，许洪宥上疏力救，使他获得赦免。正德七年（1512）五月，上疏言五事：一是停止临清、济宁、徐州一带年例进贡等项；二是圣寿节（皇太后寿辰）时，暂免有战事的地方官员来京庆贺；三是山东、河南发生饥荒，虽蒙赈济，但征税仍如往常，宜减免；四是权贵子弟多假冒军功，应加强甄别；五是令统军者严禁属下军官随意克扣军饷。正德八年（1513）二月，许洪宥与南京给事中王子谟上章弹劾左都御史、总制江西等处军务陈金进剿江西暴乱数年而不能平息，采取招抚方式，冒功领赏后离职，致使贼势日盛，参政吴廷举被拘，他认为所推荐的张勇等不能平贼，反多杀无辜，兵部对此也负有失察之责。后因父亡故，回乡守孝三年，期满回朝任职。后来病逝于家中。

许洪宥著述颇丰，有《龙江集》二卷、《南台日录》二卷、《易经管见》二卷（明嘉靖黄佐《广东通志》也记为二卷，已佚）等书，都已散佚。

御史是谏官，秦汉设御史府，东汉称为"柱台"，故也称御史为"柱史"。因为许洪宥敢于直言进谏，镌以"柱史"二字作为强调。该坊右额镌"明监察御史许洪宥"，左额镌"钦命总督两广军务兼理巡抚太子太保都察院左都御史陈金"。下坊梁镌"明正德丁丑夏"。

　　"三世尚书·四朝大老"坊位于分司巷口。该坊"为赠太常卿林瓒子林乔楫及孙户部侍郎赠尚书林熙春建"。

　　林熙春，字志和，号仰晋，海阳龙溪（今潮安庵埠）宝陇村人。明万历十年（1582）中进士。在京任职期间，河北玉田县发生兵变，林熙春不顾个人安危，进城向叛军宣扬朝廷威德，陈说利害，终使其归顺朝廷。在任大理寺卿时，他能革除私弊，树立廉洁之风，订"约官""约民"十六项。他敢向皇帝进谏，如止东封（泰山封禅），减织造，停采珠、回青（进贡猎鹰），皆与国体有关。后因太监魏忠贤当权，他不愿与之同流合污，遂辞官回乡。回潮州后，林熙春多次向地方官建言献策，征盐税，减里役，倡建凤凰台、三元塔，浚三利溪，修文庙；在龙溪倡建许陇堤桥，建文昌阁，创龙溪会馆，向官府争取减轻龙溪差役十分之四，不遗余力为地方兴办许多公益事业。

　　林熙春终年八十岁，皇帝追念其功绩，追赠其父、祖父尚书封号，合林熙春为"三世尚书"，并立牌坊表彰。坊的南额镌有"四朝大老"，是因其辅佐万历、泰昌、天启和崇祯四朝皇帝，"大老"是对资深望重的大官的称呼。

　　"宗伯学士·三世宫端"坊位于载阳巷口。该坊是为南京礼部尚书黄锦而建。黄锦官至尚书，故称"宗伯"，当过侍讲学士，故坊额为"宗伯学士"，左坊眼镌有"旃复纶恩"，意思是黄锦曾屡次受皇帝下诏表彰；右坊眼镌"玉铉冰鉴"则言他为人高洁廉正。南额镌"三世宫端"，是因黄锦曾任詹事府正詹事，负责内宫事务，父、祖因而得赠其官，故称之。左坊眼镌"棣萼齐芳"是指黄锦兄弟同为进士。黄锦兄黄琮是万历戊戌进士，又有弟黄琦是万

旧时的凤凰台
魁星阁

历庚子举人，故谓之"棣萼齐芳"，"棣萼"比喻兄弟。右坊眼镌"桥梓济美"，"桥梓"是父子，意即赞其父子冠绝当世，超过同辈。

黄锦，字孚元，号绚庵，一作绚存，饶平县宣化都（今大埕镇上黄村）人。他博学能文，熟谙当代掌故。明天启二年（1622）中进士，授翰林学院庶吉士。三年后由庶吉士授检讨，参与编修《明神宗实录》。时宦官擅权，群臣依附阉党魏忠贤者众。黄锦刚直不阿，坚不随流。天启六年（1626）魏忠贤拟于国学馆西侧建造生祠，意欲调黄锦专司其事。黄锦呵呵大笑，说道："彼阉竖也，吾史官也，吾安能以好官预阉事而贻万世笑端乎！"他坚决拒绝，认为儒林神圣之地从此将被玷污，是士子学人的奇耻大辱，要求调离翰林院。天启七年（1627）十一月，魏忠贤自缢，黄锦重回翰林院，历任侍讲、分校、礼闱等职。在其任内，亲自修校卷帙浩繁的经史典籍"十三经""二十一史"，参与纂修《明实录》。同时还参加朝廷选拔官员的工作，为朝廷网罗了不少有用的知识分子，在士林中受到称赞，威望益隆。转迁少詹，充任日讲官。崇祯十二年（1639）冬，转任知制诰、副总裁。向皇帝上书，请处治阉党人物邓希诏、孙茂林两人，言辞激烈，指斥皆中要害，皇帝允其所奏，满朝文武拍手称快。同年十月升礼部侍郎。冬，转吏部侍郎。崇祯十四年（1641）出补南京礼部尚书。他在朝为官二十年，其间政治腐败，皇帝昏庸，权奸当道，明王朝危机四伏。他三次推辞入阁为首辅（位同宰相），在任南京礼部尚书的第二年便以病乞归，朝廷允其所请。

郝尚久反清时，黄锦倾家助饷。事败后黄锦逃匿，隐居潮州石庵山，八十三岁去世。黄锦博学能文，著有《华耕堂集》。

"戊辰八贤·盛世元凯"坊位于广源街口。该坊又称"戊辰八贤"坊，是为"崇祯戊辰进士同榜八人辜朝荐、郭之奇、黄奇遇、宋兆禴、李士淳、梁应龙、杨任斯、陈所献"而建。崇祯戊辰为明崇祯元年（1628），此八人被潮人尊称为"后八贤"。后来因为李士淳为程乡人，程乡后属梅州，又将其他七人称为"潮州明代后七贤"。"八贤"中，辜朝荐、郭之奇、黄奇遇、宋兆禴功绩较为突出，又称"戊辰四俊"。

古人称辅佐皇帝的大臣作"元凯"。坊额八贤即为盛世之"元凯"，为德才兼备的人才。

辜朝荐，海阳（潮安）金石大寨人，七岁能属文。中进士后，授桐城知县，崇祯六年（1633）分校南京乡试，升山东道御史、户科给事中，官至礼科给事中。明亡，支持郑成功、郑经反清复明。

郑成功收复台湾后，他到台湾，除支持郑氏父子屯垦开荒，寓兵于农，积极反清复明外，还写下了台湾最早的诗文，是台湾文化的开拓者和早期的文化传播者之一。逝世后，台湾民众建祠祀奉之。

郭之奇，揭阳县城东门人，十一岁中秀才，二十二岁登进士，选翰林庶吉士。后升任福建按察副使，兼摄按察使及助兵备，率兵平定闽清一带之乱，闽南得安，被疏荐詹事府詹事。南明永历朝时奉召拜东阁大学士兼礼、兵二部尚书，晋文渊阁学士，加太子太保，曾转战各地抗清。清顺治十八年（1661）被捕，押解桂林。他拒绝劝降，从容就义。

清乾隆帝倒是被这个反清志士所感动，于乾隆四十四年（1779）颁谕，表彰郭之奇等人"各忠所事，较文天祥、陆秀夫实无以异"，"大学士郭之奇跋涉闽粤滇黔，往来数万里……始终不屈，从容就义，洵为一代之完人也"。郭之奇一生著述甚丰，诗作数以千计，有《宛在堂诗集》《辑志副指》《新定道德经》《稽古篇》等作品。

宋兆禴，字尔孚，号嘉公，揭阳渔湖凤围村（今属榕城区）人。中进士后初授广昌县令，在任五年，清讼狱，兴文教，筑县城，颇有政绩。著有《旧耕堂存草》《学言余草》。

李士淳，号二河，又号玉溪，程乡（今梅州市梅县区松口镇洋坑村）人。

梁应龙，字霖海，原籍饶平，世居海阳（潮安）东津。

陈所献，号乐庵，饶平人。

杨任斯，字君赓，普宁人，落籍海阳（今潮安庵埠文里村）。

以上八贤都是为官清正，功业卓著，郭之奇、黄奇遇、辜朝荐等人，除文才出众，还以明末抗清时凛然正气、高风亮节为世人所褒美。崇祯戊辰科是潮州明代科举上的巅峰，更是为人津津乐道的一科。此坊也是潮州最后一个科举坊。

"恩光洊锡"坊位于东门街古井东侧。该坊是为"封尚书翁玉建"。翁玉，字文瑛，号梅斋，明揭阳鮀江里举登村（今属汕头鮀浦）人。翁玉是位品德高尚的宿儒，精通经典，家教甚严，是兵部尚书翁万达的父亲，以教育翁万达为乡人所称道。当其子翁万达中进士高就兵部尚书时，有人想送礼给翁玉以便"找门路"，翁玉均严词拒绝，将"后门"堵死。他虽有才气，却没有走上科举道路，一直到其子显贵，他才沾光，得到"资善大夫""兵部尚书"的封赠虚衔，也因此其在去世后得以"御葬"，建了一座很壮观的"佳城"（在今揭阳到汕头中途）。

"恩光"指古代帝王或朝廷给臣民的恩惠、封赠。"洊锡"的"洊"有连续之义，"洊锡"指皇帝连续封赠翁玉四次，翁玉被"敕封承德郎、户部主事，加封中宪大夫、广西按察司副使、通议大夫、兵部左侍郎、资善大夫、兵部尚书（正三品）"。

"七俊"坊位于东门街古井西侧。该坊是为"嘉靖甲辰科进士林光祖、章熙、黄国卿、郭维藩、陈昌言、苏志仁、成子学建"。嘉靖甲辰为嘉靖二十三年（1544）。七位进士中，林光祖、黄国卿、郭维藩、陈昌言为揭阳人，章熙、苏志仁、成子学为海阳（潮安）人。"七俊"也被称作"潮州明代前七贤"。

在此"七俊"中，苏志仁较为突出。他中进士后，起初任吏部稽勋主事，后升任吏部验封、考功、文选三司。特别是文选，职权极重，负责协助尚书掌管官吏的选调工作。他在任公正清廉，百官都不敢乱拉关系，如此，宫中便有人开始干预。他深知仕途之险，便以生病为由，身退归田，尚书极力挽留，苏志仁遂被降级调到浙东、浙西任外判。后又被调往福建兴化府（府治在今福建莆田）任知府，还先后出任江西按察佥事、福建提学。后官至大理寺卿。任上多有善政，入祀江西名宦祠。

另一位就是官声清廉正直的黄国卿。他中进士后，授浙江温州推官，嘉靖三十四年（1555）升户部主事，后擢江西提学副使，嘉靖四十一年（1562）晋浙江参政，是年十二月初四卒于官署。他工作勤谨，在温州任推官时，判决案件，曲直分明，为人端廉，不营私蓄，病逝后，随灵柩回原籍之遗物只有图书数卷，国卿生平撰有《沧溪文集》《学政公牍》，惜今书稿无存。

"少司马·大总制"坊位于东门街口南面。少司马坊是为兵部侍郎总督宣大等处翁万达建。坊的北额镌"大总制"，下镌"明赐进士兵部尚书三边总制翁万达建"，旁镌"皇明嘉靖廿五年立，民国十三年六桂堂重修"。"总制"即总督，"三边"为蓟镇（今天津蓟州区）、宣化和大同。坊的南额镌"少司马"。"少司马"为"兵部侍郎"。翁万达是潮州乃至岭南先贤中军功最卓著、诗文也最具有特色的人物之一，他的事迹广为传播，被称为"岭南第一臣"，被誉为"国之干城"。随着海外潮人的足迹，他的声名也远播异邦。如在泰国，他被誉为"英勇大帝"，立庙祭祀竟多达一百多处。

翁万达，字仁夫，号东涯。明揭阳鮀江里举登村（今属汕头鮀浦）人。嘉靖丙戌（1526）进士，授户部主事，升郎中，出任梧州知府。为官清廉，不畏权贵，因此声绩显著，擢升为广西副使，且向朝廷建议整顿土司有功，平叛功绩更大，壬寅（1542）晋为四川按察使。癸卯（1543）转调陕西左、右布政使，不久升为副都御史，十二月拜兵部侍郎，总督宣（化）大（同）、山西和保定军务，后又提升为兵部左侍郎，再升右副都御史。

翁万达总制三边，亲士卒，严守备，修筑大同西路、宣府东路长城一千多里，并对长城的敌台予以改良，巩固了边防。嘉靖帝为奖励其功，特恩荫其子翁思佐为户部中郎。翁万达督战六载，主要对手是蒙古鞑靼部的俺答汗。其时，俺答虽"势力张，控弦数十万"，但总不敢大规模进犯，边关一度出现了升平景象。在曹家庄一役中，翁万达亲临督师，以少胜多，威名慑敌。明世宗闻讯，立即授予他兵部尚书之职。但不幸其父翁玉病逝，翁万达匆匆南归奔丧。此时俺答即无顾忌，大肆兴兵犯境。在他归里第二年七月，大同失守，京畿震动，世宗急诏万达抵边关，万达因丧期未满，加上自己背疽发作，派义子翁从云携带《乞恩陈情终制疏》上京，尚未抵达，俺答已从北口直迫都城。世宗又连下两道金牌催促翁万达。翁万达尽管背疽剧发，仍奋身兼程赴京，可离京万里，历四十一日才抵京报到，此时皇帝听信权奸严嵩、仇鸾谗言，疑万达避事，更又因谢疏字讹，把他从兵部尚书降为兵部侍郎，后又将其削籍为民。在回乡途中，至福建清流县背疽疾发，至上杭县不幸于舟中逝世，享年五十五岁。彼时，世宗后悔，深感边防重任非万达莫属，诏令他再任兵部尚书，诏命到达时翁万达已去世四天了。隆庆中，翁万达被追谥"襄敏"。

"节镇三省·诰敕重封"坊位于三家巷口。该坊是为"封知县赠知府陈以贲子梧州知府后升贵州副使陈志颐建"。坊额镌刻"诰敕重封"，"诰敕"，是诰封、敕封的合称，明清时皇帝对官员及亲属授予爵位名号的封典，五品以上用皇帝之诰命授予，称"诰封"；五品以下用敕命授予，则称"敕封"。陈以贲以子志颐而初敕封宣化知县（正七品），继而诰赠梧州知府（正四品）。坊南额镌"节镇三省"，是因陈志颐曾奉皇帝命令在贵州及湖广（今湖北、湖南）的五开、广西的南州等处整顿、安抚三省地方行政机构和军队武装设备，政绩颇著，因此坊字作此，以彰其功。

陈志颐，字养洛，明海阳秋溪（今潮安官塘）人，明万历元年（1573）举人，为官恪尽职守，常有建树，受过"赐金币、内膳"奖励。

"侍御"坊位于三家巷口，为"明进士、苑马寺卿成子学建"。成子学，嘉靖十六年（1537）丁酉科举人，嘉靖二十三年（1544）甲辰科进士，时潮州府城建"七俊"坊，他为"七俊"之一。"侍御"，即侍御史。成子学曾任监察御史，故称"侍御"。"苑马寺卿"，明官名，主管皇帝用马及官府牧马场。

嘉靖二十五年（1546），成子学知江西峡江县事，刚明果断。一群贼众踞霸一方，家财巨大，皆是搜刮抢夺民财所得。成子学剪除恶霸，将其粮田全部充公，分给了乡民，乡民开始有了生机。有一年，老虎横行，捕之不易，且越捕越多，成子学以其诚心祭奠神灵，并在老虎经过的地方设了陷阱，不到十日，捕获了三头老虎。乡间百姓说："公精诚所至。"后来他升任后，还是会见峡江县的人，打听该县的事，左右眷顾，像在任时一样。士子乡人感动于他的为人处世之厚道，立"去思亭"，勒石铭刻了他的事迹，以供后人学习。

牌坊街上，潮州人将历代文化名人的名字高擎在天空

"两京科道·金榜联芳"坊位于开元路口北面，为"明监察御史迁陕西副使郑安，弟吏科给事中郑寯建"。"两京"，一说指郑安任职的两地，一说为郑安、郑寯任职的两地。"科道"，明朝设置的两大监察机构，其中给事中分为六科，监察御史分十三道，合称科道。

郑安，景泰五年（1454）进士，授河南御史，迁陕西按察副使。任御史时"弹劾不避权要"。明宪宗即位，他上奏章言八事，多见采用。在平复番族驼龙侵扰事件中，他在番族出没地"筑堡屯兵，据胜固守"，使边境得以安宁，功勋卓著；又亲率师征讨陕西土官满四叛乱，终将满四擒获。他居官二十年，两袖清风，家徒四壁。

郑寯，郑安之弟，成化十七年（1481）进士，授南京吏科给事中。弘治二年（1489）九月，奉命查勘顺天、保定等府官地。这些庄田为历代皇帝赏赐给太监之地，因年久而其人已故，本当收回朝廷，但为某些权贵所侵占。他认真负责，登记造册上报，由户部将田收回国库。弘治五年（1492），卒于官。

"台省褒封·科甲济美"坊位于金聚巷口，为"明户部郎中李思悦之父李一庄，御史李春芳之父李大受建"。"台""省"均为古官制中的机构名称，此处代称中央机构。"褒封"，指李一庄受封为郎中，李大受受封为御史。"科甲济美"，指李氏一家出了四个进士、两个举人。

"大理少卿·经略边务"坊位于义井巷口，为"明大理寺少卿吴一贯建"。"大理"即大理寺，是古代掌管刑狱的机构，卿为正职，少卿为副职。"经略"，即经略使，掌管边路的军事及行政。坊眉"绣衣"与"廉宪"均为官名。

吴一贯，明成化十七年（1481）进士。初任上高县知县，勤慎廉能，兴办学馆，清除奸孽，治绩煌煌，擢升为御史。明孝宗弘治年间，先后出任浙江、福建、南畿按察使。在任罢黜贪墨，均徭靖寇，所至肃然。后升为大理寺右丞。畿辅、河南闹饥荒，他奏请拨粟二十万石以赈灾民，另奏请拨粟二万石发给京城和昌平民众。还曾奉命经略边务，上安边策数万言，"皆见采用"。他几乎是一个赈灾专臣，多次被派出赈恤灾民，事半功倍。他深入灾区，事必躬亲，关心民众疾苦，深受各处灾民爱戴，所任地百姓为其立忠节祠、功德坊等。

明弘治十七年（1504）九月，明孝宗命令吴一贯、锦衣卫杨玉，会同新任巡按余濂赴辽东，查都指挥佥事张天祥所部泰宁卫戍兵射伤海西贡使而以掩杀其他卫营戍兵三十八人抵代邀功一案。经吴一贯等实地勘查，尽得其实，张天祥畏罪毙于狱。其叔张洪，买通宦官刘瑾所掌握之东厂，反证吴一贯所勘皆诬。因其时刘瑾为孝宗所宠用，权倾朝野，结党营私，曾致朝士三百余人下狱。而身为大理寺少卿的吴一贯，不满刘瑾的奸行，曾当朝直言予以弹劾，使刘瑾怀恨在心，故借张天祥案以构陷，使孝宗信其诬告，竟以"苟功罪不明，边臣孰肯效力"为由，尽反前狱，并亲临午门审问吴一贯，欲治吴一贯死罪。幸尚书闵珪、御史戴珊力救奏免，吴一贯被贬云南嵩明州为同知。正德初年，吴一贯升江西按察副使，因讨伐以江西华林山为中心的"华林军"有功，进官按察使，行军至江西奉新县病逝。后奉新、高安两县士民，敬仰他一生正直无私、清正廉明，为他建忠节祠永祀。

"吴楚重镇·四世大夫"坊位于甲第巷口，为"清乾隆壬戌科武进士林炳星建"。林炳星，清海阳人。乾隆七年（1742）二甲武进士，授御前三等侍卫，累官至湖北宜昌镇总兵。曾祖林廷举、祖林振光、父林锦万皆因之而先后被诰赠武义大夫、武功大夫，故称"四世大夫"。"吴楚重镇"言林炳星镇守之处均位于长江中下游平原一带，地势险要，物产丰饶，历来是兵家必争之地，又是春秋时吴、楚二国辖境。林炳星曾任湖北、湖南等处军务，故称"吴楚重镇"。

"赐锦重光·驰封叠被"坊位于大石狮巷口，为"清雍正甲辰（1724）科进士，河南巩县知县邱轩昂建"。"驰"，转移也。清朝规定，受封的官员可将封衔转给家人，以光宗耀祖。邱轩昂将封衔转给父、祖，故称"貤封叠被"。

"榜眼·秋台"坊位于家伙巷口。为"南宋建炎二年廷试第二名，礼部尚书王大宝建"。王大宝，海阳归湖人。南宋建炎二年（1128）廷试第二名，是宋代岭南唯一的榜眼。累官至礼部尚书，赐爵开国男。理学家朱熹称"其人刚正，忠实有余"，名列《宋史》。一生坚持抗金主张，反对议和。弟大鼎、大圭、大纲，分授承奉郎、承务郎、东莞令。坊为四柱三间的砖石结构，这在牌坊街林立石坊中独具一格。该坊重建于1828年，后再毁。

王大宝曾任刑事长官，古称秋官，尚书古称台阁，故称"秋台"。

"玉署仙班·木天人瑞"坊位于石牌巷口，为"清乾隆进士，赐翰林院侍读刘起振建"。刘起振，海阳枫溪人，七十岁中举人，清乾隆元年（1736）八十八岁中进士，钦点翰林院庶吉士，不久告老回乡。后赴杭州迎候首次南巡的乾隆皇帝，乾隆赠诗书匾赏赐，并钦赐翰林院侍读。"玉署""木天"均指翰林院；"仙班"借指朝班；"人瑞"指有德行而年寿特高者。刘起振终年一百零三岁。

"大理司平·两浙都运"坊位于辜厝巷口，为"明大理寺评事郑崇建"。因是太平路南端第一坊，俗称"头亭"。郑崇，明海阳鲲江乡人。永乐十七年（1419）府学岁贡。洪熙元年（1425）殿试名列第一，铨选大理司务，转评事，擢太仆寺丞，升两浙都运使盐运同知。任职大理寺，"明察秋毫，剖决确当，牍无留案"；任盐运同知，"力刷卤政，惠被海民"。

"泰山北斗·十相留声"坊位于郑厝巷口。该坊原在义安路，建于明代。

"泰山北斗"指韩愈。潮人之所以以"泰山北斗"称誉韩愈，首推教化之功，实乃千秋大业。就在韩愈治潮的一百七十年后，另一位大儒苏轼，格外懂他，为韩文公祠撰写了《潮州韩文公庙碑》，其云："始潮人未知学，公命进士赵德为之师，自是潮之士皆笃于文行，延及齐民，至于今，号称易治。"韩愈推行教化之初，延请进士赵德为师，自此潮州兴办学校，士子开始笃学明经。他向朝廷上表《潮州请置乡校牒》："学废日久，进士明经，百十年间，不闻有业成贡于王庭、试于有司者。""不如以德礼为先，

旧时的潮州开元寺

而辅之以政刑也。夫欲用德礼，未有不由学校师弟子者。"他延请名儒赵德主持州学，拿出了相当于八个月薪水的资金，作为办学的捐资，其中部分供学生作膳食费。自此，潮州大地上书声琅琅，文教勃兴。

至于韩愈在潮州所创作的一批诗文，更是后世拜读的名篇，包括《祭鳄鱼文》《又祭止雨文》《祭城隍文》《祭界石神文》《又祭大湖神文》等，此类看似神乎其神的文字，在潮人眼里就是神一样的存在。驱鳄逐瘴、祈晴止洪、防灾抗疫，精诚所至，心系民瘼，至少从精神世界为潮人撑起了一方负责任的天空。这种从内心流淌出来的文字，首先取得了民心，与其说他们信仰韩愈写的驱鬼祛灾的神文，不如说他们相信韩愈有一颗真诚的灵魂，他们的精神世界是相通的。如此，才有了千年香火鼎盛的韩文公祠，知音赵德也因此"配祀韩庙"。

如今，若登上潮州的笔架山，走进韩文公祠，必然能看到一些善男信女，虔诚地匍匐于地，叩首奉香，默默祝祷着，希望得到韩文公的护佑，正如苏轼所撰《韩文公庙碑文》所言："潮人之事公也，饮食必祭，水旱疾疫，凡有求必祷焉。"

香火千年，未曾中断，正是一脉文化所系，这也正是潮人心中的文化方向：护佑一方，兴文劝学。

"十相"指历代被贬或随亡朝来潮的十位宰相，其中唐四位，均为被贬；宋六位，三位被贬，三位随亡宋而来。他们是唐代宰相常衮、杨嗣复、李德裕、李宗闵，宋代宰相陈尧佐、赵鼎、吴潜、文天祥、陆秀夫、张世杰。

常衮，河南温县人，唐玄宗天宝十四载（755）乙未科状元。

广德元年（763）以右补阙充翰林学士，不久任考功员外郎。其间宦官恃宠专权，群臣竞献珠宝邀宠，常衮上书曰："所贡宝物，源出于民，是敛怨以媚上也，请皆还之。"代宗赞许。大历十二年（777）拜相，堵塞买官之路，对朝中众官俸禄亦视其好恶而酌定。德宗即位后，被贬为河南少尹，又贬为潮州刺史，不久为福建观察使。常衮注重教育，增设乡校，亲自讲授，潮闽文风为之一振。明嘉靖《潮州府志》称其"以宰相贬潮州刺史，兴学教士，潮俗为之丕变"；清顺治《潮州府志》亦称常衮"抵潮，兴学校，潮人由衮知学"。

李宗闵，陇西成纪（今甘肃秦安县）人。贞元二十一年（805）进士及第，任华州参军事。唐宪宗元和年间，举贤良方正制科，随同牛僧孺集中条陈财政之弊，指斥宰相李吉甫，严辞直斥，名列上等，授洛阳尉。李吉甫死后，李宗闵进入朝廷，授监察御史，拜礼部员外郎。长庆元年（821），身陷科场舞弊案，出贬剑州刺史。从此，牛僧孺、李宗闵与李德裕之间的怨恨加深，各自援朋结党，相互倾轧，党争绵延四十年，史称"牛李党争"。唐文宗大和八年（834）李训和郑注把持朝政，推荐李宗闵成为宰相。大和九年（835）六月，李宗闵被贬为明州刺史，再贬处州长史，三贬潮州司户参军。

杨嗣复，虢州弘农（今河南灵宝）人，八岁能文，二十岁登博学宏词科，受到宰相武元衡赏识，与"牛党"的牛僧孺、李宗闵"皆权德舆门生，情义相得，进退取舍，多与之同"。累迁中书舍人、户部侍郎、尚书右丞，封爵弘农伯。李德裕辅政后，被黜为湖南观察使。会昌元年（841）三月被贬潮州。清顺治《潮州府志》

说他被贬潮州后，"不以迁谪介意，勤于吏治，民称神明"。

李德裕，赵郡赞皇（今河北赞皇）人，中书侍郎李吉甫次子。李德裕早年以门荫入仕，历任校书郎、监察御史、翰林学士、中书舍人、浙西观察使、兵部侍郎、郑滑节度使、西川节度使、兵部尚书、中书侍郎、镇海节度使、淮南节度使等职。他历仕宪宗、穆宗、敬宗、文宗四朝，一度入朝为相，但因"牛李党争"，多次被排挤出京，至武宗朝方再次入相。他执政期间，外攘回纥，内平泽潞，裁汰冗官，制驭宦官，功绩显赫，被拜为太尉，封卫国公。宣宗继位后，他因位高权重而遭忌，被贬潮州司马，刚到潮阳，又被贬为崖州司户。曾以"吾邦文献"之语评价潮州。大中三年十二月（850）在崖州病逝，终年六十三岁。

在陈泽泓所著《潮汕文化概说》中，"十相"中不包括常衮，另有刘遒。刘遒，曹州南华（今山东省菏泽市东明县）人。唐代直臣，刘晏之兄。所谓直臣，乃是敢于直言进谏之臣。他性情刚直坦率，疾恶如仇。初任汾州刺史时，即以刚正不阿为顶头上司观察使所忌惮，却令老百姓感恩戴德。建中末年，受诏为御史大夫（正三品），弹劾而不避权贵。宰相卢杞阴险狡诈，对其恨之入骨。后刘遒被贬为潮州刺史，卒于任。黄佐在《广东通志》卷四十六《名宦·刘遒传》中这样描述他在潮州的功绩："莅事以严，立亭于州址南，以劝善良，得孝悌者，岁劳以羊酒，潮俗自是一变。"

在宋代入潮官员中，陈尧佐对潮州贡献甚大。

陈尧佐自幼甚有文才，于北宋咸平元年（998）冬因言事切直，逆圣上旨意，由开封推官贬至潮州任通判。陈尧佐离潮后官至同中书门下平章事，居相位。他在潮州两年多，以韩愈为偶像，注重倡导教育事业，开化地方风气，"修孔子庙，作韩吏部祠，以风示潮人"，"选民秀者劝以学"。陈尧佐将原在西湖山附近的孔庙迁往位于金山麓的州治之前，在新徙建的孔庙正堂东侧房设置韩文公圣位。在州治之后建韩祠，将韩愈高供在庙堂之上，高张韩愈的文化旗帜。此举延及后世千年，对地方教化影响深远。同时，他将官办的学校设在孔庙中，改善办学环境，激励后生。

陈尧佐还纂修《潮阳新编》，可惜已佚。后来他离开潮州，做了宰相，赠诗勉励将归潮阳的举子：

休嗟城邑住天荒，已得仙枝耀故乡。

从此方舆载人物，海滨邹鲁是潮阳。

自此，潮州有了"海滨邹鲁"之雅称，为潮人留下了一面高张的精神旗帜。

赵鼎，解州闻喜县（今山西省闻喜县）人，宋代政治家、文学家、宰相，存世墨迹有《毓秀帖》和《赵鼎楷书札子》。赵鼎早孤，由母亲樊氏抚养成人。崇宁五年（1106）登进士第，绍兴年间，两度出任宰相，任内推崇洛学，巩固政权，号称"小元祐"。后为秦桧所构陷，被迫辞去相位。绍兴十年（1140）赵鼎安置潮州，自号"得全居士"，"杜门谢客，时事不挂口，有问者，但引咎而已"，意在避免秦桧的伺机迫害，不连累他人。他私下与潮州进士王大宝、刘昉，以及原任梅州刺史、归隐潮州的邱君与等人来往，谈论经书，抨击权奸。赵鼎赠邱君与诗有"但益感时忧"句，这才是他内心世界的真实流露。潮人在赵鼎居潮"得全堂"之故址

（在西平路）改建"得全书院"。绍兴十七年（1147），受秦桧陷害，绝食而逝，享年六十三岁。赵鼎以其高洁的气节，为潮州文化增添了一抹亮色。

吴潜，浙江德清新市镇人。宋宁宗嘉定十年（1217），登进士第，授承事郎，迁江东安抚留守。理宗淳祐十一年（1251），为参知政事，拜右丞相兼枢密使，封崇国公，次年罢相。开庆元年（1259），蒙古兵南侵攻鄂州，被任为左丞相，封庆国公，后改许国公。后遭贾似道等人排挤，再度罢相，谪建昌军，徙潮州、循州。景定三年（1262），为贾似道党羽下毒害死，享年六十八岁。

南宋末，文天祥、陆秀夫、张世杰护卫宋室由闽入潮，当其时，朝廷势孤力薄，一命孤悬。文天祥等人入潮抗元，虽时间短暂，但其凛然之气节赢得了潮州百姓长久的崇敬与怀念。在潮阳海门，有传说是文天祥所题的摩崖石刻："终南""莲花峰"。海门莲花峰，是裂成瓣状的巨岩，传说文天祥几次登上此岩，终不见宋室船队，气得一跺脚把岩石震裂成莲花状。潮阳东山立有"文马碣"，相传为文天祥葬其坐骑之处。又传说文天祥在军中常夜不能寐，至潮阳蚝坪才得以安寝，遂建议当地人将地名改为"和平"，并亲题"和平里"碑刻，至今尚存。潮阳东山岭上有双忠祠，是为纪念唐代安史之乱中死守睢阳的张巡、许远而立。传说文天祥到潮阳曾拜谒此祠，填写《沁园春》词一阕，后人刻石置祠内，一如气贯长虹的《正气歌》，在潮汕流传甚远，还被潮剧《辞郎洲》采用为剧词。

陆秀夫在福州拥立端王时，因与丞相陈宜中意见不合被贬谪潮州，遂带家人寓居澄海城南面的港口村，后称陆厝围。宋帝过潮，

旧时的潮州牌坊街

又被召回任左丞相。在潮地留有不少与其有关的胜迹，如澄海上华镇的接龙桥、跌马桥，饶平旗头岭的丞相石，潮安凤凰山的陆丞相试剑石，南澳澳前的宋井等。各地为他立碑颂德，建祠瞻仰，在潮州、澄海建有陆丞相祠、三忠祠（纪念文、陆、张三人），在韩山上建有秀夫亭。元代，潮州路总管丁聚在南澳建陆秀夫衣冠冢；明代，潮州知府林庭汉又将之移至潮安意溪；清代南澳同知齐翀《寒食日拜陆丞相墓》诗中，有"最是村农能好义，野棠花下挂榆钱"句，可见陆秀夫深受民间之敬仰。

从潮州出发，归于潮州，归于湘子桥。

这一连串的名字，正像如练的韩江，一浪接着一浪，引领着后

旧时的潮州凤凰塔

世追波逐涛，赓续前行；更有后世的一些名字，必将一如这些牌坊上的名字一样，镌刻在百姓的天空。

这些人，伴随着韩江，随着时间的浪涛而名垂千古。

如那条韩江，和湘子桥有过短暂而长久的交汇之后，奔涌入海，随着大海潮流的涌动，更多潮人的足迹随着波涛去往远方，在世界各地登岸。他们像聚而复散的十八梭船，他们搭建渡人之桥，他们又以桥自渡，他们带着韩江两岸、湘子桥畔的涛声和潮音，往复在故乡和他乡之间，形似远去，实则归来。

一条涌动悠久文化波涛之河。

一座形断意连、渡己渡众之桥。

一座魂牵梦萦、归去来兮之港。

一艘满载家国情怀之船。

一条立地朝天、天人合一之街。

一众智慧灵动、敢闯敢干之潮人。

（本书配图除有注明者外，均为本书著作者汪泉所拍摄。潮州旧图片为黄国钦所提供）

后记

正值 2023 年溽热难当的 4 月，为了本书写作，笔者专程去潮汕采访。画家兼小说家庄锐英先生亲自驾车三天，与潮安区委宣传部副部长、潮安区文联主席李仲昕先生陪伴采访；潮汕历史文化研究会副会长蔡少铭等提供了珍贵资料；《潮州日报》副总编辑林桢武先生提供了采访便利，在此诚挚致谢。

其实，早在三年前，《潮州传》著作者黄国钦先生、广东省文学研究所所长钟晓毅就与笔者一起踏访过潮州。在潮州的几天，黄国钦先生带领我们，拜访了学者李炳炎、画家吴维湖、手拉壶非遗传承人吴锦全、潮州颐园的陈伟明馆长、麦秆画大师方志伟、潮绣大师孙庆先、木雕大师辜柳希等人，徜徉在潮州的大街小巷，住在潮州的载阳大厝，感受着潮州古今之变，体悟着潮人的烟火日常。虽然当时还没有这个写作动机，却为此次写作做了一场无意而坚实的奠基。

本次撰稿从体裁上确立为长篇历史文化散文，架构和内容以湘子桥为潮汕文化的核心象征，从乡书、乡音、乡情三方面阐释有关潮州文化的情感连结，从潮州湘子桥出发，从文化的角度书写潮州文化输出、归来、反哺的过程，基本线索是从传统文化步步升华，直至中国革命、新时代建设社会主义强国的叙事逻辑。

第一章《湘子桥，渡己渡众之舟》追溯古代潮州官民修建湘子桥、打造潮州传统文化的过程；第二章《红头船，如烈焰在海面燃烧》书写红头船出海和团结奋进的潮州精神；第三章《老妈宫的眼神》写乡书——侨批从服务大众到服务祖国的历程；第四章《情动于衷而藏于内》、第五章《星辰般的文化脚印》写潮籍侨胞将潮州文化带至海外落地生根，在异乡安邦定国、建功立业的过程；第六章《天空在上，祖国在上》写潮籍海外侨胞在祖国危难时刻挺身而出的家国担当；第七章《君子豹变，其文斐也》写潮州文化随时代蝶变，植入高科技，为人类进步和打造人类命运共同体贡献力量的宏大愿景；尾声《将他们的名字如火焰般高高擎起》，回归到湘子桥畔的牌坊街，爬梳历代潮州前贤，预示潮州和祖国在传统文化滋养下的辉煌未来。

此为本书的缘起、创作及整体架构。

最后，郑重致谢陈平原教授和林伦伦教授及其潮汕文化研究团队为本书写作提供了"信史"支持。

作者于 2024 年 1 月 8 日